泰戈尔文学中的共同体思想研究

侯　静　著

本学术专著为河北省教育厅人文社科项目
“泰戈尔文学中的人类命运共同体思想研究”的最终成果

受河北省教育厅科学研究项目资助
（项目立项编号：SD2022068）

团结出版社

图书在版编目（C I P）数据

泰戈尔文学中的共同体思想研究 / 侯静著 . -- 北京 :
团结出版社 , 2024. 11. -- ISBN 978-7-5234-1418-7
Ⅰ . I351.065
中国国家版本馆 CIP 数据核字第 2024PQ5002 号

责任编辑：牛　浩
封面设计：WONDERLAND Book design 仙境 QQ:344581934

出　版：团结出版社
（北京市东城区东皇城根南街 84 号　邮编：100006）
电　话：（010）65228880　65244790
网　址：http://www.tjpress.com
E-mail：zb65244790@vip.163.com
经　销：全国新华书店
印　装：三河市双升印务有限公司

开　本：170mm × 240mm　16 开
印　张：14　　　字　数：194 千字
版　次：2025 年 1 月　第 1 版　　　印　次：2025 年 1 月　第 1 次印刷

书　号：978-7-5234-1418-7
定　价：88.00 元

目录
Contents

绪　论

第一节　问题的提出与选题意义

当今世界国际政治关系复杂，自我中心主义猖獗，文明冲突不断。立足于国际客观形势，构建人类命运共同体的发展理念为世界积极构筑全球共同价值观念，建构开放包容、互信认同、和谐共处、共同发展的世界关系提供了具有前瞻性的思路。[①]

党的十八大以来，人类命运共同体已经成为我国外交理论与实践创新的一面旗帜，彰显了中国共产党人着眼于全人类共同发展、合作共进的世界情怀与大国担当。以习近平同志为核心的党中央统筹国内国际两个大局，对人类命运共同体的科学内涵与思想内容不断阐发，人类命运共同体成为当今国际关系与国际战略问题的主题词。习近平主席曾将共同体精练地概括为："人类命运共同体，顾名思义，就是每个民族、每个国家的前途命运都紧紧联系在一起，应该风雨同舟，荣辱与共，努力把我们生于斯、长于斯的这个星球建成一个和睦的大家庭，把世界各国人民对美好生活的向往变成现

① 侯静等：《人类命运共同体视角下泰戈尔思想研究》，《北华航天工业学院学报》2023 年第 5 期，第 20 页。

实。”[①] 人类命运共同体是超越传统国家利益观、打破狭隘民族观，具有跨时代意义的创新理念。鉴于当今国际关系的复杂形势及全球治理问题，人类命运共同体思想以全球人类共同命运为出发点，反对单边主义、霸权主义和保护主义，强调全球各国人民的命运相连与休戚与共，呼吁各国建立一种平等、团结、友爱的伙伴关系。

2013 年 3 月 23 日，习近平主席在俄罗斯莫斯科国际学院发表了题为“顺应时代前进潮流，促进世界和平发展”的演讲。在演讲中，习近平主席首次阐发了共同体思想，他呼吁:“这个世界，各国相互联系、相互依存的程度空前加深，人类生活在同一个地球村里，生活在历史和现实交汇的同一个时空里，越来越成为你中有我、我中有你的命运共同体。”[②] 随后，他又在包括联合国大会在内的一系列双边和多边重要外交场合多次提及并深刻阐发了构建人类命运共同体的重要思想，使得这一理念日渐清晰并不断完善。共同体已经形成了一套系统的思想理论体系，指引中国外交不断开创新局面。

共同体的理念着眼于全人类福祉和长远发展的伟大构想。它倡导各国超越分歧，携手构建一个和平、发展、合作、共赢的国际关系新格局。这一理念深刻体现了世界各国人民对于共同发展的价值追求和对于美好未来的热切向往，展现出无法抗拒的感召力。这一思想不仅是对全球治理的深刻洞察，也是中国智慧和中国方案对世界的贡献。这一思想自提出以来便迅速赢得了国际社会的普遍认同和高度评价。它强调的是一种全球伙伴关系，呼吁各国在尊重多样性的基础上，共同应对全球性挑战，实现共同繁荣。人类命运共同体的理念，为国际关系的发展提供了新的视角和方向，鼓励各国在互利共赢的原则下，加强交流与合作，推动构建一个更加公正合理的国际秩序。这一理念的广泛传播和实践，不仅有助于促进世界的和平与稳定，也有助于推

① 习近平:《习近平谈治国理政》，外文出版社 2014 年版，第 272 页。

② 国际纵横谈丨构建人类命运共同体，世界这样看 - 新华网（xinhuanet.com）。

动全球的可持续发展，实现人类社会的共同进步。

追溯人类命运共同体思想的形成，蕴藏着深厚的文化渊源与思想基础。其凝聚了深厚的东西方文化的基因。它的形成根植于深厚的东方智慧与天下情怀，从西方哲学关于平等、法治、民主、人本等思想中汲取营养，立足于新时期我国新型国际关系与面临的挑战，反映了以习近平同志为核心的党中央对全球化进程的思考与对世界命运前途的国际关系的挑战。人类命运共同体思想不仅体现了我国五千年源远流长的传统文化，也承载了马克思主义哲学与中国共产党全球战略思想的集体智慧。

我国和印度是亚洲的两个文明古国。由于领土毗邻，两国交流不断，密切互动。兼容并蓄的文化特质让中印文化中都有彼此文化的印记，而这也成为两国亲密友好关系的最好体现。中印的往来源远流长，时间可以追溯到秦汉时期。丝绸之路的开辟不仅为商贸的往来开辟了通道，也为文化的交流搭建了桥梁。丝绸之路记录了中印交流的重要记忆。隋唐时期，中印文化交流达到鼎盛。中国僧人如玄奘西行取经，将佛教经典带回中国，极大地丰富了中国的宗教文化和哲学思想。同时，印度的音乐、舞蹈等艺术形式也传入中国，影响了中国的艺术发展。文化层面的交流进一步加深了中印两国人民的相互理解，也促进了文化创新和多样性的发展。

中印两国在多个领域有着共同的利益和合作潜力。随着两国关系的不断发展，越来越多的中国人对印度产生了浓厚的兴趣，希望更全面地了解这个邻国的文化、经济和社会各个方面。中印两国之间的友好关系不仅有助于促进地区乃至全球的和平与稳定，而且对双方的经济发展和人民福祉都具有重要意义。通过加强交流与合作，中印两国可以携手应对全球性挑战，共同促进亚洲乃至世界的发展与繁荣。

泰戈尔是中印文化交流史上的一位重要人物，他积极推进了中印文化的交流。泰戈尔对我国的文化充满敬意，曾高度评价我国文化。他认为我国文化灿烂、历史悠久，对世界文明也做出过重要贡献。在了解中国文化后，泰戈尔与我国的传统文化精神引起了共鸣。中国的文化中蕴藏的包容、博爱、和谐、天下大同、天人合一等思想及对精神文明的诉求与泰戈尔本人的哲学思想高度契合。

泰戈尔除对我国文化情有独钟外，还对我国当时的社会现状、社会问题予以深度关切。他坚决反对日本的侵略行为，谴责日本的侵华行为是对人类尊严和国际正义的严重践踏。他对中国人民的抗日行动表示了声援和支持，并发表《致中国人民书》表达了对中国人民抗击侵略者的敬意。他希望中国能够在苦难中诞生新的民族精神。他的这些言行在当时的国际社会上产生了重要影响，为中国的抗战事业提供了宝贵的精神支持，展现了他作为一位伟大诗人和思想家的人道主义精神和正义感。

泰戈尔曾多次到访我国，影响了一批我国的作家、诗人，对我国文学的发展也产生了重要影响。泰戈尔致力于中印文化的合作与交流，其创办的国际大学还设立了中国学院，为中印之间的进一步的文化交流做出了重要贡献。1941 年，重病的泰戈尔深情回忆起 1924 年的中国之行：

> 我起了一个中国名字，
> 穿上中国衣服，
> 我深深地体会到，
> 哪里有朋友，
> 哪里就有新生。
> 他送来生命的奇迹。[①]

2024 年是泰戈尔访华 101 周年。从国际形势来看，世界冲突存在，气候

---

① ［印度］罗宾德拉纳特·泰戈尔：《泰戈尔经典配画诗选》，商务印书馆 2011 年版，第 118 页。

变化和环境问题严峻，全球治理体系面临离散化风险，国际秩序中的不稳定、不确定和难预料因素依然存在。面对当前形势，共同体思想对建构一个更加公正、合理、稳定的国际秩序具有重要现实意义。

泰戈尔的思想凝聚了一种超越时空的智慧，对于促进全球合作、维护世界和平与发展具有重要的启示意义。他的思想与当今提倡的共同体理念有着内在的一致性。他的思想强调了全球视野和全人类的共同责任，倡导国际关系中的平等与民主化，与构建共同体的核心价值——和平、发展、公平、正义、民主、自由等全人类共同价值相契合。

本研究聚焦泰戈尔文学中的共同体思想，追溯泰戈尔思想的形成与演变，深入探讨其思想的理论内涵及当代价值。本研究拟从文学的维度探讨共同体思想及当代价值，拓展命运共同体思想的研究领域，也试图以文学的力量助推共同体构建，促进中印文学文化的对话与交流，探讨不同民族文学的相通性。本研究不仅有利于拓宽泰戈尔文学的研究思路，对深化共同体研究，推进“一带一路”倡议背景下中印文化交流也具有重要意义。

第二节　国内外研究现状

罗宾德拉纳特·泰戈尔（Rabindranath Tagore，1861 年 5 月 7 日至 1941 年 8 月 7 日）是印度近代著名的诗人、文学家、教育家、社会活动家、哲学家和民族主义者，被视为印度近代史上的先觉者。作为第一位荣获诺贝尔文学奖的东方作家，其文学影响力遍及东西诸国。

泰戈尔的文学作品涉猎广泛，作品类型跨越了诗歌、小说、戏剧和散文等多种文体。在诗歌创作上，泰戈尔以其抒情性和哲理性著称。他的诗歌充满了对自然、爱情和人生的颂歌，以及对人类苦难和精神追求的深刻思考。

在小说领域，泰戈尔以其细腻的笔触和对人物心理的精准把握，描绘了印度社会的各个层面，展现了人性的复杂和多样。在戏剧创作中，泰戈尔尝试多种戏剧形式，从传统的印度戏剧到现代的实验性戏剧，涵盖了宗教剧、历史剧、社会剧等多个领域。他的剧本往往具有强烈的社会批判性和思想深度。在散文创作上，泰戈尔则以其清新脱俗的文风和对生活的独到见解，为读者提供了丰富的精神食粮。泰戈尔的文学成就不仅丰富了印度文学的内涵，也为世界文学的发展做出了重要贡献。他的作品至今仍被广泛传诵和研究，成为人类文化宝库中的瑰宝。

泰戈尔生活的年代正值印度民族解放运动高涨，他却没有一味地固守传统文化，抑或抵制外族文化，而是立足于本民族传统文化，摒弃狭隘的民族主义，以博爱的人道主义眼光跨越民族的藩篱，理性审视并借鉴西方文化。他打破传统，敢于创新，在深刻领会印度传统文化精神的基础上汲取西方文化的营养，促进东西文化的交流，试图将东方文化传播给世界，构筑东方文学与西方文学的桥梁。泰戈尔思想的超前性与其中彰显出的对人类普世价值真、美、善、爱、自由、安定的执着信念历时百年而传播魅力不衰，吸引了众多国内外学者的目光。[①]泰戈尔的一生致力于对文化多样性和人类共同价值的不懈追求，他的贡献不仅丰富了印度乃至世界的文化遗产，也为后人提供了宝贵的思想资源和灵感启迪。

1. 国外研究现状

国外泰戈尔的研究集中在印度。从对泰戈尔作品的关注度来看，他的诗歌、小说、戏剧和散文是研究的热点，还有相当数量的研究集中在泰戈尔创

---

① 侯静等:《人类命运共同体视角下泰戈尔思想研究》,《北华航天工业学院学报》2023 年第 5 期，第 20 页。

作的音乐和绘画上。从研究内容上看，可以分为两大类：泰戈尔生平的研究和泰戈尔思想的研究。21 世纪以来，学者们对泰戈尔思想方面的研究愈加全面且深入，包括泰戈尔的哲学思想、人道主义和民族主义、教育思想、女性主义倾向等具体层面。

（1）哲学思想总体性研究

在这一领域的研究中国外学者注重泰戈尔哲学思想的探讨和溯源，许多学者认为和谐思想是泰戈尔哲学的核心，泰戈尔的哲学思想很大程度上是受到了印度传统文化及西方人文主义思想的影响。此领域颇具代表性的学者有 Chandra Mohan Das、Shikha Pathak、Kalyan Sen Gupta 等。Chandra Mohan Das 指出泰戈尔社会、政治、宗教和教育的哲学思想受到了《奥义书》的影响[①]。Pathak 对泰戈尔思想的研究更为细致，认为他的哲学思想不仅受到了《奥义书》的影响，还能捕捉到毗湿奴主义思想、神秘主义和人文主义、泛神论等思想对他的影响。[②]

（2）人道主义思想研究

泰戈尔人道主义思想的研究是泰戈尔研究的重要组成部分。Pramanik 评价泰戈尔是一位高度爱国的诗人，但他并没有把爱国主义置于灵魂、良心和对人类的爱之上。他致力于营造一个互动的、对话式的世界。在这个世界里，国家将不再是狭隘的、排外的、由自私和自我扩张所引导的，而是通过建立一种多元想象、普遍性原则和相互承认的离心式的观点，泰然自若地走向一

---

① Chandra Mohan Das, The philosophy of Rabindranath Tagore: historical political, religious and educational views, New Delhi: Deep & Deep Publications, 1996.

② Shikha Pathak, The Philosophical Strands in Rabindranath Tagore's Poetry, Jaunpur: Purvanchal University, 2001.

个在道义上和政治上开明的国际社会。[①] 许多学者还从不同视角出发，阐释了泰戈尔人道主义思想。如 Rani 为了阐释泰戈尔的人道主义思想，从泰戈尔对人的概念的界定出发，分析了他对人与自然关系及人与人之间关系的思考。[②]

（3）民族主义思想研究

学者对泰戈尔民族主义思想的认识不尽相同。如 Chakravarty 认为泰戈尔民族主义思想是矛盾的。[③] Quayum 则指出泰戈尔是一个反对狭隘民族主义，崇尚爱、正义诚实、平等和全人类的精神统一的斗士。[④]

（4）教育思想研究

泰戈尔的教育思想在当时的印度可谓意义深远且具有独创性。他提出了系统的教育计划，甚至进行了一系列教育试验。这一领域的研究不仅涉及对其教育理念的研究，还包括一些教育思想的比较研究。如学者 John Pridmore 从泰戈尔对童年的理解及教育模式出发探讨泰戈尔的教育理念。[⑤] Santosh Thakare 则将泰戈尔的教育哲学与印度总统拉达克里希南博士的进行比较，认为两人都试图通过教育提高人类文明，支持将不同的民主理想纳入教育中。[⑥]

---

① Ramchandra Pramanik, Rabindranath Tagore: An Advocate Of Humanism, International Journal of Innovative Research & Development. 2013(2).

② Anjo Rani, Humanism of Rabindra Nath Tagore, Int.J.Eng.Lang.Lit & Trans.Studies. 2015(1).

③ Bikash Chakravarty, Tagore’s Swadeshi Samaj Debates on Nationalism, India Perspectives. 2010(2).

④ Mohammad Abdul Quayum, Tagore and nationalism, Daily Star, 2013(1).

⑤ John Pridmore, The Poet’s School and the Parrot’s Cage: the Educational Spirituality of Rabindranath Tagore, International Journal of Children’s Spirituality. 2009 (4).

⑥ Santosh Thakare, The Educational Philosophy of Rabindranath Tagore and Dr. Radhakrishnan, International Journal of History and Philosophical Research. 2016(1).

（5）女性主义倾向研究

众多学者认为，泰戈尔的文学创作深刻地触及了女性在现实社会中的生活状态和面临的挑战。女性主义倾向研究成为理解其作品深层意义的关键视角。例如，Reshu Shukla 通过对泰戈尔戏剧作品中女性角色的深入分析，揭示了这些角色所面临的生存境遇，从而展现了泰戈尔对女性议题的深刻关注和独到见解。Shukla 的研究不仅审视了泰戈尔笔下女性形象的多样性和复杂性，还进一步探讨了这些角色如何在社会结构和文化期待中寻求自我认同和表达。通过这种分析，她揭示了泰戈尔作品中的女性主义倾向，表明泰戈尔不仅是一位伟大的诗人和思想家，也是一位对性别平等和女性解放持有深刻洞察的先驱。①

2. 国内研究现状

在国内，泰戈尔文学历经了百年的传播。21 世纪以前，对泰戈尔的研究主要集中在对泰戈尔生平的研究及其作品的译介，对他作品的关注度集中在诗集《吉檀迦利》《飞鸟集》《新月集》和短篇小说。进入 21 世纪，泰戈尔研究更加多元且深入。从中国知网的年发文量来看，2006 年至 2019 年涉及泰戈尔研究的年发文量均在 100 篇以上，其中 2011 年和 2012 年两年的发文量最多，每年在 170 篇以上。从研究角度来看，泰戈尔文学研究主要围绕思想研究、文本译介研究、影响与传播研究三个方面展开。

---

① Reshu Shukla, Female characters in the plays of tagore, Chhatrapati Sahuji Maharaj University, 2007.

（1）思想研究

国内泰戈尔思想研究集中在泰戈尔哲学与宗教思想及政治思想两方面。

哲学与宗教思想研究。我国对泰戈尔哲学思想的研究主要集中在对其哲学思想渊源及特点两方面。不少学者认为泰戈尔的哲学思想与其宗教思想交融难分，因此对泰戈尔哲学思想的探讨往往涉及对其宗教思想的论述。我国现代著名作家郭沫若先生就指出泰戈尔的哲学思想受印度文化传统的影响颇深，认为其哲学思想的核心是"泛神论"。近些年来也有学者提出泰戈尔的哲学思想博采众长，自成体系。他的哲学思想不仅受到了印度传统宗教和外国哲学与宗教思想的影响，还吸收了中国、日本等东方国家的哲学影响。在对泰戈尔哲学思想的研究中，具有代表性的当数朱明忠。他将泰戈尔的哲学思想归纳为"热爱生活、热爱人民、热爱大自然的伟大情怀"和"崇高的人类理想以及'普遍和谐'和'普遍之爱'的人道主义精神"。[①]

政治思想研究。政治思想是泰戈尔思想研究的主要组成部分。这一领域的研究关注泰戈尔政治思想的归纳阐释及对其政治思想中民族主义倾向的探讨。在泰戈尔政治思想阐释方面，代表性的有郭晨风的《泰戈尔政治思想评介——纪念泰戈尔诞辰 130 周年》。在文章中，郭晨风将泰戈尔的政治思想概括为四个方面的内容：①关注民族独立，批判英殖民统治；②重视印度社会现实问题，揭露对人们的压迫，抨击陋习；③明确改造印度社会的方案；④理性看待东西文化，取长补短。此外，对泰戈尔思想中民族主义倾向的探讨也是其政治思想研究的焦点。在这一领域的研究中，虽然学者们的观点不尽相同，但大多数学者认为泰戈尔并不是一个极端的民族主义者。[②] 如周骅指出泰戈尔

① 朱明忠：《泰戈尔的哲学思想》，《南亚研究》2001 年第 2 期。

② 郭晨风：《泰戈尔政治思想评介——纪念泰戈尔诞辰 130 周年》，《南亚研究季刊》1992 年第 1 期。

的民族主义观带有人道主义和人权思想，[1]宋炳辉认为泰戈尔对文化的世界性和民族性的态度极其复杂。[2]

教育思想研究。泰戈尔将心灵的自由视为教育的目的之一，其教育思想富有独创性。泰戈尔教育思想的开创性吸引了国内一批学者从不同维度进行研究。这一领域具有代表性的观点如刘自觉提出的“个性化”教育思想及王振华提出的“和谐教育思想”。刘自觉将泰戈尔的教育思想归纳为“个性化”。他指出泰戈尔提倡人性化教育，在教育中重视对学生的潜意识的发掘，认为泰戈尔“希望通过这种人与自然、人与人相互和谐地生活的原则，使人的生命和灵魂得到全面的发展”。[3]王振华则从泰戈尔的和谐人性论的价值取向出发，指出其教育思想的核心是“和谐教育思想”。[4]

除了对泰戈尔哲学与宗教思想、政治思想及教育思想的研究外，国内对泰戈尔思想的研究还涉及对其美学思想、生态思想、女性主义思想的研究。

（2）文本译介研究

这方面的研究可大致分为三类：

翻译策略的研究。这一领域的研究主要是某位译者翻译泰戈尔作品的翻译策略研究。研究对象集中在冰心翻译的《吉檀迦利》译本和《园丁集》译本、郑振铎的《飞鸟集》译本和《新月集》译本、白开元的《飞鸟集》译本

---

① 周骅：《自由主义民族主义——泰戈尔民族主义思想探析》，《湘潭大学社会科学学报（研究生论丛）》2003年第S1期。

② 宋炳辉：《民族意识与世界意识的纠缠——从泰戈尔在中国的接受看20世纪文学思潮的一个侧面》，《复旦学报（社会科学版）》2008年第1期。

③ 刘自觉：《人性化：泰戈尔教育思想主题初探》，《山西大学师范学院学报》2001年第3期。

④ 王振华：《论罗宾德拉纳特·泰戈尔的和谐教育思想》，硕士学位论文，陕西师范大学，2012年。

和冯唐的《飞鸟集》译本。

不同译本比较研究。泰戈尔同一部作品不同译本的对比研究也是译介研究的重要研究视角。如张晓梅从多元系统论的视角探讨了郑振铎和冰心对泰戈尔诗歌的翻译。[①] 侯静和李正栓从形式、内容与文化角度比较了郑振铎和冯唐在翻译《飞鸟集》时所采用的不同翻译策略，探讨了复译问题的现实意义。[②]

翻译综述类研究。在泰戈尔作品的译介研究中，不乏一些学者从历时角度梳理了泰戈尔作品在国内的译介史。如颜治强追溯了百年来国内泰戈尔作品的翻译成就，称前 70 年是成绩有限的英译汉阶段，后 30 年是成绩卓著的孟加拉语汉译阶段。[③] 同时重点评述了白开元对泰戈尔作品的阐释和翻译。董友忱则梳理了 1915 年至 2000 年间泰戈尔作品在我国的译介史，重点评述了河北教育出版社于 2000 年出版的《泰戈尔全集》的翻译不足。[④]

（3）影响与传播研究

泰戈尔对我国现代文学文化及知识分子的影响深远。泰戈尔文学新颖的创作风格与主题及其作品中弥散的泛神论、博爱思想吸引了一批中国现代作家，如冰心、徐志摩、郭沫若等。泰戈尔的作品不仅影响了同时期我国的五四新文化运动，也对中国文学产生了极大影响。因此，在泰戈尔对我国文学、作家的影响及泰戈尔文学在我国的传播层面的研究也相当丰富。不少学者关注泰戈尔对五四时期中国现代文学学者、文学发展及中国近现代思想文化的

---

① 张晓梅：《从多元系统论看泰戈尔英诗汉译》，华中师范大学 2008 年版。

② 侯静、李正栓：《泰戈尔〈飞鸟集〉汉译策略与艺术研究——以郑振铎和冯唐译本为例》，西安外国语大学学报 2018 年第 1 期。

③ 颜治强：《泰戈尔翻译百年祭》，中国翻译 2012 年第 6 期，第 23—29 页。

④ 董友忱：《泰戈尔作品翻译研究综述》，东南亚南亚研究 2015 年第 3 期，第 81—89 页，第 110 页。

影响。如何乃英探讨了泰戈尔对郭沫若、冰心在思想和艺术创作方面的影响。[①]张羽聚焦泰戈尔与五四时期的文化论争，展示了泰戈尔对我国思想文化及文学所产生的影响。他指出泰戈尔文学直接影响了我国的文学主题、文学体式、叙事特征及美学。[②]艾丹追溯泰戈尔访华引发的东西文化论争，探讨泰戈尔对陈独秀、梁漱溟、胡适和梁启超等现代知识分子的影响。[③]戴前伦阐释了泰戈尔梵爱和谐思想对我国现代早期新诗生态在意象选择、主题表达、小诗萌生发展和思想内容方面的影响。[④]孙宜学通过搜集分析史料，展示了泰戈尔与中国现代思想、文化、文学的交流过程及对中国近现代思想文化的影响。[⑤]

泰戈尔在哲学、文学、教育学、美学等方面成就卓绝，不仅推动了印度文化的发展，对我国近现代文学、语言的发展也产生了很大影响。在历时百余年的泰戈尔研究中，国内外学者致力于从思想、文本、历史等层面深入探索，使泰戈尔研究不断深入化、系统化。随着泰戈尔研究在国内外的不断成熟，2019 年以来泰戈尔研究在中国知网的年发文量出现逐年下滑的趋势。这种情况很大程度上可归咎于泰戈尔研究视角的局限性。泰戈尔研究作为外国文学研究的重要课题之一，需要研究者以更多元的研究视角不断创新，为 21 世纪泰戈尔研究注入新的活力。

① 何乃英：《泰戈尔与郭沫若、冰心》，《暨南学报（哲学社会科学版）》1998 年第 1 期，第 92—97 页。

② 张羽：《泰戈尔与中国现代文学》，博士学位论文，东北师范大学，2002 年。

③ 艾丹：《泰戈尔与中国五四时期思想文化论争》，人民出版社 2010 年版。

④ 戴前伦：《泰戈尔梵爱和谐思想对我国早期新诗生态的影响》，中国社会科学出版社 2015 年版。

⑤ 孙宜学主编：《泰戈尔在中国（第 2 辑）》，上海三联书店 2016 年版。

第三节 课题的研究思路、主要论题和研究方法

共同体思想是习近平总书记基于我国当前的外交形势与挑战所提出的。这一理念深植于中国土壤的思想体系，已经在国际舞台上赢得了广泛的认可与赞誉。它不仅是对新时期国际挑战的有力回应，更是推动国际安全与稳定发展的一盏明灯，对促进全球经济文化的交流与合作具有深远的影响。这一思想体系，以其科学的内涵和深邃的洞察，与人类的本质和历史发展规律不谋而合。它体现了一个普遍的真理：在全球化的今天，各国人民的命运紧密相连，彼此依存。共同体的理念，正是全世界人民对加强国际团结、共同创造一个和平、发展、合作、共赢未来的热切期望和美好愿景的体现。

共同体思想体现了一种全球视野和集体意识，它强调全人类的相互依存和共同发展。虽然这一概念在当代国际关系中得到了明确的表述和推广，但其核心理念——对和谐共存的追求、对共同福祉的关注——在世界各地的不同文化和哲学传统中都能找到其雏形。

印度文化自古以来就蕴含着深厚的共同体意识。这种思想在泰戈尔的文学创作中表现得尤为明显。泰戈尔是印度文化的重要代表人物。他的作品跨越国界，激发了世界各地人们对和平、正义和爱的思考与追求。通过他的诗歌、小说、戏剧、散文等文学作品，泰戈尔传递了一个信息：尽管我们来自不同的背景，但我们共同拥有建设一个更加美好世界的可能性和责任。他强调，人类在种族、文化、宗教上虽然存在着差异，但这些差异不足以成为分裂的理由。相反，这些差异却是构成人类多样性和丰富性的基础。在他的作品中，泰戈尔经常描绘不同背景的人们如何克服偏见和冲突，实现相互理解和尊重。

他倡导的是一种超越个人利益、关注人类团结与全人类福祉的精神，这种精神与共同体的理念不谋而合。

泰戈尔对民族和文化的理解，展现了他超越时代的深邃洞察力。在那个民族主义情绪高涨的时代，泰戈尔并未局限于狭隘的民族视角，而是以开阔的胸襟和前瞻性的思维，倡导了一种更加包容和普世的世界观。他不仅打破了当时普遍存在的民族主义局限，更是怀揣着对世界大同的热切期望，憧憬着一个和谐共存的全球社会。泰戈尔曾用“世界相会于同一个鸟巢”的生动比喻来表达他对全人类团结一致、和平共处的渴望。这一比喻不仅形象地描绘了不同民族和文化背景下的人们如同鸟儿一样共同栖息在地球这个大家庭中，也深刻地传达了他对一个没有隔阂、充满友爱的世界的美好憧憬。

泰戈尔的和平主义思想是他文学创作中的核心要素之一。他不仅坚决反对战争和暴力，而且倡导通过对话和合作来解决国际间的纷争。泰戈尔认为，和平不仅仅是国家间的事务，它更是一种内在的精神状态，是每个人内心深处的呼唤。他强调，和平是人类共同的渴望和追求，每个人都应该承担起维护世界和平的责任。他相信，只有当每个人都将和平视为自己内心的追求时，世界才能真正实现和谐与安宁。泰戈尔的作品常常流露出对战争和暴力的深刻反思，他通过诗歌、小说、戏剧、散文等多种形式，呼吁人们以理性和同情心来对待彼此，以和平的方式解决冲突。在泰戈尔的笔下，和平不仅仅是一种政治状态，更是一种生活的艺术、一种心灵的境界。他的作品鼓励人们在日常生活中实践和平，无论是对待家人、朋友，还是对待陌生人，都应该以和平的心态去交流和理解。此外，泰戈尔还积极参与国际和平运动，倡导不同国家和不同民族间的文化交流与合作理解，为促进世界和平做出了不可磨灭的贡献。

泰戈尔的作品还关注人与自然的关系。泰戈尔对自然的关注远远超越了单纯的审美欣赏，他深刻地认识到人与自然之间的内在联系和相互依存的关系。在他的作品中，自然不仅是背景，更是生命和精神的源泉。在泰戈尔的作品中，常常可以看到他对自然界的细致观察和深刻感悟。无论是对季节变化的描绘，还是对动植物的描写，都充满了对生命的尊重和赞美。泰戈尔以诗意的语言描绘了自然界的壮丽与和谐，同时也表达了对环境破坏和生态失衡的深切忧虑。他指出人只是自然系统中的一部分而非主宰和中心，人类应该以谦卑和敬畏之心对待自然。他倡导一种与自然和谐共生的生活方式。在他看来，人类活动应该尊重自然规律，与自然万物和谐相处，维护生态平衡。泰戈尔的生态理念与构建共同体思想中主张的“建设一个美丽清洁的世界”①愿景相一致。

当前，国内外对泰戈尔的研究集中在对其哲学思想、宗教思想、政治思想、教育思想、作品译介、影响与传播研究等视角。截至 2023 年 12 月，中国知网上仅有 2 篇从共同体视角探讨泰戈尔思想的文献。这两篇文献也主要是讨论泰戈尔思想或文学作品中共同体思想的表现，在很大程度上仅仅是出自一种宏观角度的考虑，缺少对泰戈尔这一思想的深层溯源及全面阐释。泰戈尔是印度伟大的哲学家，理解其思想是一个系统的工程，不仅需要深入了解其所处的时代背景、个人经历，还需要领会印度传统文化和西方文化对他的影响。泰戈尔思想的形成受到他的生活经历、教育经历和宗教信仰的影响。因此，本课题从史学及文学研究的视角，通过搜集、鉴别、整理涉及泰戈尔时代背景、生活经历、教育经历、宗教思想、哲学思想的资料文献，综合运用文献法、历史法、比较法、归纳法，探讨泰戈尔思想中的共同体思想元素。基于东西方共同体思想发展脉络、理论发展及共同体思想的形成背景、理论内涵，探讨泰戈尔思想中的共同体意识，并总结泰戈尔共同体思想的具体内涵。本课题不仅从理论维度阐述泰戈尔的共同体思想渊源，更进一步结合泰戈尔的实际行动和实践，全面评估了他在促进中西文化交流、推动教育实践

---

① 习近平:《习近平主席在出席世界经济论坛2017年年会和访问联合国日内瓦总部时的演讲》，人民出版社 2017 年版，第 29 页。

等方面对构建共同体所做出的积极贡献。

本课题将主要围绕三个论题展开：

1. 阐述共同体思想的内涵。通过梳理我国、西方及印度关于共同体思想的发展史，结合当代共同体思想的理论内涵，阐述共同体思想的发展与形成路径及具体理论内涵。

2. 探索印度文化精神。对泰戈尔思想的探索离不开对印度传统文化精神的理解。本课题选取对泰戈尔影响较大的印度传统文化典籍为切入点，分析泰戈尔思想中的共同体意识，为深入探索泰戈尔思想中的共同体意识提供支撑。

3. 归纳泰戈尔共同体思想的内涵。本课题基于泰戈尔成长的时代背景、学习经历，结合泰戈尔的文学作品、演讲词、社会活动等，归纳泰戈尔的共同体思想的内涵，追溯泰戈尔共同体思想的缘由，阐述泰戈尔的共同体思想在世界文化交流中的贡献及当代启示。

从共同体的视角研究泰戈尔的思想，不仅为我们深刻理解这位伟大思想家提供了一种全新的视角，更为我们推进共同体建设提供了更多的启示和动力。

首先，泰戈尔的思想中蕴含着丰富的关于人类团结、和平共处的理念，这与共同体的核心理念高度契合。通过研究泰戈尔的思想，可以更深入地理解他如何通过文学和哲学来倡导全人类的相互理解和尊重，这对于促进不同文化和国家之间的和谐至关重要。

其次，泰戈尔的作品和思想在全球范围内产生了深远的影响，研究他的思想有助于认识到文化的力量在构建共同体中的作用。泰戈尔的文学作品不仅仅在印度，更在世界各地都激发了人们对自由、平等和爱的思考，这种跨文化的共鸣是构建全球共同体意识的重要基础。

此外，从共同体的视角研究泰戈尔，也有助于深化我们对印度文化和哲学的理解。泰戈尔的思想深受印度传统文化的影响，通过研究他的思想，我们可以更好地理解印度文化中的普遍价值和智慧，这对于促进中印不同文化领域之间的交流与合作具有重要意义。

最后，泰戈尔的共同体思想对于推动全球治理体系的改革和完善具有重要的启示作用。在全球化的今天，国际社会越来越需要一种更加公正、合理的全球治理机制。泰戈尔的思想强调了全球合作的重要性，为我们提供了一种思考和构建更加公平、包容的国际秩序的哲学基础。

第一章　人类命运共同体思想的形成与发展

共同体的提出并非一蹴而就。这一理念汲取了中西文化精髓，是长期文化积淀和历史发展的产物。它不仅体现了对人类共同命运的深刻思考，也映射出全人类对于共享价值和和谐共存的不懈追求，展现出人类社会在全球化时代对团结协作、共同进步的深切渴望和坚定承诺。共同体思想根植于中华优秀传统文化，并从西方共同体思想、马克思共同体思想的价值追求中汲取营养，在党的几代领导人对外交思想成果不断总结与锲而不舍地实践探索基础上，开创性地提出的具有中国特色、兼有不同文化价值观念的思想论述。党的十八大以来，习近平总书记对共同体的科学内涵与思想内容不断阐发，使共同体形成了完善的理论体系。共同体作为植根于人类自我生存的普遍形式，已经成为人类追求的一种价值观念，反映了人类对平等、民主、和平的向往与追求，为推动世界建立和平发展、和谐相处的新型国际关系贡献了中国智慧与力量。

第一节 亚洲文明中的共同体思想

在亚洲这片充满活力的大陆上，不同国家的传统文化中都蕴含着共同体思想的种子。中国的悠久文化中，共同体思想早已悄然生根。它不仅渗透在儒家的和谐理念、道家的自然共生以及佛家的慈悲为怀中，更为全球视野下的共同体理念提供了丰富的思想资源和深厚的文化底蕴。印度作为世界四大文明古国之一，其文化中的精神追求与共同体思想紧密相连。印度哲学中的梵我合一思想，强调个体与宇宙的和谐统一；博爱精神则倡导对所有生命的尊重与关爱。这些思想不仅塑造了印度社会的价值观，也为共同体的构建提供了精神指引和道德支撑。此外，亚洲其他国家的文化传统，如日本的和文化、韩国的儒家思想、东南亚的多元共融等，也都不同程度地体现了共同体的理念。这些文化传统相互交织，共同促进了亚洲乃至全球范围内对和谐共生、相互依存的共同体意识的形成与发展。

中华优秀传统文化以其独特的文化传承和价值追求，为共同体思想提供了坚实的支撑。我国古代哲学中蕴藏了对人类共同命运的关切，提出了“仁爱”“天人合一”“和合”“天下为公”“大同社会”等丰富的哲学理念，展现了中华民族对于和平、发展、公平、正义、民主、自由等全人类共同价值的深刻理解与积极贡献。这些理念成为共同体理念的思想基石，为我们在全球化时代构建和谐共生的世界提供了宝贵的思想资源和行动指南。

1.“仁爱”中的共同体意识

儒家思想作为中华文明的璀璨瑰宝，始终将人置于哲学思考的核心，倡导以人为核心的价值观念，并提出了“仁爱”“舍生取义”等崇高精神。儒家所强调的“人道大伦”，是对人与人之间相互关爱、相互尊重的期望，旨在通过推广“爱与敬”的理念，营造一个和谐有序的社会环境。孔子作为儒家思想的杰出代表，他将“仁爱”视为社会政治生活和伦理道德的至高追求。他认为，“仁爱”不仅是个人修养的核心，更是维系社会和谐与秩序的基石。在儒家的教义中，“仁爱”不单是一种内在的道德情操，更是一种外化的行为准则，它要求我们在日常生活中以同情和关爱之心对待他人，以实现人际关系的和谐与社会的稳定。

西汉杰出的哲学家和思想家董仲舒先生，在深入挖掘孔子“仁爱”思想的基础上，进一步丰富和发展了其内涵。董仲舒提出，“仁爱”应包含“爱我”与“爱人”的双重维度，这不仅要求个体关爱自身，更强调将这份关爱扩展至他人，实现由内而外的爱的传递。这一理念与《孟子·离娄下》中“仁者，爱人也”的观点相得益彰，共同强调了仁爱的本质——超越自我中心，深切关怀他人。

董仲舒的这一思想，不仅打破了“我”与“他人”之间的界限，更促进了个体之间形成紧密相连、命运与共的共同体。在这个共同体中，每个人的幸福与苦难都成为集体的共同关切，从而推动社会向着更加团结和谐的方向发展。这种以仁爱为基础的社会关系，不仅有助于个体的全面发展，也为社会的和谐与进步提供了强大的精神动力。

“仁爱”思想不仅在儒家思想中有所体现，在墨家的思想中也有所反映。墨家提出“兼爱”的概念，这一概念与儒家的“仁爱”精神上有着内在的联系和共鸣。墨家的“兼相爱”主张无差别地爱所有的人，反对儒家“爱有差等”的观点，强调对所有人的平等关爱，无论亲疏远近。墨家思想的代表人物墨子认为，“自爱”是社会一切混乱的罪魁祸首。社会之所以存在冲突和战争，正是因为人们不能相互兼爱，而只有通过兼爱，才能实现社会的和谐与稳定。墨子鼓励人与人之间相亲相爱。通过爱人与爱己达到一种人与人的和谐，平衡个人与他人的利益。因此墨子提出“以兼相爱交相利之法易之”的观点。在他看来，爱与利是相互对立的，只有“兼相爱”才能做到“自爱”与“自利”的联通。“兼相爱”是极具包容精神的思想，在认识到不同之处的基础上倡导一种平等的爱，在这种爱中，人与人是平等相待的，年龄、性别、等级、种族等被排除在外。

无论是儒家的“仁爱”还是墨家的“兼相爱”，都强调了人与人之间相互关爱、相互尊重的重要性。这些思想为构建和谐社会提供了丰富的哲学资源，也为现代社会中处理人际关系、解决社会矛盾提供了宝贵的智慧。通过这些思想的传承与发展，我们能够更加深刻地理解人类社会的共同价值和追求，为促进全球的和平与发展做出积极的贡献。

2.“天人合一”中的共同体意识

人与自然和谐相处是人类正常生活的前提。人类与其生存环境之间存在着一种密不可分的共生关系，这一点历来受到中华民族的高度重视。在中华民族悠久的文化传统中，人们崇尚并实践着“天人合一”的理念，以指导与自然和谐相处的生活方式。道家则从“道法自然”的角度出发，提倡“无为而治”，主张人们应顺应自然的规律生活，不违背自然本性，追求人的内心与外在自然的统一。在道家看来，“道”是宇宙万物的本源和终极规律，人应通过“内省”和“自然无为”来与“道”相合，以实现人与自然的和谐。道家代表作《庄子·齐物论》中则提出的“天地与我并生，而万物与我为一”[①]的观点，充分体现了对人与自然的关系的思考。这一观点认为天地与人类皆为宇宙的造化，放下自我而成为万物，以此达到万物与我合一的境界。庄子的观点将人类与自然万物视为共生共存且平等的共同体、共生体。这一思想启发人们人类归根结底是自然的一部分，人类可以利用自然，但唯有呵护自然，与自然和谐相处，才能实现世界的可持续发展和人类的可持续发展。张岱年曾经评价：“在古代，儒家与道家在探讨人与自然的关系时，都认为人与自然的关系不是对立，而是相辅相成的，都将天与人的和谐视为最高的理想。”[②]张岱年的评价指出，无论是儒家还是道家，都未将人与自然的关系视为一种对立关系，而是看作一种相辅相成、相互依存的关系。在它们的理念中，人与自然的和谐不仅是个人修养的目标，也是社会秩序和国家治理的理想状态。显而易见，天人合一的理念自古便被尊崇并沿袭至今，这一古老的智慧深深根植于中华民族的文化血脉，影响着数千年来中华民族的价值观念和生活选择。天人合一不仅是一种哲学思想，更是一种生活的艺术，它引导人们顺应自然、和谐共生，倡导人类与自然之间相互依存、相互促进的关系。这一观念与共同体的思想相辅相成，共同体现了对人类未来命运的深远考量。它们都强调了全人类的福祉与地球生态系统的健康息息相关，呼吁人们摒弃短期利益，从全人类的视角审视发展与进步。这种思想的传承与实践，不仅丰富了人类文明的智慧宝库，也为我们应对当今世界面临的环境和社会挑战提供了重要的指导和启示。

---

① 方勇：《庄子鉴赏辞典》，上海辞书出版社 2010 年版，第 14 页。

② 张岱年：《张岱年全集》（第 7 卷），河北人民出版社 1996 年版。

3. “和而不同”中的共同体意识

早在中国古代便孕育了和而不同的文化交流思想。西周时期，《国语·郑语》中便有“夫和实生物，同则不继”[①]的精辟论述。其中“和”是指和谐、和睦，“同”是指相同、一样。这句话深刻地揭示了和谐与多样性对事物发展的重要性，即和谐是万物生长的土壤，而多样性则是持续发展的动力。若万物和谐共处，便能孕育出勃勃生机；若万物千篇一律，社会便失去了创新与进步的空间。这一理念与《论语·子路篇》中的“君子和而不同，小人同而不和”[②]相呼应，强调真正的交流不在于表面的一致，而在于能够与他人保持和谐友善的关系，且仍能坚持各自独立的观点与立场。这正是中华优秀传统文化所倡导的交流准则。在现代社会，这一思想依然具有深远的意义。在全球化的背景下，人们在交流过程中不可避免地会遇到来自不同国家、不同语言、不同文化背景的人们。每个国家、每个人都拥有自己独特的价值观和思维方式。运用“和而不同”的理念，尊重文明的多样性，加强文明间的交流与互鉴，实现文明的共存与和谐，是推动人类社会进步的重要动力。这种包容和尊重差异的态度不仅架起了不同文明间沟通的桥梁，更成为在全球性挑战面前共同构建和平、繁荣、开放、包容世界的坚实基石。

《道德经》中讲道：“故有无相生，难易相成，长短相形，高下相倾，音声相和，前后相随。”[③]这句话传达出一种辩证的世界观，揭示了世间万物存在于相互依存、相互转化的普遍规律之中。它告诉我们，事物的对立面并非孤立

① 左丘明著，焦杰校点：《国语》，辽宁教育出版社 1997 年版，第 119 页。

② 刘兆伟译注：《论语》，人民教育出版社 2015 年版，第 301 页。

③（春秋）李聃著，赵炜编译，支旭仲主编：《道德经》，三秦出版社 2018 年版，第 4 页。

和静止的，而是在相互作用中推动彼此的发展和完善。其中蕴藏了“和而不同”的思想智慧，即不同的事物的普遍存在，它们相互依存、互为条件，彼此的发展又促进了对方的成长。这种思想启示我们，即使事物各不相同，它们也能在差异中共存，甚至通过差异来实现自身的丰富和发展。由此理念衍生出的“文明因交流而多彩，文明因互鉴而丰富”的价值观念，旨在强调人类文明多样性的重要性。不同的文明，如同自然界中不同的色彩，各自闪烁着独特的光芒，汇聚成世界的斑斓画卷。文明的差异不仅是世界多样性的体现，更是推动世界进步和创新的源泉。正如习近平主席所强调的，要“推动不同文明交流对话、和平共处、和谐共生，不能唯我独尊、贬低其他文明和民族”[①]，我们应当认识到，每一种文明都凝聚着人类的智慧和创造力。在建设共同体时，要尊重世界各种不同的文明，相互交流、学习互鉴，促进世界各国人民共同发展。

4.“天下大同”中的共同体意识

实现共同体的终极目标是追求一个和谐繁荣的天下大同，即构建一个全方位的全共同体。这一崇高理想不仅是对人类社会美好未来的憧憬，也是对人类文明进步的深刻期许。天下大同的理念源远流长，早在春秋时期的儒家经典中便已生根发芽。

诸子百家争鸣的时代提出的“大同”“爱民”“兼爱”等观念都是对如何治理国家、如何实现社会和谐与秩序的深刻思考。尽管它们各有侧重点，但都共同体现了对大同社会的向往。儒家经典《礼记·礼运》中提出了“大道

① 习近平:《弘扬和平共处五项原则 建设合作共赢美好世界》,《人民日报》2014年6月29日。

之行也，天下为公”的理念，老子的“修之于天下，其德乃普”[①]等理念都是一种天下大同思想的表达。天下大同中的“天下”是古人的“家国天下”，而“大同”是指没有战争，人与人之间的仁爱、和谐等。共同体思想不仅诠释了这个古老智慧，还突破了封建制度下的国家而上升到世界层面，实现了对优秀传统文化的继承与创造性发展。墨家的“兼相爱，交相利”思想，憧憬着天下之人都能够相亲相爱，互相获益，并能够达到社会安定、天下太平的状态。这些发展理念与习近平共同体思想中的“共享发展成果，打造甘苦与共、命运相连的发展共同体”[②]有很多相通之处——主张人人平等，共享社会资源和成果等思想。尽管春秋战国时期战争频繁，但也有一些诸侯通过外交手段实现了和平共处，他们践行着天下大同的政治观念，且为日后的共同体思想奠定了基础。

在历史的长河中，众多古代政治思想家倡导天下大同的理念，更是将其作为治国理政的核心原则，积极践行。这些思想贯穿古代中国的政治生活，成为推动社会和谐与国家繁荣的重要精神力量，为后世提供了宝贵的治国经验和智慧。如《周易》中提出的“首出庶物，万国咸宁”[③]，意指天下太平，万物各安其位，各司其职，达到和谐统一的境界。这一理念强调，只有各国相互尊重、和睦相处，才能实现万国安宁、天下大同的宏伟目标。此外，“亲仁善邻”[④]和“协和万邦”[⑤]的思想作为古人在外交时践行的重要准则，更是中华

① （春秋）李聃著，赵炜编译，支旭仲主编:《道德经》，三秦出版社2018年版，第117页。

② 习近平:《在“一带一路”国际合作高峰论坛欢迎宴会上的祝酒辞》，《人民日报》2017年5月15日。

③ 李兴、李尚儒编译，支旭仲主编:《周易》，三秦出版社2018年版，第1页。

④ （春秋）左丘明撰，（晋）杜预集解，李梦生整理:《春秋左传集解 上》，凤凰出版社2020年版，第19页。

⑤ （汉）孔安国传，（唐）陆德明音义:《尚书》，上海古籍出版社2022年版，第11页。

优秀传统文化在国际交往中的智慧体现。这些思想倡导以仁爱之心对待邻邦，以和谐之道处理国际关系，展现了中华民族追求和平、倡导合作的崇高精神。它们强调在国际交往中，应以亲善和睦为基础，以互利共赢为目标，推动不同国家之间的相互尊重、平等相待。这种以和为贵的外交理念，不仅有助于维护地区乃至世界的和平稳定，也为解决国际争端、促进全球共同发展提供了中国智慧和中国方案。在当今世界，这一思想仍然具有重要的现实意义。

中华文明博大精深，“仁爱”“天人合一”“和而不同”“天下大同”等思想不仅构筑了中华民族的精神世界，更为共同体的构想提供了坚实的文化基础和哲学支撑。“仁爱”作为儒家思想的核心，强调人与人之间的和谐相处，倡导以爱心和关怀对待他人，为构建和谐社会提供了道德指导。“天人合一”的理念，体现了人与自然和谐共生的智慧，倡导人类顺应自然规律，保护生态环境，实现人与自然的和谐共处。“和而不同”的思想，强调尊重差异，倡导不同文化、不同观念之间的交流与融合，为促进世界多元文化的共存提供了智慧。而“天下大同”的理想，更是提出了一个全人类和平共处、共同繁荣的愿景，倡导各国人民超越种族、文化、宗教的界限，携手共建一个公平、包容、共享的世界。这些思想的传承与发展，不仅为中华民族的持续繁荣提供了精神动力，也为全球治理提供了中国智慧和中国方案。在全球化的今天，我们更应该汲取这些思想的精髓，推动不同文明的交流互鉴，共同应对全球性挑战。

第二节　西方文明中的共同体思想

在西方文明史的不同时期，许多哲学家、思想家、人类学家和社会学家对“共同体”进行过讨论。随着历史的发展和语境的变迁，对共同体的理解和表述呈现出多样性和复杂性。追溯西方文明史中不同时期、不同领域对共同体概念的探讨和演变，不仅能够更深刻地理解不同时代背景下人们对共同体的思考和追求，而且能够揭示出不同社会和文化背景下对共同体价值的认同和实践。通过对西方共同体概念的考察，有助于洞察不同时期人们对共同体的构想与期许，以及为实现共同体理想所付出的努力和探索。

1. 古希腊哲学中的共同体

"共同体"一词源于希腊语 koinonia，原意指集体、群体、联盟、共同体以及联合、联系等。[①] 作为西方哲学中的关键词，不同时期的哲学家们对"共同体"进行了不同的阐释。早在古希腊时期，"共同体"的思想雏形便已形成。"共同体"被认为是一种人类赖以存在的生活方式和生存方式。共同体的思想萌芽在古希腊的先哲柏拉图和其学生亚里士多德的哲学典籍中就有理念讨论。这一时期对共同体的思考聚焦在对公民平等地位、生存权利等问题的阐发上。

在古希腊哲学的辉煌篇章中，柏拉图作为四大哲学学派的杰出代表，在《政治学》中深刻地探讨了人与共同体之间的密切联系。柏拉图明确指出，人类作为社会性的存在，无法脱离共同体的怀抱而独立生存。他强调，个体必须嵌入家庭、城邦或国家等共同体的结构之中，与共同体的其他成员相互依存、共同生活。在柏拉图的经典著作《理想国》中，他进一步发挥了对理想社会的构想，描绘了一个充满乌托邦色彩的城邦共同体。在这个理想化的共同体中，每个人都是社会大家庭中不可或缺的一部分，每个人都应当为了共同体的整体利益而发挥自己的特长、各司其职。

柏拉图在其哲学体系中，对城邦的构造提出了独到的见解。他洞察到城

---

① 胡寅寅:《走向"真正的共同体"——马克思共同体思想研究》，博士学位论文，黑龙江大学，2014 年。

邦由三个基本阶层构成——哲人阶级、军人阶级和生产阶级，每个阶层都有其独特的角色和功能。哲人阶级，凭借其超凡的智慧和深邃的思辨能力，被赋予城邦的领导权，负责引领城邦走向明智的治理和决策。军人阶级，作为城邦的守护者，承担着维护秩序和安全的重要职责，他们忠诚地执行哲人阶级的指导和命令。而生产阶级，则处在社会的基石位置，通过勤劳的双手和辛勤的劳动，创造并维持着城邦的物质基础和经济繁荣。在柏拉图设想的城邦中，这三个阶层各司其职，各安其分，形成了一种协调和谐的社会运作机制。每个阶层都恪守自己的职责，共同为城邦的繁荣稳定做出贡献，以确保城邦的长期运转与发展。柏拉图将这种基于分工明确、各尽其能的社会状态，视为“正义”的体现，这也成为城邦和谐与秩序的关键。①

有学者指出柏拉图所提倡的“正义”不仅仅是一种道德理念，更是一种维系城邦秩序的根本价值观。这种秩序观深植于城邦的每一个层面，成为支撑城邦持续繁荣发展的核心原则。在柏拉图看来，一个理想的城邦应当建立在公平正义的基础之上，每个个体都应当在社会中找到适合自己的位置，并为共同体的和谐与福祉贡献力量。柏拉图进一步主张，在理想的共同体中应实行公有制和共产制，消除家庭和私有财产的概念，以促进资源的公平分配和利用。他提倡废除传统的家庭结构，取消私有财产的界限，从而减少社会不平等和冲突的根源。此外，柏拉图还倡导性别平等，认为男女都应享有同等的权利和机会，妇女和儿童都应成为共同体的重要组成部分，共同参与城邦的建设和发展。柏拉图的这些观点虽然在当时可能显得颇为激进，但它们为我们提供了一种超越时代的社会理想。他的思想挑战了传统的社会结构和价值观念，为我们探索更为公正、平等的社会模式提供了宝贵的启示。

城邦共同体的理念在柏拉图的学生亚里士多德处得到了进一步发展。亚

① ［古希腊］柏拉图:《理想国》，郭斌和、张竹明等译，商务印书馆1986年版，第43页。

里士多德在继承柏拉图思想的基础上，将共同体的概念拓展至更广阔的社会结构之中。他将家庭和村落等更为微观的社会单元纳入共同体的范畴，并认为这些是自然形成的、基本的自然共同体。亚里士多德在哲学上提出了整体优先于部分的观点，从而认为家庭和村落不仅是社会构成的基础，更是为了实现更高目标——至善和自足的城邦共同体而存在。在亚里士多德的视角下，城邦从一个政治实体拓展为一个道德和伦理的共同体，成为实现人类最高善的场所。因此，城邦在本质上和价值上都先于家庭和个人，是实现个人潜能和社会和谐的理想环境。

不同于柏拉图对城邦共同体的理解，亚里士多德对城邦共同体的理解更为注重实践性和个体性。亚里士多德认为，在城邦共同体中，追求至善是其最高宗旨，而人与人之间的联系应当建立在法律和正义的基础之上。他强调，个体间的和谐与完善目的的实现，必须通过遵循法律和正义来达成。[①]亚里士多德进一步提出，个体的德行和幸福是城邦共同体追求的核心目标。在他看来，城邦不仅是个体实现自我价值的舞台，更是个体通过参与公共生活、实践公民责任来达成至善的场所。因此，城邦共同体应当是一个法律至上、正义普及的社会，其中每个成员都能够在遵守共同体规则的前提下，追求个人的完善与发展。此外，亚里士多德对柏拉图关于城邦共同体同质性的理念提出了批评。他认为，城邦共同体的本质在于其多样性和异质性。城邦由不同的个体组成，每个个体都有其独特的才能和贡献。正是这种多样性赋予了城邦活力和创造力，使得城邦能够适应不断变化的环境，实现持续的发展与繁荣。在对城邦共同体治理的构想中，亚里士多德提出了与柏拉图截然不同的观点。他并不认同由哲人阶级单独执政的做法，而是认为“由中产阶层构成的城邦必定能得到最出色的治理”[②]。亚里士多德对柏拉图所倡导的城邦共同体

① 邵发军:《马克思的共同体思想研究》，知识产权出版社2014年版，第15页。

② [古希腊]亚里士多德:《政治学》，颜一、秦典华译，中国人民大学出版社2003年版，第138页。

中的公有制与共产制也持有异议。亚里士多德提倡的是一种财产私有但可供公共使用的制度，认为这样的制度在实践中要远比完全的公有制来得优良和高效。在他看来，人天生具有自爱的本性，当人们感觉到某物属于自己所有时，便能从中获得极大的满足和快乐。① 这种个人对财产的归属感和自豪感，能够激发人们更加努力地工作和创造，从而为城邦带来更大的繁荣和活力。因此，亚里士多德提出："财产私有而公共使用的制度要优良得多。" ②

亚里士多德的这些观点为我们理解城邦共同体的治理结构和经济制度提供了新的视角。他不仅将对人性的深刻理解纳入对城邦治理机制的独到见解中，还强调了中产阶层在城邦治理中的重要作用，以及财产私有制在激发个人积极性和创造性方面的价值。通过亚里士多德的洞察，我们能够更加深刻地认识到，一个健康、繁荣的城邦共同体，需要在保障个体权益的同时，实现公共利益的最大化。

随后，古希腊的斯多葛派为共同体思想的发展融入了新的内容。斯多葛派突破了城邦的狭隘视域，提出"地上所有的国都是一个家。人人都是至高的宇宙国家的一个市民（公民）" ③ 的观点。这一观点打破了传统城邦间的界限，将人类的视野拓宽到了整个宇宙和全人类的共同体。斯多葛派宣扬的是一种众生平等和普遍博爱的哲学，他们认为人类之间的差异不应成为歧视和分裂的理由。他们提倡悲天悯人的情怀，强调所有事物都是相互联系、相互依存的，这种思想体现了对生命共同体的深刻认识。斯多葛派还强调了自然法则的至高无上地位，认为这是宇宙间的根本法则，所有人类都应该遵循。他们主张，每个人都应该以内在的自然法则为准则，来约束自己的行为和决

① ［古希腊］亚里士多德:《政治学》，颜一、秦典华译，中国人民大学出版社 2003 年版，第 37 页。

② ［古希腊］亚里士多德:《政治学》，颜一、秦典华译，中国人民大学出版社 2003 年版，第 37 页。

③ ［古希腊］马可·奥勒留:《沉思录》，何怀宏译，商务印书馆 1989 年版，第 36 页。

策，实现个人德行的提升和灵魂的平和。

斯多葛派哲学家们继续沿着柏拉图和亚里士多德的思想轨迹，强调了社会整体性的重要性。他们认为，作为社会有机体的一部分，个人的福祉和利益应当与社会整体的利益相协调，甚至在必要时个人利益应服从于社会整体的利益。斯多葛派指出：“他们的贪念和彼此缺乏信任使他们不能听从自然的律令，将这种律令赋予法律之名，不能有利于结成持有同样观念的共同体。所以国家是有总法规约的，而不只是对自然的普遍法律的补充，而这些不同城邦的法律只是对自然的正确理性的补充。”① 在斯多葛派看来，自然法则是一种普遍存在且内在的道德指导，它超越了人为制定的法律和习俗。然而，由于人们的贪欲和缺乏信任，他们未能充分认识到这些自然法则，也未能将这些法则内化为自己行为的准则。斯多葛派强调，一个理想的国家或共同体应当建立在对这些自然法则的共同理解和遵循之上。国家的法律和规章不仅仅是对自然法则的补充，更是对自然法则的具体化和实践。这些法律应当促进共同体成员之间的和谐与团结，帮助他们克服个人的贪欲，培养相互之间的信任和尊重。此外，斯多葛派还指出，不同城邦的法律虽然各有差异，但它们在本质上都是对自然法则中正确理性的追求和体现。这意味着，尽管不同社会和文化背景下的法律制度可能有所不同，但它们都应该致力于实现同样的目标：促进社会的整体福祉，维护正义和道德秩序。

斯多葛派哲学家们不仅深谙社会秩序与法律的精髓，更提出了一系列前瞻性的观点，其中最为突出的是他们对人与自然关系的深刻洞察。他们倡导人类应当尊重自然，顺应自然法则生活。不仅如此，斯多葛派还提出了世界主义观点、博爱思想及“世界公民”理念。世界主义观点超越了狭隘的地域与民族界限，提倡一种包容性的全球视野，博爱思想强调了对全人类的深情

---

① ［德］汉斯·冯·阿尼姆：《早期斯多葛学派残篇》，泰布纳尔出版社 1903 年版，第 323 页。

关怀，而“世界公民”理念更是呼吁每个人都应承担起对这个世界的责任，无论其出身或国籍。

斯多葛派拓展了共同体概念的维度。他们的理念启示我们，真正的共同体不应受限于地域或政治的边界，而应建立在对全人类普遍价值和相互联系的认识之上。通过斯多葛派的哲学，我们得以洞察到一个更加包容、更加和谐的世界可能性，激励我们为构建一个更加公正、平等的全球社会而努力。

2. 德国古典哲学中的共同体

斯多葛派的思想对后世影响深远，较有代表性的当数近代德国古典理性主义哲学创始人康德。康德吸收了斯多葛派关于自然法则和道德理性的核心理念，更将其推向了新的高度。在康德的哲学体系中，道德法则和自然法则的普遍性被赋予了更为严格和系统化的阐述。他提出道德行为的自律性和普遍性，强调道德行为应当基于对普遍法则的尊重和遵循，而非仅仅基于个人的情感或偏好。这种对普遍性的追求与斯多葛派的自然法则观念相呼应，展现了对理性和道德秩序的深刻尊重。

基于对全球化时代人类相互联系和相互依存的深刻洞察，康德在自然法则和道德理性学说的基础上，构想出了一种创新的全球治理方案。这一方案突破了传统国家中心主义的局限，提出了一种全人类共同参与、共同受益的全球治理新理念。康德认为，在全球范围内实现正义和和平，需要超越单一国家的利益，建立起一套普遍适用的道德和法律规范。康德的方案强调了全球公民的共同责任，呼吁每个人都应以全球视野来审视和处理问题，从而推动构建一个更加公正、平等的国际秩序。康德表示：“地球上的民族已经在不同程度上进入了一个广泛的共同体，以至于在世界某处法律遭到侵犯，世界各处的人们都会有感觉。因此，建立一套世界主义的法律并不是刻意营造的幻想。”[①]在康德看来，随着人类社会的发展与交流的加强，地球上的各个民族已经在不同程度上形成了一个广泛的共同体。在这个共同体中，任何一个地方发生的不公或法律侵犯，都会引起世界各地人们的共鸣和反应。因此，建立一套世界主义的法律并不是一种不切实际的幻想。相反，它是对当前全球化趋势的一种积极回应和适应。康德的理念着眼于促进全球社会的和谐与整体福祉，他的学说也为促进全球合作、维护世界和平指明了方向。

3. 近代哲学中的共同体

到了近代，社会契约思想为共同体注入了新的理念。社会契约思想的奠基人霍布斯对共同体的理解有了新的阐释。不同于古希腊先哲们主张的运用正义、善或自然法等公共理性来构筑共同体，霍布斯指出人应在自愿的基础上与主权者签订转让自然权利的契约以此建构共同体，即利维坦。也正因如此，有学者将霍布斯的共同体称为“契约共同体”。霍布斯的契约共同体是以人的自然诉求为基点的，认为人的自然状态是一种“一切人反对一切人”的战争状态，人在自然状态下受到欲望和自然权利的支配会为了各自的利益发生争斗、出现矛盾。如果没有一个统一的标准约束人们的行为，人们的生活将处于一种混乱无序的状态。因此，霍布斯希望个人自愿与主权者签订契约来让渡自己的自然权力，从而摆脱自然状态，达成一种和平状态。也正是如此，主权者被赋予了至高无上的权力，任何人都必须服从，被称为“利维坦”。然而，从本质上看，霍布斯所提出的契约共同体是为统治阶级服务的。

社会契约思想的另一位代表人物卢梭批判地继承了霍布斯契约共同体的观点。卢梭主张自由平等，认为人的自然状态是一种和谐、自由的和平状态，

---

① Kant Immanue, Political Writings, Ed. H .Reis. Trans. H. Nisbet. Cambridge: Cambridge University Press, 2001, pp107-108.

要达成这种状态需要通过建立契约共同体加以实现和保障。他主张“创建一种能以全部共同的力量来维护和保障每个结合者的人身和财产结合形式，使每一个在这种结合形式下与全体相联合的人所服从的只不过是他本人，而且同以往一样的自由”。[①]因此，他所建构的共同体每个成员都享有平等的权利，个体自觉将个人利益让渡于共同体的公共利益，服从于共同体的公共意志，而共同体则维护并保障每个个体的权利。他构想的共同体仍然是以签订契约为前提的，但却是以“公益”为根基的，即“社会全体成员意志中的一种共通的、一致的‘一般意志’”[②]。

黑格尔立足于借鉴伦理理念，提出了包含辩证统一三个环节的伦理共同体思想，即家庭共同体、市民社会共同体和国家共同体。黑格尔的共同体思想体现了他的自由意志，也就是“主观精神到客观精神再到绝对精神的自由精神的形成过程”。[③]首先，家庭作为最初的伦理实体，是直接伦理精神的自然共同体，家庭成员之间通过爱与感受作为联结的纽带。随着家庭的发展，个体独立出来，家庭共同体解散，成为个体独立存在且需要与他人建立联系的市民社会。但是市民社会是以个体或某些集体的特殊利益为目的的，个体最终走向维护整体利益的国家共同体，使个人的利益在国家制度保障的基础上受到切实维护与保障。[④]黑格尔认为个体无法完全脱离社会与历史背景来理解自己，个体与社会之间存在着紧密的联系。个体需要在与他人的互动中获得认同与价值，而这种互动需要个体通过相互承认、尊重和合作来实现。在他的理解中，共同体即是个体认识到自身存在的环境与他人的联系，并将整体利益置于个人利益之上的意识状态。

---

① [法]卢梭:《社会契约论》，李平沤译，商务印书馆 2022 年版，第 18—19 页。

② 王力:《现代性视域下马克思共同体思想研究》，博士学位论文，吉林大学，2021 年。

③ 转引自李冬凤《马克思“真正共同体”思想与人类命运共同体构建研究》，硕士学位论文，赣南师范大学 2019 年版，第 11 页。

④ 张战:《构建人类命运共同体思想研究》，时事出版社 2019 年版，第 25—28 页。

4. 社会学中的共同体

共同体不仅受到哲学家的关注，社会学家们也对共同体进行了阐释。在社会学领域颇具代表性的观点当数德国社会学家斐迪南·滕尼斯。滕尼斯在他的《共同体与社会》中从欧洲工业化以来社会变迁的视角对“共同体”的概念进行了系统的论述。滕尼斯将人类群体生活分为两种结合类型：共同体（Gemeinschaft）和社会（Gesellschaft）。他解释道：“共同体是持久的和真正的共同生活，社会只不过是一种暂时的和表面的共同生活。因此，共同体本身应该被理解为一种生机勃勃的有机体，而社会应该被理解为一种机械的聚合和人工制品。”① 在滕尼斯看来，共同体是一种持久的、真正的共同生活形式，体现了深度的人际关联和共同的价值观。滕尼斯为了说明共同体具有的生命力和凝聚力，他将共同体比作一个充满活力的有机体，其中的成员之间由情感、传统和信仰等深层次的纽带相连形成了一种内在的、本质的联系。共同体被视为一种自然形成的、以整体为中心的有机体，其典型代表包括家庭、村落和小镇等小规模群体。

相比之下，社会被看作一种人为构建的、以个人为中心的机械式集合，其整合范围更广，例如城市、州或国家等大型组织。社会的运作依赖于人为制定的规则和结构，而不是成员之间的内在联系。因此，滕尼斯看来，社会在更像是一种人工制品，它的成员之间的关系可能更加松散，缺乏共同体所具有的那种深层次的、本质的联系。相比强调整体利益的共同体，建立在利益、契约和法律基础上的社会以利益为导向，更强调个体的利益和自由，其

① ［德］斐迪南·滕尼斯：《共同体与社会：纯粹社会学的基本概念》，林荣远译，北京大学出版社 2010 年版，第 45 页。

成员之间的关系也更为松散。此外，滕尼斯还归纳了血缘共同体、地缘共同体、精神共同体三种共同体的类型。这三种共同体联系紧密，“血缘共同体发展着，并逐渐地分化成地缘共同体；地缘共同体……又进一步地发展并分化成精神共同体”[①]。他分析道，血缘共同体是人们的共同关系以及共同地参与事务的关联，地缘共同体是动物性生命之间的关联，精神共同体是心灵性生命的关联。[②]

在西方文明史上，不同时期的不同学者对共同体有着不同的理解。受到社会语境的影响，不同学者对共同体的阐释视角不同，侧重点也不同，但这些对共同体的阐释无不体现了对实现人类团结、社会和谐与文化共融的深切关怀。无论是对共同体外在形态的思考，抑或是对其内在价值的阐发，共同体这一概念都在不断地丰富和成熟，其也与自由、民主、和平、法治等基本的人类生存和发展问题紧密联系在一起。在西方哲学的视野中，共同体由一个抽象的概念，不断丰富为与人类社会的基本原则和价值观念相互融合、相互促进的实体。这种思考体现了共同体在维护个体自由、实现民主参与、保障和平秩序以及推动法治建设中的重要作用。通过对共同体概念的不断深化和完善，西方哲学为构建和谐社会提供了丰富的思想资源和理论指导。

梳理西方文明史上共同体概念的演变，有利于更好地认识人与人、人与世界的联系，实现共同体、探索共同的价值诉求。不仅如此，在全球化的今天，重新审视和思考共同体的概念，对于构建一个更加开放、包容、和谐的国际社会具有重要的现实意义。它激励我们超越单一文化的局限，促进不同文化之间的交流与互鉴，共同应对全球性挑战，推动构建共同体。通过这种跨文化、跨时代的对话和合作，我们可以多维度地思考如何实现共同体的理

---

① ［德］斐迪南·滕尼斯：《共同体与社会》，张巍卓译，商务印书馆2019年版，第87页。

② ［德］斐迪南·滕尼斯：《共同体与社会》，张巍卓译，商务印书馆2019年版，第87页。

想，促进全人类的共同发展和繁荣。

第三节　马克思的共同体思想

共同体的提出，在理论上延续了马克思主义有关“真正的共同体”哲学思想，是马克思共同体思想的继承和发展。在我国推进社会发展与处理国际关系的过程中，深刻把握马克思共同体思想的理论基础是理解习近平共同体思想的科学内涵的必要前提。

1. 马克思共同体思想的理论渊源

马克思共同体思想的理论具有深厚的底蕴和丰富的内涵，它涵盖了多个领域，是马克思对人类社会发展规律深入探索的结果。最早的共同体思想源于古希腊时期，古希腊柏拉图和亚里士多德等哲学家对城邦共同体做出了阐述，如亚里士多德在其著作《政治学》中指出：“所有的城邦都是某种共同体，所有共同体都是为着某种善而建立的，这种共同体就是所谓的城邦或政治共同体。”[①] 此思想表达了共同体是为了满足生活需要，为了共同利益而自然结成的共同体。同时强调了共同体与个体之间的紧密联系，认为个人与城邦是密不可分的，个人的善与共同体的善是一致的，并倡导通过合理的政治制度和法律安排，实现共同体成员的幸福与和谐。这一思想对后世产生了深远的影响，为共同体主义的发展提供了重要理论支撑。

① [古希腊] 亚里士多德：《政治学》，颜一、秦典华译，中国人民大学出版社 2003 年版。

德国的古典哲学也深刻影响着马克思共同体思想的形成和发展，其中黑格尔对国家哲学做出的完善表达中的共同体思想是马克思共同体思想理论渊源之一。黑格尔认为家庭、市民社会和国家是三种不同的共同体形式，它们代表着伦理精神不同的层次和阶段。首先家庭作为自然共同体，是爱和感情的直接体现，也是伦理精神的起点。在家庭中，个体通过互相认同和化解矛盾实现了初步的统一。随着历史的变迁，家庭共同体演进到市民社会阶段，在市民社会中，每个成员都是独立的个体，同时他们的需求成为彼此关系的纽带。由于私人利益冲突的存在，市民社会需要国家以及法律的约束，以确保社会的稳定和发展。国家是黑格尔共同体形式的最高阶段，是伦理精神的最高体现。他将国家视为绝对性的普遍存在，宣扬国家是体现身形的绝对道德理念在人世间的化身，认为个体只有成为国家的一员并与国家良性互动才能获得真正的自由发展。同时，黑格尔还强调国家共同体的超越性和客观性，他认为国家共同体的存在不仅仅是为了满足个体的需求，更是为了实现整体利益和目标，从而实现个体的真正自由和社会的整体进步。黑格尔的思想为马克思共同体思想提供了重要的理论基础。

此外，费尔巴哈的“类”学说也是马克思共同体思想的重要理论渊源。费尔巴哈认为人作为“类”的存在，具有共同的利益和命运。他主张通过消除私有制和分工来实现全人类的联合和团结，从而达到共同体的理想状态。同时，费尔巴哈认为在真正的共同体中，每个人都能获得自由平等的发展机会，他主张废除阶级压迫和剥削制度，并建立人人平等和自由发展的社会。同时他还强调个体之间的紧密联系，也强调了人与自然的和谐共生，他认为人应该通过爱来实现个体与个体、个体与类之间的和谐共处，从而构建一个更加美好的社会。这种思维为马克思主义关于共同体的思想提供了丰富的理论渊源。

2. 马克思对早期共同体的理解

人类历史上的共同体思想的发展是一个复杂的过程，随着人类社会的演变和进步而不断演变。在不同的历史时期形成了不同的共同体形态，依次出现了“自然共同体”“虚幻的政治共同体”以及马克思提出的“真正的共同体”。同时，马克思对早期形成的共同体思想也做出了评述。

（1）马克思对“自然共同体”的理论参考

马克思对自然共同体有着细致的阐述，他分析了自然形成的共同体的形态、特征、局限性以及解体原因等。马克思认为自然形成的共同体是“家庭和扩大成为部落的家庭，或通过家庭之间互相通婚而组成的部落，或部落的联合”。[①] 他认为人类在生产资料匮乏、生存环境恶劣的条件下，为了共同抵御自然灾害自发地聚集在一起，他们共同从事生产活动，从而形成了家庭和部落等形式的自然共同体。马克思指出自然共同体具有紧密性和多样性的特点。可以说，共同体是人与自然、人与人之间通过自然秩序和自然准则紧密结合的统一体。在他看来，自然共同体的存在形态多种多样，包括部落、家庭、宗族、民族等形式。在此基础上，马克思又将自然共同体的发展划分为亚细亚形式阶段、古典古代阶段和日耳曼阶段。

马克思所理解的亚细亚形式阶段的共同体是以家庭和部落作为其基本单位的。这是一种人们通过血缘关系、语言、习惯等共同生活习性组成的紧密的共同体。在这种共同体中，土地是最重要的因素。一方面，人类离不开土

① 马克思、恩格斯:《马克思恩格斯文集》（第 8 卷），人民出版社 2009 年版，第 123 页。

地，需要在土地上生活；另一方面，人类的生存依赖于土地，需要在土地上进行生产活动。土地被视为共同体的财产，人们缺乏从共同体中脱离的可能性和自由。这种共同体是一个自给自足的体系。精耕细作的农业和家庭手工业相结合使共同体内部的生产和生活能够维持基本的自给自足状态。这种生产方式也导致共同体在历史发展中变化较少，并且保持相对顽固和持久。在这种形式的共同体中，个人完全被共同体控制，缺乏经济上的自主性和独立的意识。马克思认为在这种形式的自然共同体中，只有最高统一体才有资格拥有财产，个人是没有绝对的自由可言的。这种表现为一种凌驾于所有单个共同体之上的特殊存在，而在这些单个共同体中，个别的人事实上失去了对财产的控制。

古典古代共同体是马克思在描述人类社会早期发展阶段时所提及的一种共同体形式。这种共同体形式主要存在于古希腊、罗马等古典古代文明中。古典古代形式的自然共同体建立在土地私有制的基础上。与亚细亚形式不同，这里的土地被分割成私人的财产，个人或家庭成为土地的所有者。这种土地私有制使得共同体成员在某种程度上获得了经济上的自主性和独立性。同时古典古代形式的自然共同体中存在着比较复杂的社会分工。它不同于亚细亚形式的自给自足，这里的生产开始专业化，出现了专门从事不同职业的人群。这种社会分工促进了社会生产力的提高和社会的发展。尽管古典古代形式的共同体在土地所有制、城市生活和社会分工等方面进步了，但它仍然受到共同体规则和传统的制约。

日耳曼共同体是马克思在分析社会结构时提出的另一种共同体形式。日耳曼共同体形式以乡村为基础，并且呈现出相对松散的结构。在此共同体中，每个家庭或个体在生产上往往能够自给自足，他们独立拥有土地进行农业生产。同时此类共同体也相对松散，它的存在主要在每次共同体成员聚集在一起举行会议时才能够体现。这种聚集并非一个紧密的整体或组织，更类似于一种联合。因此，在此阶段，共同体并不是以一个统一的形式表现出来，而是表现为以土地所有者为独立主体的一种统一。同时，随着日耳曼共同体成员逐渐联合在城市中，公社本身也开始了具有某种经济的存在。城市不再是由独立的各个家庭简单组成，而是变成了一种独立的有机体。这是日耳曼共同体在历史发展中的一个重要转折。

（2）马克思对虚幻的政治共同体的驳析

在《德意志意识形态》等著作中，马克思在对资本主义社会及其政治制度深刻分析的基础上，阐释了虚幻的政治共同体的概念。在他看来，虚幻的政治共同体指的是一种在资本主义制度下产生的具有欺骗性和虚幻性的政治组织。虚幻的政治共同体是特殊利益和共同利益之间的矛盾产物。马克思指出："正是由于特殊利益和共同利益之间的这种矛盾，共同利益才采取国家这种与实际的单个利益和全体利益相脱离的独立形式，同时采取虚幻的共同体形式。"① 在资本主义社会中，由于社会分工和私有制的存在，个人的劳动和利益往往与社会的整体利益相分离。这种分离导致特殊利益和共同利益之间的矛盾和冲突。为了维护自身的特殊利益，统治阶级往往将自己的利益或本阶级的利益说成普遍的利益，从而掩盖了社会的真实矛盾和冲突。在马克思看来，这种以特殊利益为基础的政治共同体是一种虚幻的存在。同时，马克思将资本主义社会中的国家视为政治共同体的一种形式。它往往被赋予了普遍性与超越性的特征。然而，在马克思看来，国家并不是理性的共同体，而是阶级统治的工具，它代表的是统治阶级的利益，因此国家所宣称的普遍性和超越性只是一种幻想，用来掩盖其真实的阶级性质。

马克思认为虚幻的政治共同体是资本主义社会历史阶段的产物。随着生产力的发展，这种虚幻的政治共同体必将被更高级的社会形态取代。因此，

① 马克思、恩格斯：《马克思恩格斯文集》（第 1 卷），人民出版社 2009 年版，第 536 页。

马克思对虚幻的政治共同体的理解是基于对资本主义社会及其政治制度的深刻批判。他揭示了虚幻的政治共同体产生的根源以及其历史的暂时性，为人类理解现实社会提供了重要的理论视角。

3. 马克思对“真正的共同体”的科学论述

随着生产力的发展和社会的进步，虚幻的政治共同体被更高级的社会形态取代，随之而来的是一个“真正的共同体”。在“真正的共同体”中，每个人的自由发展是一切人的自由发展的条件，人们将真正实现自我价值和社会价值的统一。马克思在其许多著作中阐述了“真正的共同体”的概念。

马克思指出：“在真正的共同体的条件下，各个人在自己的联合中并通过这种联合获得自己的自由。”① 马克思所描述的真正的共同体是一个深刻而宏大的概念。这种共同体超越了简单的社会组织或者群居形式，指向的是一种理想的人类社会形态。在马克思的共同体理论框架中，“真正的共同体”不仅是对现有社会形态的批判，更是对未来社会的构想和追求。马克思所提出的“真正的共同体”并非空口之谈，而是建立在深入考察人类生产方式和社会形态发展的基础之上的。在“真正的共同体”中，人们不再受到私有制的束缚和限制，也不再被特殊利益驱使和操控。相反，人们能够在公有制的基础上，共同享有社会资源和财富，从而实现公平和正义。在这样的社会中，国家以及阶级等概念将不复存在，人们将摆脱被压迫和剥削的命运，真正地成为自己命运的主人。在“真正的共同体”中，社会是自由全面发展的社会，每个人都能根据自己的兴趣和才能来自由地选择职业和生活方式，从而实现个人的全面和自由的发展。同时，城市与乡村的对立关系被消解，分工也从强制

---

① 马克思、恩格斯：《马克思恩格斯文集》（第 1 卷），人民出版社 2009 年版，第 571 页。

转变为自愿，人们能够充分展现自己的才能和潜力，共同推动社会的进步和发展。它代表着未来的理想社会——共产主义。

“真正的共同体”批判资本主义价值观念，试图摆脱西方文化霸权和资本逻辑的普世价值观念，将人的自由发展视为最为核心的价值追求。[①]“真正的共同体”以实现全人类的共同体价值为宗旨，不仅是一种抽象的概念，还需要在实践中得以实现。实现此远大理想需要人们的共同的长期努力和不懈的追求。

生产力的高度发展是实现真正的共同体的重要前提。马克思认为，只有随着生产力的高度发展，人们才能摆脱对物质的依赖，从而逐渐实现人的自由而全面的发展。生产力是推动社会进步的根本动力，也是实现共同体目标的物质基础。在生产力不断发展的过程中，人们能够创造出更多的物质财富，满足人们日益增长的物质需求，从而为实现真正的共同体创造必要的经济条件。同时，生产力的不断发展还能促进社会关系的变革。随着生产力的不断发展，旧的社会关系会逐渐变得不适应，从而推动社会关系的变革，并最终推动人的全面发展。在真正的共同体社会，人们共同占有和使用生产资料，共同劳动并共享劳动成果。这种社会关系的变革只有在生产力高度发展的基础上才能够实现。因此，积极推动生产力的发展是走向真正的共同体的必要前提。

此外，实现“真正的共同体”需要无产阶级的重要力量。无产阶级是推动实现真正的共同体的重要社会力量。无产阶级作为社会化大生产的产物，是先进生产力的代表，具有高度的组织性和纪律性。同时，无产阶级革命作为改变社会上层建筑的重要手段，旨在推翻资产阶级的统治，建立无产阶级专政的政权，为实现真正的共同体提供政治保障。通过无产阶级革命，人们不仅可以消除私有制，建立公有制，还能实现生产资料的共同占有和使用，

---

① 王公龙等：《构建人类命运共同体思想研究》，人民出版社 2019 年版，第 120 页。

为真正的共同体奠定基础。无产阶级社会通过教育和宣传等方式来提高人们的思想觉悟和文化水平。他们传播的共同体理念和价值观念引导人们认识到私有制是社会不平等和阶级矛盾的根源，从而促进人们的思想进步。更重要的是，无产阶级还具有科学的理论指导，马克思主义是无产阶级革命的指导思想，它揭示了社会发展的客观规律，为无产阶级走向真正的共同体提供了科学的指导。在马克思主义的指导下，无产阶级能够正确地分析社会形势，制定正确的革命策略，从而确保革命的胜利和成功。

马克思的共同体思想是基于唯物史观的科学理论分析，从而深刻探寻真正能够推进人民全面自由发展的理论体系，即“真正的共同体”。在当今百年未有之大变局的时代背景之下，习近平主席提出的“人类命运共同体”思想是对马克思共同体思想的传承和发展，是应对国际社会问题给予的中国方案。“真正的共同体”为人类社会的发展指明了方向和目标，而共同体则提供了实现这些目标的现实路径和行动方案。在新时代中国特色社会主义思想的指导下，要不断推动构建共同体的伟大实践，为实现中华民族伟大复兴的中国梦和世界人民的共同福祉贡献力量。

第四节　人类命运共同体思想的形成背景与内涵

当今社会挑战频发，人类世界正面临经济全球化、地区安全与和平发展、生态环境危机、自然资源短缺、信仰危机、疾病防治等诸多共同的挑战。这些挑战表现出跨国界、跨民族、跨意识形态的特点，凭借一个国家的力量不能有效应对，需要各国共同体努力，携手应对。在世界大发展与大变革并存的时代，以习近平同志为核心的党中央怀揣着对世界前途命运的关切，直面全球现实，深入思考“世界怎么了、建设一个什么样的世界、如何建设这个世界”等关乎人类前途命运的重大课题，呼吁各国、各民族人民合理应对挑战，携手共建美好世界共同体重要思想正是在这样的背景下提出的。

1. 人类命运共同体思想的形成背景

对于人类命运共同体的具体内涵，习近平主席曾这样精练地概括道：“人类命运共同体，顾名思义，就是每个民族、每个国家的前途命运都紧紧联系在一起，应该风雨同舟，荣辱与共，努力把我们生于斯、长于斯的这个星球建成一个和睦的大家庭，把世界各国人民对美好生活的向往变成现实。”[①] 人类命运共同体思想以双赢为前提，以维护世界和平、促进共同发展为宗旨，将来自不同民族和国家人民的命运紧密联系在一起，推动各民族人民的共同发展与共同交流，体现了人民对美好生活的期待与追求。坚持推动构建人类命运共同体已经被列为新时代坚持和发展中国特色社会主义的基本方略，并写入党章和宪法。在众多国内外场合，习近平主席不断倡导人类命运共同体，并作出重要阐释，以实际行动践行共同体理念，推进双边、地区、全球的多层次共同体建构，加强国际交流与合作，在国际上广受认可。关于习近平人类命运共同体思想的形成和发展过程可分为以下三个阶段。

首先是人类命运共同体思想的形成阶段。2013 年 3 月，习近平在莫斯科国际关系学院的演讲中，第一次在外交场合提到命运共同体的概念：“这个世界，各国相互联系、相互依存的程度空前加深，人类生活在同一个地球村里，生活在历史和现实交汇的同一个时空里，越来越成为你中有我、我中有你的命运共同体。”[②] 在全球一体化发展的当代，人们的交往愈加频繁。尽管人们的民族、文化与制度不同，人与人之间、民族与民族之间的命运却紧密交织在

---

① 习近平：《携手建设更加美好的世界》，《人民日报》2017 年 12 月 2 日。

② 习近平：《顺应时代前进潮流　促进世界和平发展》，《人民日报》2017 年 3 月 24 日。

一起。这一概念的提出标志着人类命运共同体思想进入国际视野。同年10月，习近平提出要让人类命运共同体意识在周边国家落地生根，在印度尼西亚国会演讲中提出了“携手建设更为紧密的中国—东盟命运共同体”①。习近平主席在不同场合提出“中国—东盟命运共同体”“亚洲命运共同体”②“网络空间命运共同体”③“核安全命运共同体”④“中非命运共同体”⑤等概念，并做出了相应的阐释。人类命运共同体的概念提出之初便在海外引起积极的反响，国际社会普遍意识到该理念具有的全新指导意义和价值。

其次是人类命运共同体思想的丰富和发展阶段。在此阶段人类命运共同体思想不断丰富和发展，同时也在国际上广为传播，受到各国政界的重视。2015年9月28日，习近平主席在联合国纽约总部出席第七十届联合国大会一般性辩论时发表题为“携手构建合作共赢新伙伴 同心打造人类命运共同体”的重要讲话，指出：“和平、发展、公平、正义、民主、自由，是全人类的共同价值，也是联合国的崇高目标。”⑥在讲话中，习近平主席呼吁国际社会“构建以合作共赢为核心的新型国际关系，打造人类命运共同体”⑦，阐释了打造人类命运共同体的五位一体总体路径，即“营造公道正义、共建共享的安全格

① 习近平：《携手建设更为紧密的中国—东盟命运共同体》，《中国产经》2013年第10期，第6—7页。

② 习近平：《迈向命运共同体开创亚洲新未来》，《人民日报》2015年3月29日。

③ 习近平：《共同构建网络空间命运共同体》，《内蒙古宣传思想文化工作》2015年第12期，第4—6页。

④ 习近平：《加强国际核安全体系推进全球核安全治理》，《人民日报》2016年4月3日。

⑤ 习近平：《携手共命运同心促发展——在2018年中非合作论坛北京峰会开幕式上的主旨讲话》，《对外经贸实务》2018年第10期，第4—7页。

⑥ 习近平：《携手构建合作共赢新伙伴 同心打造人类命运共同体》，《人民日报》2015年9月29日。

⑦ 习近平：《携手构建合作共赢新伙伴 同心打造人类命运共同体》，《人民日报》2015年9月29日。

局”，“谋求开放创新、包容互惠的发展前景”，“促进和而不同、兼收并蓄的文明交流”，“构筑尊崇自然、绿色发展的生态体系”①。此次讲话形成了较为系统的人类命运共同体思想的框架。习近平主席在2017年联合国总部发表了《共同构建人类命运共同体》②的重要讲话，对于整个世界都在思考的问题“世界怎么了、我们怎么办？”中国给出的方案是：构建人类命运共同体，实现共赢共享。越来越多的国家和国际组织开始关注并参与到共同体的建设中来，共同推动全球治理体系的改革和完善。2018年3月，“推进构建人类命运共同体”被写入新修改的宪法序言中，这一修改使人类命运共同体思想上升为国家的意志，成为中国外交的崇高目标。2019年5月，习近平主席在亚洲文明对话大会的开幕式上发表主旨演讲时表示：“希望各国秉持开放精神，推进政策沟通、设施联通、贸易畅通、资金融通、民心相通，共同构建亚洲命运共同体、人类命运共同体。”③2019年10月，中国共产党第十九届四中全会提出“坚持和完善独立自主的和平外交政策，推动构建人类命运共同体”。④人类命运共同体的理念得到了越来越多的国际认可和赞誉，展现了人类命运共同体思想不断发展，影响力不断扩大。

最后是人类命运共同体思想的不断成熟阶段。2020年9月，习近平主席在第75届联合国大会上发表的重要讲话谈及全球化背景下当代人的责任与使命时，呼吁我们应“团结起来，坚守和平、发展、公平、正义、民主、自由的全人类共同价值，推动构建新型国际关系，推动构建人类命运共同体，共

---

① 习近平：《携手构建合作共赢新伙伴　同心打造人类命运共同体》，《人民日报》2015年9月29日。

② 习近平：《共同构建人类命运共同体》，《人民日报》2017年1月20日。

③ 习近平：《深化文明交流互鉴共建亚洲命运共同体——在亚洲文明对话大会开幕式上的主旨演讲》，《思想政治工作研究》2019年第6期，第5页。

④ 中共中央关于坚持和完善中国特色社会主义制度推进国家治理体系和治理能力现代化若干重大问题的决定，《共产党员》2019年第23期，第13页。

同创造世界更加美好的未来！”[①] 面对全球性问题，我们认识到单打独斗是不足以应对的。这些问题的复杂性和广泛性要求各国人民共同努力，汇聚成一股强大的合力。历史已经将接力棒交到我们这一代人手中，这不仅是一份荣耀，更是一份沉甸甸的责任，要求我们继续向前推动历史的车轮。我们必须坚守和平、发展、公平、正义、民主、自由这些全人类共同的价值。这些价值构成了国际社会普遍认同的基本原则，它们是构建新型国际关系和全球治理体系的基石。在这些共同价值的指引下，我们能够超越文化、地域和政治的差异，携手合作，共同应对挑战，推动构建一个更加和谐、稳定、繁荣的世界。通过这样的努力，我们不仅能够为当代人民创造福祉，也能为子孙后代留下一个更加美好的未来。让我们携手前进，以实际行动践行这些价值，共同书写人类历史的新篇章。

2021 年 1 月，习近平主席在世界经济论坛“达沃斯议程”对话会上的特别致辞中提及当前全球性问题的严重性和紧迫性，呼吁国际社会团结起来，共同推动构建人类命运共同体，以实现持久和平、普遍安全、共同繁荣、开放包容、清洁美丽的世界。在致辞中，习近平主席也提及建构人类命运共同体的方法和路径，涉及“坚持开放包容，不搞封闭排他”“坚持以国际法则为基础，不搞唯我独尊”“坚持协商合作，不搞冲突对抗”“坚持与时俱进，不搞故步自封”等。[②] 2022 年 1 月，习近平总书记在世界经济论坛视频会议上发表题为“坚定信心　勇毅前行　共创后疫情时代美好世界”的演讲。在演讲中，习近平总书记用生动的比喻强调在全球性问题面前人类命运的紧密联系。他指出：“在全球性危机的惊涛骇浪里，各国不是乘坐在 190 多条小船上，

① 习近平：《在第七十五届联合国大会一般性辩论上的讲话》，《中华人民共和国国务院公报》2020 年第 28 期，第 7 页。

② 选自中国政府网：《习近平在世界经济论坛“达沃斯议程”对话会上的特别致辞》（全文），网址：http://www.gov.cn/xinwen/2021-01/25/content_5582475.htm。

而是乘坐在一条命运与共的大船上。”[①] 这一比喻深刻地揭示了国际社会在面对全球性挑战时，唯有团结一致，方能稳健航行，共渡难关。他进一步指出：“和平发展、合作共赢才是人间正道。不同国家、不同文明要在彼此尊重中共同发展、在求同存异中合作共赢。”[②] 这番话不仅强化了人类命运共同体的意识，也促使我们深刻反思全球团结合作的必要性。在当今全球化的世界，无论是应对气候变化、抗击疫情，还是促进经济发展，没有哪个国家能够独善其身。各国的利益和命运已经紧密交织在一起，形成了一个不可分割的整体。因此，世界各国人民必须携手合作，共同面对挑战。这不仅是国际社会责任感的体现，更是实现共同繁荣的必经之路。

2023 年 3 月，习近平总书记在第十四届全国人民代表大会第一次会议上的讲话中再次呼吁构建人类命运共同体。他指出：“我们要努力推动构建人类命运共同体。中国的发展惠及世界，中国的发展离不开世界。我们要扎实推进高水平对外开放，既用好全球市场和资源发展自己，又推动世界共同发展。我们要高举和平、发展、合作、共赢旗帜，始终站在历史正确一边，践行真正的多边主义，践行全人类共同价值，积极参与全球治理体系改革和建设，推动建设开放型世界经济，推动落实全球发展倡议、全球安全倡议，为世界和平发展增加更多稳定性和正能量，为我国发展营造良好国际环境。”[③] 习近平总书记在讲话中表达了中国对全球发展和国际合作的积极态度与承诺，展现了推动构建人类命运共同体的决心和行动。

此外，我国提出的“一带一路”倡议，充分践行了人类命运共同体思想，

---

① 选自中国政府网《习近平在 2022 年世界经济论坛视频会议的演讲》（全文），网址：http://www.gov.cn/xinwen/2022-01/17/content_5668944.htm。

② 选自中国政府网《习近平在 2022 年世界经济论坛视频会议的演讲》（全文），网址：http://www.gov.cn/xinwen/2022-01/17/content_5668944.htm。

③ 选自中国政府网：《习近平：在第十四届全国人民代表大会第一次会议上的讲话》，网址：http://www.gov.cn/xinwen/2023-03/13/content_5746530.htm。

体现了“睦邻、安邻、惠邻”的诚意和“与邻为善、以邻为伴”的友善。“一带一路”倡议秉持“共商”“共建”“共享”的原则，坚持“和平合作、开放包容、互学互鉴、互利共赢”的理念，增进与共建国家的理解与信任，加强与其对接与合作。“一带一路”倡议不仅是一条促进共同发展的经济带，更是一条增进相互理解、加强友好合作的友谊之路。通过这一平台，我们与合作伙伴共同规划发展蓝图，共同建设基础设施，共同分享发展成果。我们尊重各国的发展道路和模式，鼓励不同文明之间的交流互鉴，以开放的心态学习借鉴彼此的经验和智慧。我们坚信，通过“一带一路”倡议的深入实施，可以为沿线国家带来更多的发展机遇，为世界经济增长注入新的活力。同时，我们也将与合作伙伴一道，不断优化合作模式，完善合作机制，推动“一带一路”建设行稳致远，为构建共同体做出新的更大贡献。

2. 构建人类命运共同体的行动路径

2017 年 10 月 18 日，习近平总书记在党的十九大上指出：“各国人民同心协力，构建人类命运共同体，建设持久和平、普遍安全、共同繁荣、开放包容、清洁美丽的世界。”[①]，同时习近平总书记从伙伴关系、安全格局、发展前景、文明交流、生态体系五个维度系统提出了构建人类命运共同体“五位一体”的总体路径。

构建人类命运共同体的理念是一个全面而系统的理论体系。它以人类社会的长期和平与发展为目标，强调全球合作的重要性，要求各国超越单边利益，为实现全球共同利益而努力。人类命运共同体思想不仅是一种思想上的倡导，更是一种行动上的指导，涵盖了伙伴关系、安全格局、发展前景、文

① 习近平：《决胜全面建成小康社会　夺取新时代中国特色社会主义伟大胜利——在中国共产党第十九次全国代表大会上的报告》，人民出版社 2017 年版，第 58—59 页。

明交流、生态体系五个关键领域，旨在通过平等互利的伙伴关系、共同应对安全挑战、促进经济全球化的健康发展、鼓励不同文明之间的交流与互鉴，以及推动可持续发展，实现全人类的共同发展和繁荣。①

在伙伴关系方面，人类命运共同体理念强调建立平等相待、互商互谅的伙伴关系，这要求各国在国际事务中相互尊重、平等对话，通过协商解决分歧，共同维护国际关系的稳定。这种伙伴关系有助于构建一个更加和谐的国际环境，为全球治理提供坚实的基础。

在安全领域，理念倡导营造公道正义、共建共享的安全格局，意味着各国需要共同应对传统和非传统安全威胁，如恐怖主义、网络安全、气候变化等，通过合作提高全球安全水平，以确保每个国家和人民的安全。在经济方面，理念谋求开放创新、包容互惠的发展前景，鼓励各国推动经济全球化朝着更加开放、包容、平衡、共赢的方向发展。这不仅有助于促进全球经济增长，还能让更多国家和人民分享到全球化的红利。在文化交流方面，理念促进和而不同、兼收并蓄的文明交流，强调尊重文化多样性，鼓励不同文化之间的相互学习和借鉴。通过文化交流，可以增进各国人民之间的相互理解和友谊，促进不同文明的和谐共处。在生态建设方面，理念构筑尊崇自然、绿色发展的生态体系，强调可持续发展的重要性。这要求各国在追求经济发展的同时，也要注重环境保护和生态文明建设，实现人与自然的和谐共生。

此外，人类命运共同体包括“建立平等相待、互商互谅的伙伴关系”“营造公道正义、共建共享的安全格局”“谋求开放创新、包容互惠的发展前景”“促进和而不同、兼收并蓄的文明交流”及“构筑尊崇自然、绿色发展的生态体系”五位一体的理论框架。② 这五个领域相互依存、相互促进，共同构成了一个不可分割的整体。每个方面都是实现这一宏伟目标的基石，缺少任

① 王公龙等:《构建人类命运共同体思想研究》,人民出版社 2019 年版,第 58—65 页。

② 王公龙等:《构建人类命运共同体思想研究》,人民出版社 2019 年版,第 58—65 页。

何一个都会影响整体的完整性和效果。这一战略要求在实现共同繁荣和可持续发展的道路上，各国和各民族必须共同努力，相互支持。

人类命运共同体思想是对全球化时代人类社会发展的一种深刻洞察和积极回应。它强调的不仅是国家间的相互依赖和合作，更是一种超越传统国际关系理论的新理念；它不仅关注当前的全球问题，也着眼于人类的长远发展。人类命运共同体思想通过对全球化进程的深入思考，怀揣着对世界前途命运的深切关注，提出中国关于人类社会文明走向的基本判断和基本追求，显示了中国共产党人的世界情怀和大国担当，标志着中国引领世界历史进程的理论自觉。当今世界正处于百年未有之大变局，人类也正处在一个挑战层出不穷、风险日益多变的时代。习近平总书记基于当代发展趋势和人类的前途命运所提出的富含中国特色的共同体思想，旨在建构一个政治互信、经济融合、文化包容的人类利益共同体、命运共同体和责任共同体。通过人类命运共同体思想理论的实践，可以引导全球经济政治文化发展走向更加开放、包容、平衡、共赢的未来，为构建一个持久和平、普遍安全、共同繁荣、开放包容、清洁美丽的世界做出贡献。

第二章　泰戈尔的共同体思想渊源

印度是一个文明古国，拥有丰富的文化。基于共同体的思想内核，悠久的印度传统文化也折射出其对共同体问题的探索与思考，而这也成为泰戈尔共同体思想形成的主要源泉。泰戈尔在他的文学作品及演讲词中多次提及共同体的概念，其共同体思想非常接近共同体的思想。为了全面把握泰戈尔的共同体思想，追溯并理解印度传统文化中的共同体观念是至关重要的。这不仅是对泰戈尔思想的深入挖掘，也是对共同体理念的一次必要的学术探索和思考。

第一节　印度传统文化中的共同体思想

印度传统文化精神蕴藏在印度卷帙浩繁的传统文化典籍及悠久而深邃的传统文化中。提及印度传统文化典籍，不得不提的是印度的《奥义书》（*Upanisad*）。《奥义书》内容驳杂，有200多种，在印度古代思想史上占有重要地位，是印度哲学的基础，对印度古代哲学的发展产生了深远的影响，被称为“后来印度各哲学派别思想的渊薮”，其丰富的哲学思想为后世所推崇。受到家人的影响，泰戈尔少年时代就已经熟悉《奥义书》中的内容，并在自己的作品中多次引用，可谓深受《奥义书》的影响。此外，泰戈尔的思想深受印度传统文化理念的熏陶，这些理念包括对多元文化的包容、对自然生灵的崇拜、对精神世界的向往以及对集体福祉的追求。这些观念不仅构成了他个人哲学的核心，也在他的作品中得到了生动的体现。从印度传统的角度挖掘泰戈尔思想中的共同体元素，一方面能深入探究泰戈尔的共同体思想，另一方面也将对挖掘印度传统文化中的共同体元素有所裨益。

1. 印度传统文化精神

（1）倡导多元共融，推崇文化互鉴

印度的传统文化精神首先表现在其对多元文化极强的包容性与对文化交流的高度重视。印度的这种文化精神使其能够在保持自身文化特色的同时，吸收和融合其他文化的优秀元素。从古至今，印度文化一直以其开放的姿态，欢迎并吸收各种文化元素，形成了一个多元且和谐共存的文化生态系统。这不仅为印度自身的发展注入了活力，也为世界文化的多样性和交流贡献了独特的视角和价值。

在历史上，印度曾发生过多次文化融合，展现出印度传统文化对外民族文化极大的包容性。印度次大陆发生的最早的一次融合可追溯至公元前 2000 年前。作为印度次大陆的早期居民，达罗毗荼人的生活与农业紧密相连，形成了一种以土地为中心的社会结构和文化习俗。他们崇拜象征着生命的繁衍和丰收的大地之母萨克蒂女神。随后，雅利安人的侵入也为印度次大陆带来了新的文化元素与社会制度。雅利安人是一个以游牧为主的民族，他们在军事和社会组织上展现出父权制的特征。雅利安人崇拜象征战斗精神和力量的

战神因陀罗。然而，随着雅利安人在印度河流域的定居，他们的文化开始与达罗毗荼文化发生交流与融合。雅利安人的生活方式和文化信仰也随之发生变化，他们逐渐从游牧生活转而适应农耕生活，文化信仰也转向崇拜与农业生产密切相关的神祇，如“雷雨之神”或“丰收之神”。

达罗毗荼人和雅利安人的这种文化融合也体现在语言、艺术、建筑和社会习俗方面。随着雅利安人的到来，他们的民族语言——梵语也逐渐融入印度的社会，逐渐成为学术和宗教的经典语言。同时，达罗毗荼的语言和文化元素也融入了梵语中，展现出印度语言文化的极大包容性。在艺术和建筑方面，达罗毗荼的艺术风格和雅利安的艺术传统相结合，创造出了独特的印度艺术形式，如在雕塑、绘画和建筑装饰上的精美图案和形象。在社会习俗上，达罗毗荼人和雅利安人在婚俗、节日庆典和日常生活等方面也发生了融合。特别是在印度的传统节日和庆典中，达罗毗荼和雅利安的传统习俗融合现象尤为明显。此外，这次文化融合还促进了哲学和宗教思想的发展。印度的哲学体系也受到外来民族文化的影响，融入了新的理念。

达罗毗荼人和雅利安人的文化融合是印度文化史上的一个重要事件，它不仅为古印度文化的形成奠定了基础，也为后世印度文化的多样性和丰富性提供了源泉。这一融合过程体现了印度文化对外来文化的吸收能力和创新精神，是印度文化包容性和生命力的重要体现。

印度史上的另一次重要的文化融合出现在莫卧儿时期。在这一时期，印度文化与中亚文化深度融合，彰显出印度文化对异质文化独特的包容性。这一时期出现的文化交融主要反映在建筑艺术、文学、绘画、音乐等多个领域，为印度的文化多样性和创新精神增添了浓墨重彩的一笔。

莫卧儿帝国的建立者巴布尔是中亚费尔干纳地区的统治者。他于 1519 年成功侵入印度，并在 1526 年的帕尼帕特战役中击败了德里苏丹国的军队，确立了自己在北印度的统治。随着莫卧儿帝国统治的开启，中亚的文化精髓也随之流入印度，与当地的文化传统发生了深刻的交流与融合。

巴布尔是一位多才多艺的君主，他的文学成就和对艺术的热爱为莫卧儿帝国的文化发展奠定了基调。在他的影响下，莫卧儿帝国的宫廷成为文化交流的中心，吸引了众多学者、艺术家和思想家。在其文学和诗歌的影响下，印度古典文学也得到了新的发展。在建筑领域，莫卧儿帝国的统治者们将中亚的建筑艺术与印度的传统工艺相结合，创造出了独特的建筑风格。泰姬陵、红堡等著名建筑就是这种融合的杰出代表，它们不仅展示了中亚的几何图案与书法艺术，也融入了印度本土的建筑元素和装饰手法。此外，莫卧儿帝国时期的绘画艺术也融合了中亚的细密画技巧和印度的传统绘画风格，形成了著名的莫卧儿绘画流派。在音乐方面，中亚的古典音乐与印度的古典音乐相互影响，共同丰富了印度次大陆的音乐传统。

莫卧儿帝国的统治者们对印度文化的贡献不仅限于艺术和建筑，还包括对科学、哲学和行政管理的影响。他们的统治时期见证了印度社会的文化繁荣，这些文化遗产至今仍然是印度文化宝库中不可或缺的一部分。可以说，莫卧儿时期是印度文化史上的一个高峰，它不仅展示了印度对外来文化的包容和吸收能力，也为后世留下了丰富的文化遗产和灵感源泉。通过这一时期的文化融合，印度文化得以不断更新和发展，展现出其独特的魅力和生命力。

尽管印度在历史的长河中历经了多次外来民族的冲击，但印度文化并未像西方历史中某些时期那样对外来文化采取排斥或拒绝的态度。相反，印度以一种博大的胸怀接纳并融合了这些外来文化，使之成为自身文化的一部分。这种文化的包容性不仅在面对外族入侵时展现出了惊人的生命力，而且转化为新的生长点和创新的源泉，进一步丰富和扩展了其文化传统。正是这种多元共生的文化生态系统赋予了印度文化独特的魅力和持久的活力。在印度，不同的宗教、语言和习俗共存，相互尊重和借鉴，创造了一个和谐共生的社会环境。这种多元文化的融合，不仅促进了社会的发展和进步，也为世界文化的多样性和丰富性做出了重要贡献。

印度的文化包容性还反映在其社会结构和价值观念上。尽管历史上存在着种姓制度等社会分层现象，但印度社会一直在努力推动平等和包容，鼓励不同背景的人们共同参与社会生活，实现个人的价值和社会的发展。

总的来说，印度对外民族文化的包容，不仅使其文化更加多元和丰富，也展现了一种超越单一民族界限的宽广胸怀。这种包容性是印度文化的一大特色，也是其对世界文化多样性和人类文明进步所做出的独特贡献。

（2）尊重自然生灵，崇尚生态和谐

在传统的印度观念中，人与自然的关系是一种亲缘关系，人与自然的关系是亲密无间且密不可分的。印度幅员辽阔，是南亚次大陆最大的国家。印度自然景观多样，动植物种类多样。自古以来，印度人对自然就持有一种崇拜与敬畏之情。在印度人看来，人与自然是平等的，人类不能也不应该凌驾于自然之上。不同于西方追求物质财富，印度人寻求精神富足，他们通过与自然建立联系，寻求人与自然的和谐，从而实现人的精神与世间万物精神的和谐。

古代印度文明始于自然。自人出生之日，人类就需要从自然中汲取维持生存的水源、食物，甚至是取暖的柴火、用于建造栖身之地的材料，处在自然的保护之下。人的生存与生活离不开自然，自然也毫不吝啬地敞开怀抱为人类提供生存之所需。自然与人保持着最密切、最亲近的关系。正如泰戈尔在《人生的亲证》中谈及个体与宇宙关系时提到了古印度人民对自然的态度，他指出："印度的文明被大自然的浩大生命力所包围，提供遮蔽烈日和热带风暴的地方，为牛群提供了牧场，为祭祀提供了燃料，为建造房屋提供了材料。"[①] 不同于始于自然的古印度文明，作为西方文明源头的古希腊文明诞生于由砖块和泥灰砌筑而成的城墙之内。城墙将人类与自然分割开来，切断了自

① Rabindranath Tagore, Sadhana: The Realization of Life, New York: The Macmillan Company, 1915, p6.

然与人天然的联系，改变了自然与人的关系。希腊人人为地与自然分离，通过征服自然、统治自然获取物质财富，他们在内心不信任自然，并认为“任何低级的东西几乎都是自然的”[①]。古代印度人亲近自然、融入自然，追求人与自然的和谐 。野蛮人居住的森林成为古代印度的圣哲们的修身圣地，他们通过栖身森林之中感悟真理，从而实现人类精神与宇宙精神的和谐。泰戈尔指出：“即便在物质繁荣的全盛时期，印度人的内心也总是怀揣着对自然的崇拜而回顾早期的艰难从而实现自我的理想，他们也保持那份对森林隐居生活的尊严从中汲取最大的灵感。”[②] 因此“印度人在承认与自然的亲缘关系、与万物的牢不可破的联系时从不会有任何踌躇”。[③] 对印度人来说，孕育印度文明的自然是与人共生共存，人与自然应当和谐共处。

印度文化对自然的尊重不仅体现在对环境的保护和维护上，更深刻地反映在对自然现象的神圣化上。在印度，自然界的每一个方面几乎都被赋予了神性，从山川河流到雷电风雨，众多的天神与自然现象紧密相连，体现了印度文化中人与自然和谐共生的理念。在印度的传统典籍《梨俱吠陀》中，充满了对这些自然神灵的颂扬。这些颂神诗不仅表达了对自然力量的崇拜和赞美，也反映了对自然现象的敬畏和尊重。它们是对自然界的深刻理解和感悟，也是对自然神灵的虔诚祈求。在这些诗歌中，印度人通过对自然神灵的崇拜，表达了对生命之源的感恩，对自然力量的敬畏，以及对和谐生活的向往。这种崇拜和敬畏，不仅是对自然现象的直接感受，更是对生命、宇宙和存在本身的深刻思考。

---

① [印度]罗宾德拉纳特·泰戈尔：《人生的亲证》，宫静译，商务印书馆 1996 年版，第 5 页。

② Rabindranath Tagore, Sadhana: The Realization of Life, New York: The Macmillan Company, 1915, p6.

③ Rabindranath Tagore, Sadhana: The Realization of Life, New York: The Macmillan Company, 1915, p8.

（3）超越物质追求，重视精神升华

在印度的传统文化中，精神被赋予了至高无上的价值。精神不仅是人生旅程的终极目标，更是人们不懈努力的方向。对物质的超越，可以实现精神的升华，这又通常与自我实现、智慧增长和灵魂升华相关联。与此相比，虽然物质财富能够提供生活的舒适和便利，但印度文化认为这些满足是短暂和浅表的。物质追求无法带来持久的幸福感或满足灵魂的深层需求。

"梵我合一"是印度古代哲学中的一个核心概念，它深刻地体现了一种超越物质追求、重视精神升华的价值理念。"梵我合一"的概念在《奥义书》中得到了深入的阐述。这个概念表达了一种宇宙观和人生观，即认为个体的内在本质与宇宙的终极现实是一致的，蕴藏了人与宇宙的关系及对人的命运的思考。"梵"是印度传统思想和哲学中的最高原则，被视为宇宙的终极本质和源头，也是古印度圣贤追求的最终目标。它是无限的、超越的、不可知的，并且是所有存在的基础。印度的代表性经典《薄伽梵歌》对"梵"也进行了解释，指出"梵"是"至高不灭的存在"。[①]而"梵我合一"主张个体应该超越对物质财富、地位和权力的追求，转而关注内在的精神成长和自我实现，寻求一种更深层次的精神满足和内在平和。它强调个体应重视内在价值，倡导人们通过冥想、修行、学习和内在的探索来净化心灵、提升意识。它推崇一种基于道德和伦理的生活方式，通过培养诚实、慈悲、非暴力等品行，有助于个体与内在的神性实现和谐和统一。

印度传统文化中的智慧告诫我们，不要被物质世界的浮华迷惑，不要将幸福寄托于易逝的财富和物质拥有上。它提醒我们，真正的满足和幸福源于内心的平和与清净，源于对生命更深层次的理解和体验。在这片古老而深邃

① 引自张弛：《印度政治文化传统研究》，中国政法大学出版社 2014 年版，第 75 页。

的文化土壤中，人们被引导去培养一种超越物质欲望的精神视野，去追求那些能够丰富心灵、提升自我并带来持久安宁的价值和理念。印度传统文化鼓励人们在纷扰的世俗生活中保持清醒和自觉，通过冥想、修行、学习和内在的探索，去发现那些永恒不变的真理和智慧。在古印度的艺术和文学作品中，常常反映对精神世界的探索和赞美。这些作品为读者提供了一种超越日常生活的方式，激发了人们对更高层次价值的思考。

印度传统文化中的精神追求是对生命深层次理解的探索、对超越日常物质世界限制的渴望，也是对实现内在和谐与宇宙共鸣的不懈追求。它强调虽然物质世界是生活的一部分，但不能让其成为人们生活的全部。人们应该追求物质与精神的和谐统一，让物质成为支持精神成长的工具，而不是成为束缚灵魂的锁链。从这一角度来看，印度传统文化为我们提供了一种生活的艺术、一条通往内在平和与自我实现的道路。

（4）追求集体利益，维护社会和谐

在印度，这种集体主义精神被视为社会凝聚力和进步的基石。它强调在塑造社会价值时，应将集体的福祉和利益放在个人利益之前。这种价值观在社会文化和行为准则中占据核心，激发着人们对共同价值的追求，以及对增进人类共同福祉的不懈探索。这种价值观念不仅仅是一种道德上的倡导，更是一种实际行动上的指引，深植于印度人的日常生活和社会互动中。无论是在家庭的温馨氛围里，还是在工作的团队协作中，抑或是在更广泛的社会参与和国家建设中，都能找到它的影子。

印度文化关注个体与集体之间的紧密联系，认为个人的福祉与社会的繁荣是相互依存的。在这一文化观念中，集体主义被提升为一种崇高的理想，它指导着人们在做出行动和决策时，优先考虑集体的福祉，甚至在必要时将集体的利益放在个人利益之前。这种价值观的推崇不仅体现了对个体责任的重视，也反映了对维护社会整体和谐与推动社会持续进步的承诺。通过这种

集体优先的思维方式，印度文化鼓励人们为了共同的福祉而团结协作，共同创造一个更加和谐的社会环境。

在古印度，集体主义不仅被视为社会的基石，更是被奉为至高无上的准则。这种思想在古印度哲学的丰富传统中得到了鲜明的体现，并深刻地渗透进了印度人民的思维模式和日常生活之中。它如同一条无形的纽带将个体与集体紧密相连，引导人们在行动和决策时，始终将集体的福祉和利益放在首位。这种深植于文化中的价值观塑造了印度社会的道德框架，也影响了人们对于责任、义务和相互依存关系的理解。

在古印度，圣哲们对自然秩序的深刻探讨形成了一套复杂的哲学体系，其中“道义”（Dharma）、“利益”（Artha）和“爱欲”（Kama）是构成社会秩序的三大基本要素，并称为“人生三要”。[①] 这三要素对于维护社会的秩序和社会的发展起到了重要的作用，也成为衡量人类行为正当与否的关键标准。

在传统的印度文化中，“解脱”被视为人生的最高目标。每个人在世间都是为了寻求“解脱”。但是由于每个人出生的环境不同，因此人们为了达到“解脱”所作出的努力也不同。在这个物质维系的社会，人们被“爱欲”和“利益”纠缠，人们要解脱就需要摆脱“爱欲”的纠缠和“利益”的引诱，超越物质世界，才能实现精神上的自由和解脱。在这里，如果说“爱欲”是个人的行为，那么“道义”就是一种责任，它要高于个人的“爱欲”和“利益”，属于宇宙和社会的基本法则，指导个人和集体行为，并能确保社会的秩序。因此，“道义”意味着超越个体，从“大我”的视角和责任的视角去看待问题。正如法国学者布迪厄所概括的，“道义”在更广泛的意义上是社会与宇宙的总体秩序。[②] 在布迪厄看来，“道义”关联着自然法则和人类社会的道德

---

① 张弛:《印度政治文化传统研究》，中国政法大学出版社 2014 年版，第 85—88 页。

② Madeleine Biardeau, Hinduism: the anthropology of a civilization.(French Studies in South Asian Culture and Society 3), Richard Nice (trans.), Delhi: Oxford University Press, 1989, p41.

法则，体现了宇宙的和谐与秩序。它注重对社会秩序的维护和对共同福祉的重视，要求个人在追求个人利益的同时，也要考虑其对社会整体的影响。

“道义”是一种全然渗透生活方方面面的普遍原则，它细致地勾勒出个人、种姓以及整个社会结构的秩序轮廓。它超越了单纯的规章制度，不仅作为外在的行为准则和传统习俗存在，更是一种深植于内心的精神力量，悄然引导着每个人的行为和思考方向。同时，“道义”着重于个体在社会大家庭中的角色与职责，提倡个人行为与周遭社会乃至整个宇宙的秩序保持一致。它视个人的日常实践为达成社会和谐与集体福祉的坚实基石，孕育着共同体意识的最初形态。

在“道义”的感召下，每个人都被鼓励去寻求个人利益与社会利益的平衡点，认识到自己的行动如何影响着更广阔的社会图景。这种原则不仅塑造了个体的道德观念，也促进了社会的团结与进步，为构建一个和谐有序的共同体提供了坚实的哲学支撑。

此外，“梵我合一”强调个体与宇宙之间的内在联系，提倡个体在追求精神解脱的同时，也要积极地参与到社会生活中，体现了一种深刻的社会责任感和集体意识。在“梵我合一”的视域下，个体的行为既是自我实现的途径，又是与宇宙秩序和谐共生的体现。这种思想深刻地认识到每个人的行动都与整个宇宙息息相关，个体的每一个选择和决定都会影响存在的整体。因此，个体的行为必须与宇宙的法则相一致，以确保共同体的和谐与平衡。这种理念重塑了道德与伦理的内涵，使人不再仅仅局限于人与人之间的互动，而是扩展到了人与自然、人与宇宙的关系。道德行为被视为一种宇宙责任，个体在行动时必须考虑到其对环境、社会和所有生命的长远影响。伦理的实践成为了一种对生命网络的维护，强调了对所有存在的尊重和保护。“梵我合一”还强调了个体与共同体之间的相互依存和整体性。个体不是孤立存在的，而是共同体的一部分，个体的幸福与共同体的福祉不可分割。这种思想鼓励人们在追求个人目标的同时，也要为共同体的繁荣和进步做出贡献。个体的成长和发展应当与共同体的需求和利益相协调，形成一个互利共生的生态系统。

集体主义不仅深植于传统哲学的沃土，也在文学创作中得到了生动的体现和传扬。文学作品作为民族精神和情感的镜像，精准地捕捉并反映了社会的价值观和思想风貌。在古印度的文学宝库中，尤其是像《摩诃婆罗多》这样的经典史诗，集体主义精神和对共同利益的关怀被描绘得淋漓尽致，成为作品的灵魂所在。

史诗《摩诃婆罗多》通过叙述古代印度的一场伟大战争，生动地描绘了个体与集体之间的深刻联系。作品中上至国王下到平凡的百姓，每一个角色都不同程度地展现了对集体利益的深切关怀和贡献。他们中的许多人常常为了捍卫家族的荣誉、社会的稳定和国家的繁荣，不惜做出巨大的个人牺牲。这种牺牲精神不仅体现了个体对集体的忠诚，也反映了印度文化中对集体主义的高度重视和实践。在《摩诃婆罗多》中，对集体主义的重视在潘杜族五兄弟的形象上得到体现。尽管这五位兄弟性格迥异，却始终展现出坚不可摧的团结精神。他们在逆境中彼此扶持，共同面对困难，这种互助与鼓励彰显了集体主义的力量。

面对即将到来的战争与杀戮，五兄弟之一的阿周那内心充满了矛盾和挣扎。然而，在与克里希纳的深刻对话中，阿周那逐渐领悟到，作为战士履行自己的职责和义务是至高无上的使命。通过这番对话，阿周那学会了如何将个人的小我融入更大的宇宙秩序中，理解了行动的无私性和超越性。克里希纳的智慧指引他超越个人情感的束缚，认识到为了维护正义和秩序有时必须做出牺牲。阿周那和克里希纳的这段对话不仅是阿周那个人心灵成长的转折点，也是对集体主义精神的一次深刻诠释。它倡导个人的利益应当服从更高的集体目标，即使这意味着要面对艰难的抉择和个人的痛苦。通过阿周那的故事，史诗传递了一个核心信息：真正的英雄主义不仅在于个人的勇气和力量，更在于为了集体的福祉而做出的无私奉献。

印度传统文化精神中所弘扬的集体价值，是为了保障社会秩序的和谐与有序。在印度文化和哲学中，个体利益的牺牲并非简单的损失，而是一种为了更广泛群体利益的高尚行为。这种牺牲被视为构建社会和谐的基础，是一种对更大共同体福祉的贡献。在印度的观念里，个体与集体不是对立的，而是相互依存、相互促进的关系。个体的奉献和牺牲被看作对社会整体的积极贡献，是对维护社会稳定与和谐的必要投入。这种思想反映了一种深刻的社会责任感和对公共利益的尊重。通过强调集体利益的重要性，印度传统文化精神鼓励人们超越自我中心的局限，培养一种更为开阔的视野和胸怀。它倡导人们在面对决策时，不仅要考虑个人的利益，更要考虑行为对他人和社会的影响，从而促进社会的全面发展和进步。

印度的传统文化精神体现了对多元文化的包容、对建构和谐生态的思考、对精神自由的不懈探索以及对人类共同福祉的执着追求。这些理念，尽管带有其时代的特定印记和局限性，却在历史的长河中熠熠生辉，彰显出印度人民对于构建一个包容、和谐、平等、博爱、自由社会新秩序的深切向往与美好憧憬。这些理念共同构成了印度文化对共同体的深刻理解，这种理念超越了哲学和文化的范畴，深深融入印度人民的生活实践之中。在印度文化的历史长河中，无数的思想和信仰交织在一起，孕育了印度的共同体思想。这不仅丰富了印度社会的精神生活，也为泰戈尔等思想家提供了丰富的灵感和深厚的土壤。

2. 泰戈尔文学中的印度文化

印度文化以其深邃的哲学、多彩的神话、丰富的艺术形式和对自然宇宙的深刻洞察而著称。泰戈尔的文学创作便是这一文化精髓的生动体现。他的诗歌、小说、戏剧和散文不仅深刻地反映了对印度哲学的理解，巧妙地融合了传统文化元素，还探索了民族艺术形式的创新，并表达了对自然和宇宙的敬畏。泰戈尔的作品根植于印度文化的沃土，汲取了哲学智慧、艺术灵感、神话想象和自然之美。这些元素共同塑造了他独特的视角和对生命、世界和人类精神追求的深刻见解，使他的作品成为传达这些思想的有力媒介。

泰戈尔热爱印度文化，为印度创造的文化倍感自豪。他曾在小说《戈拉》中借女主人公之口表达了对印度文化的态度，说道："我们的祖国是一个了不起的国家！……在这个国家，产生了多少伟大的人物，发生了多少伟大的战争，创造了多少伟大的真理，修炼了多少伟大的苦行！这个国家从多少不同的方面研究了宗教，提出了多少解释生命奥秘的答案！这就是我们的印度！"[①]在泰戈尔的眼中，印度文化是一片充满智慧和创造力的土地，它孕育了无数杰出的思想家、勇士、哲学家和艺术家。泰戈尔深知，印度文化的丰富性不仅体现在它的历史和传统上，更体现在它对生命、宇宙和存在本质的深刻探讨上。在他的表述中，印度文化是一个多元而包容的体系，它不仅包含了宗教的多样性，还涵盖了哲学、科学、艺术和道德的广泛领域。泰戈尔认为，印度文化的核心是一种对生活的热爱和对人类命运的深切关怀。它教导人们要有勇气面对挑战，有智慧去理解复杂，有同情心去关爱他人，以及有创造力去塑造未来。这种文化精神激励着泰戈尔，也激励着每一个印度人，去追求更高的理想，去实现更伟大的目标。

印度文化成为泰戈尔的创作源泉、精神家园。他源源不断地从印度的哲学、宗教思想以及丰富的文化典籍中汲取创作灵感与创作素材。然而，泰戈尔并没有将自己局限于印度文化的边界之内，而是以开阔的视野，将印度文化的精髓传播到世界各地。他的作品不仅立足于印度文化的深厚底蕴，更超越了地域的限制，向世界展示了印度的独特魅力。泰戈尔努力让世界各地的人们了解并欣赏印度文化，同时也在不断地探索和尝试，将新的元素和理念融入印度文学之中，推动其创新发展。通过他的笔触，泰戈尔向世界展示了

① ［印度］泰戈尔：《泰戈尔全集》（第13卷），刘安武主编，河北教育出版社2000年版，第427页。

印度文化的深邃与博大，更通过创新的手法使印度文学焕发出新的活力。他的作品成为连接印度与世界的桥梁，同时也为印度文化的传承与发展开辟了新的道路。

泰戈尔对印度文化的热爱首先源于家庭。泰戈尔出生在一个印度传统文化浓厚的家庭，自幼就浸染其中。泰戈尔的父亲热衷于印度哲学和宗教研究，对《梨俱吠陀》和《奥义书》很有研究。他还参与了当时有名的宗教改革。泰戈尔的母亲出生在印度一个持有正统观念的高种姓家庭。他的大哥是一位学识渊博的诗人、音乐家、哲学家和数学家，对西方哲学颇有研究。二哥在语言上颇有造诣，精通梵文、英语和孟加拉语，还善于使用孟加拉语和英语写作、翻译。他用孟加拉语翻译了不少印度传统文化著作，如古印度哲学的经典著作《薄伽梵歌》及印度古诗人迦梨陀娑的长篇抒情诗《云使》等。① 泰戈尔的姐姐是第一个使用孟加拉语创作长篇小说的印度女作家。泰戈尔家人对印度文化的喜爱与造诣深深地感染了泰戈尔。这样的家庭氛围也使他自幼就对《奥义书》《梨俱吠陀》等传统宗教文献熟稔于心。他曾表示：“钻研《奥义书》，使我的家庭与《往世书》时期前的印度建立起密切联系。孩童时代，我几乎每天以纯正的发音朗读《奥义书》的诗行。”② 泰戈尔的这句话揭示了印度古典文献对他个人成长和文学创作产生的深远影响。《奥义书》是印度哲学的重要文献，属于吠陀的一部分，它们探讨了宇宙的本质、人的存在以及灵魂与宇宙之间的联系等深奥的哲学问题。《往世书》则是印度文化的另一类重要神话和传说集，包含了宇宙的创造、神话故事等内容。泰戈尔曾表示，他的家庭通过研读《往世书》等古典文献，与印度的古代文化建立了深厚的联系。这反映出他的家庭教育深受印度古典文化和哲学的熏陶。在这样的文化

① [印度]克里希纳·克里帕拉尼：《泰戈尔的一生》，毛世昌，丁广州译，商务印书馆2012年版，第11—18页。

② [印度]泰戈尔：《泰戈尔经典散文集》，白开元译，新世界出版社2010年版，第171页。

氛围中成长的泰戈尔，不仅对印度的传统哲学有了深刻的理解，而且这些古典智慧也成为他个人思想和文学创作的重要基石。

此外，他还阅读《罗摩衍那》《沙恭达罗》等经典文学著作，接触到印度传统文化的魅力，并对印度传统文化进行了深入的学习和思考。他曾在《生活回忆》中介绍了他在幼时就被仆人圈子里流行的书籍吸引，包括《恰利卡耶歌集》的孟加拉译本、《罗摩衍那》等。[①]《恰利卡耶歌集》以其深刻的宗教和哲学思想，激发了泰戈尔对精神世界的探索；而《罗摩衍那》则以其宏伟的叙事和丰富的想象力，培养了泰戈尔对史诗传统的热爱和对英雄理想的追求。泰戈尔对阅读《罗摩衍那》的情景记忆犹新，这部史诗的故事情节和人物形象在他的心中留下了不可磨灭的印象。通过这些故事，泰戈尔不仅学到了忠诚、勇气、牺牲和正义等价值观，更对印度传统文化的精神内核有了深刻的理解和感悟。这些早年的文化熏陶和文学阅读，为泰戈尔后来的文学创作奠定了坚实的基础。他的诗歌、小说、戏剧等作品，无不体现出印度传统文化对他的深刻影响，同时也展现了他对这些传统价值观的现代诠释和创新表达。

此外，在父亲的影响下，泰戈尔曾在父亲供职的教会的特别部门担任书记，这为他深入理解印度文化提供了契机。正如泰戈尔所言，他并不完全认同所在部门的宗教观，但他需要学习并领会教会的教义，捍卫传统的保守宗教观，这已经成为他工作的责任。[②]

宗教文化作为印度传统文化的重要组成部分，很大程度上影响了泰戈尔思想的形成。虽然泰戈尔本人曾表示他的宗教观并不是完全趋同于某一传统的宗教派系，但在泰戈尔的作品中却能找到大量的宗教思想及元素。他的作品中既有对印度教神祇的描绘，也有对佛教等其他宗教思想的吸收和融合。这种宗教多元性在他的文学作品中转化为对人类普遍价值和对精神的追求探

① 刘安武等主编：《泰戈尔全集（第 19 卷）散文》，河北教育出版社 2000 年版，第 99 页。

② [印度] 泰戈尔：《人生的宗教》，曾育慧译，湖南人民出版社 2017 年版，第 73 页。

索。在《人生的亲证》《人的宗教》《故事诗》等作品中，泰戈尔从印度宗教的古老文献和口头传说中汲取素材，彰显了独特的印度文化色彩。刘建在探究泰戈尔的宗教思想时指出，印度传统宗教思想对他宗教思想的形成影响很大。[①]

在他的作品中也能发现印度传统文化的踪迹。泰戈尔在《人生的亲证》的开篇“个人和宇宙的关系”中引入《奥义书》中对梵、梵我如一等观点的论述，阐述对人与宇宙关系的认识。为说明人与宇宙需要建构一种和谐关系，泰戈尔引用《奥义书》教导的精神，指出：“为了寻求神你必须拥抱万物。为了追逐财富，得到小利，而真正抛弃了万物，这不是亲证完美的神的道路。”[②]在“在爱中亲证”中，泰戈尔援引《奥义书》《罗摩衍那》等传统印度文化典籍及理念，阐释了对爱的理解与人和万物的关系。在泰戈尔看来，爱“不仅是感情，也是真理，是植根于万物中的喜，是从梵中放射出来的纯洁意识的白光。所以与一切有情合一的人既存在于外界天空也存在于我们内在的灵魂中，我们必须达到这种意识的定点，那就是爱。”[③]泰戈尔对爱的理解包含了博爱、泛爱的思想。爱是包容，是无私奉献，是拒绝狭隘与封闭。

在很大程度上，泰戈尔也被印度文化所蕴含的美学价值、哲学意蕴与情感体验启发。泰戈尔曾描述过一段偶遇包尔族乞人的经历。他被乞人的吟唱震撼，他表示受到震撼的原因并不是由于其中表达的信仰或情感，而是被乞人唱词中抒发的情感和使用的文辞以及对爱的信仰、对理性的追求震撼。在他的文学作品中也能体验到印度传统文学的美学价值。

印度拥有自成特色和体系的诗歌文化和诗学传统，这与中国诗学和欧洲诗学构成了古代世界的三大诗学体系。印度悠久且浓厚的诗歌文化与诗学传

---

① 刘建:《泰戈尔的宗教思想》，南亚研究 2001 年第 1 期，第 55—66 页。

② [印度]罗宾德拉纳特·泰戈尔:《人生的亲证》，宫静译，商务印书馆 1996 年版，第 10 页。

③ [印度]罗宾德拉纳特·泰戈尔:《人生的亲证》，宫静译，商务印书馆 1996 年版，第 61 页。

统也成为孕育泰戈尔诗歌的沃土。泰戈尔的诗歌以其和谐的节奏和韵律，展现了对自然之美和和谐之美的深切追求。这种艺术表现不仅源于他对自然和生活的深刻感悟，也深受印度文学传统的影响。正是这些传统，赋予了他的作品独特的音乐性和内在的和谐，使其成为跨越文化和时代的文学杰作。侯传文在《话语转型与诗学对话——泰戈尔诗学比较研究》中指出："泰戈尔诗学的审美意识、超越精神和语言情结都是印度民族诗学话语的继承和发展。泰戈尔诗学的'情味论''欢喜论''韵律论'和'和谐论'都有印度传统诗学基础，有的是对传统诗学范畴的直接继承。"[①]

泰戈尔可谓是印度古典诗学的传承者。他不仅深刻理解并领会丰富的印度古典诗学传统，更将其精髓巧妙地运用到自己的诗歌创作之中。在印度传统诗学中，"情味"是一种艺术作品传递的核心情感或情绪，它触及观众或读者的心灵，引发共鸣，并创造出深刻的情感体验。其经常在戏剧、诗歌、音乐、舞蹈等艺术形式中应用。泰戈尔将这一诗学传统应用到自己的诗歌创作中。他认为："所有真正的艺术都源自情感深处。"[②]本质上来看，文学是人类情感体验的抒发、内心深处思绪的流露。它捕捉到最为细腻的感受，反映了内心世界的复杂性和多样性。在日常生活中，除了追求基本的生存需求外，人们还追求超越物质的精神。当这些情感潜能积累至一定程度时，人们便会借助色彩、文字、音符等艺术媒介创作出绘画、文学、音乐等多种形式的艺术作品，表达自我、宣泄情感。这些艺术作品既丰富了人类的精神世界，也成为构建人类文明和文化的基石。[③]在泰戈尔的诗歌和哲学中，"情味"始终占据着核心的位置。泰戈尔的诗歌通过对自然、爱情、人生等主题的描绘，展现了从"艳情"到"喜"的情味发展轨迹。

泰戈尔还继承了印度传统诗学中的"欢喜论"，更将其内化并融入自己的

---

① 侯传文:《话语转型与诗学对话》，博士学位论文，四川大学，2004 年。

② Rabindranath Tagore, Personality, New York: The Macmillan Company, 1917, p28.

③ Rabindranath Tagore, Personality, New York: The Macmillan Company, 1917, p20.

文学创作与思想表达中。“欢喜论”通常指的是作品中所表达的一种纯粹的喜悦或快乐的情感状态。它与其他情味（如悲悯、英勇、厌恶等）一起，构成了印度艺术和文学的丰富情感谱系。泰戈尔在题为《什么是艺术》的演讲中表示:“古代印度的修辞学家们毫不犹豫地宣称，欢喜是文学的灵魂。这种欢喜,是超脱于功利的。”① 欢喜作为对文学灵魂的精妙诠释,是文学追求的唯一目标。② 它超越了功利的目的，成为一种至纯至美的存在。在泰戈尔的眼中，欢喜不仅是文学追求的终极目标，也是艺术创作过程中不可或缺的灵感源泉。泰戈尔的贡献超越了对印度古典诗学传统的继承。他不仅深刻地吸收了“情味论”“欢喜论”等核心理念，更是在这些理论的基础上，创造性地提出了“韵律论”和“和谐论”，从而赋予了印度诗学传统以新的维度和深度。

泰戈尔的文学还体现了印度文化中的艺术审美。他的诗歌和散文语言优美，形式多样，既有古典诗歌的韵律和节奏，也有现代诗歌的自由和创新。这种艺术性与印度文化中对艺术的尊重和追求完美是相契合的。在印度文化里，艺术不仅被赋予了极高的价值，而且其创作过程往往追求精湛和细腻，这与泰戈尔诗歌中所体现的艺术特质不谋而合。在文学创作中，泰戈尔致力于深入探讨个人与社会的紧密联系，并强调了一个核心观点：每个人都对社会的福祉和进步负有不可推卸的责任。他的作品关注个体在社会中的角色与使命，传递出一种深刻的社会责任感，鼓励人们积极参与社会事务，为共同的进步贡献力量。

在泰戈尔的笔下，个人不再是孤立的岛屿，而是社会大家庭中不可或缺的一员。他强调，每个人的努力和贡献都是推动社会向前发展的重要力量。这种思想与印度文化中根深蒂固的集体主义精神和利他主义价值观不谋而合，

---

① Rabindranath Tagore, Personality, New York: The Macmillan Company, 1917, p8.

② 转引自侯传文，王汝良《泰戈尔与唯美主义》,《青岛大学师范学院学报》2009 年第 4 期，第 68 页。

反映了一种超越个人利益，追求共同利益和社会和谐的崇高境界。泰戈尔的文学世界里充满了对人类命运和社会正义的深切关怀。他的作品经常描绘那些在社会中默默付出、无私奉献的人物形象，通过他们的行动和选择，展现了个体对社会的积极影响和改变的可能性。这些故事激发了读者对于个人责任的思考，同时也强化了社会对于道德行为的期待与推崇。

泰戈尔文学中印度文化的印记不仅涉及对印度宗教文化、哲学理念、价值观念的展示，也反映在对印度美学价值、诗学传统的继承与思考上。他立足于印度传统文化，融入自己的思考，并对其进行了新的阐释和发展。当泰戈尔的作品被世界范围的读者阅读时，泰戈尔又化身为印度文化的传播大使，将印度文化中的对多样性的包容、对自然的崇尚、对和谐生活的追求、对共同利益的重视，以及对大爱的无限向往等观念播散开来，为人们呈现出别样的价值追求与情感体验。

3. 泰戈尔文学中的印度文化精神

泰戈尔的文学作品不仅援引了丰富的印度文化元素，也彰显出鲜明的印度文化精神。1921 年，泰戈尔在接受诺贝尔文学奖颁奖仪式的演讲中说道："我认为'印度精神'不是拒绝一切，包括其他所有种族和文化。'印度精神'一直是崇尚团结理想的……在现在这个政治上动荡不安的时代，伟大的印度国民却叫嚣着要拒绝西方。这让我感到痛心……我们必须缔造最深厚的友谊。这将是不同种族之间的精神团结。我们必须进一步深入人类精神的深处，找到缔造团结的伟大纽带。这个纽带属于所有民族……不同族群之间不应该彼此征战不休。人类的努力指向和解与和平。人类必须重新缔结友好合作的纽带。"[①]

① Indra Nath Choudhuri, The Other and the Self ; Tagore's concept of Universalism, Sanjukta Dasgupta Chinmoy Guha, Tagore-At Home in the World, New Delhi: SAGE India, 2013, p108.

泰戈尔的这段话体现了他对人类团结和和平的深切期望，以及他对“印度精神”的深刻理解。泰戈尔认为，“印度精神”是一种开放和包容的精神，它不拒绝任何种族或文化，而是倡导团结与和谐。这种精神主张不同文化之间不应当是一种排斥和对立的关系，而应当采取相互理解和尊重的态度。在泰戈尔看来，即使在政治动荡和民族主义情绪高涨的时代，印度人也不应该拒绝其他文化的影响。相反，他们应该寻求与不同种族和文化建立深厚的友谊，实现精神上的团结。这种团结不仅局限在民族的内部，也是全人类共同追求的目标。泰戈尔呼吁人们超越种族和文化的界限，寻求共同的价值观和目标，以实现全人类的和谐共处。

泰戈尔认为印度精神体现了对多元文化的包容。在印度历史上曾发生过多次异质文化的侵入。面对异质文化，印度文化以宽容、开放的态度接纳形形色色的文化形式，并吸纳新元素发展本民族的文化。对于种族和文化的发展来说，泰戈尔不赞同隔离、拒绝与闭塞，他认为文化应在交流合作中实现共赢。对种族的认识也不应受到狭隘民族观的牵制，被民族情绪蒙蔽，各民族之间应该致力于和平，缔结友好合作的纽带。

印度文化精神崇尚和谐。印度文化孕育人与世界和谐相处的优秀传统。泰戈尔指出：“从《奥义书》时代一直到现在，许多伟大的精神导师为实现人类团结进行了工作，他们的目的就是我们对上帝的觉悟来蔑视人类的一切分歧。”[①] 在泰戈尔看来，印度的精神导师们在历史上为促进人类的统一不懈努力；印度也在通过调节社会分歧和承认精神团结致力于达成和谐。在《人生的宗教》中，泰戈尔将生命划分为四个阶段，其中生命的第四个阶段是“人与世界达到美好的和谐”。[②] 为了达到这种和谐，需要人们跳脱个人主义的束缚，摆脱欲望、个人势力和国家强权等因素的限制。在泰戈尔看来，人类是一个

① [印度]泰戈尔:《民族主义》，谭仁侠译，商务印书馆 2019 年版，第 2 页。

② [印度]泰戈尔:《人生的宗教》，曾育慧译，湖南人民出版社 2017 年版，第 142 页。

不可分割的整体，只有通过相互理解、尊重和合作，我们才能实现真正的和谐相处。

提及印度社会，不得不说的是印度的种姓制度。在雅利安人入侵印度后，印度社会逐渐形成了森严的种姓制度。种姓制度将印度的社会划分为四个等级：婆罗门、刹帝利、吠舍、首陀罗。前两个等级是统治阶层，后两个阶层受前两个阶层的统治。婆罗门位于种姓的最高等级，是印度最高的精神领袖，主要由宗教祭祀组成，被赋予诸多特权。他们掌管印度的文化教育，拥有解释宗教经典与祭神的特权。刹帝利是世俗权力统治者阶层，是婆罗门思想的受众，掌握印度的政治和军事特权，由国王、军事贵族和地主构成，负责守护婆罗门阶层生生世世。吠舍是普通民众阶层，主要由商人组成，政治上没有特权，以布施和纳税的形式来供养婆罗门和刹帝利。首陀罗是贫民和奴隶阶层，他们的公民身份和公民权利被剥夺，甚至被禁止参加宗教礼仪。除以上四个种姓等级之外，印度还有第五个阶层。他们被称为达利特，处于印度社会的底层，从事最低廉的劳动，又被称为“贱民”。种姓奉行世袭制，人出生于哪个种姓，那么他一生就是哪个种姓。种姓制度还规定低种姓的男子不允许与高种姓的女子通婚，但低种姓的女子却可以嫁给高种姓的男子以提升种姓地位。种姓制度将印度的社会阶层化，阶层终身化、世袭化。

泰戈尔对种姓制度持有复杂而审慎的态度。他认识到，尽管种姓制度在历史上展现出了一定的局限性，带来了社会分层和不平等问题，但在特定的历史时期，这一制度也曾有效地维护了社会的稳定与和谐。泰戈尔认为在推动印度社会的发展和进步方面，种姓制度的确发挥了积极作用，其贡献是不容忽视的。它在历史上为印度社会构建了一种秩序框架，它规定了社会成员在特定的角色和职责中应扮演的角色，这在一定程度上有助于社会结构的稳定和协调运作。但它同时也带来了限制和不平等问题。随着社会的发展和文明的进步，泰戈尔认为，那些曾经有助于社会稳定的制度，如果不再适应现代社会的需求，就必须接受重新审视和改进。他提倡对传统制度进行批判性思考，以确保它们能够促进全人类的尊严和平等，而不是成为阻碍社会公正与和谐的障碍。

在《戈拉》《素芭》等小说中，泰戈尔展示了种姓制度对人们思想的荼毒。在他看来，种姓制度对人们的思想影响根深蒂固，不仅限制了个人的自由，还加剧了社会的不平等和歧视。

在《戈拉》中，主人公戈拉是一个坚决维护种姓制度的印度青年。在戈拉的世界里，种姓制度是社会秩序的一部分，更是他个人身份和自我认同的核心。因此，他守旧地遵循着印度教的每一条教规，以维护自己作为婆罗门种姓的纯洁性。在生活中，他恪守着种姓的条条框框。他不仅在额头上粘上了自己种姓的印记，甚至还不惜伤害自己的亲人和朋友。由于自己的养母雇用了异教徒佣人，他便拒绝与母亲一起吃饭；由于朋友爱上了梵社的女孩，他便不惜与朋友决裂，甚至在他爱上其他信仰的女孩时，他也打算放弃这段情感。最终，当戈拉惊悉自己并非婆罗门的纯正后裔而是拥有爱尔兰血统时，他之前对种姓制度的盲目维护显得多么荒谬和无谓，同时也唤醒了他对种姓制度的反思。他深刻认识到了种姓制度对人性的枷锁、对社会进步的羁绊以及对个人自由发展的制约。

泰戈尔在《戈拉》中以犀利的笔触对种姓制度进行了深刻的剖析和批判。戈拉的心灵觉醒，不仅是个人认知的转变，更是泰戈尔对旧社会秩序的强烈质疑。通过戈拉从盲目追随到深刻反思的转变，泰戈尔传达了对打破种姓桎梏、追求一个平等、自由社会的热切向往。这一转变不仅标志着个人精神的重生，也象征着社会觉醒和进步的曙光。泰戈尔以其深邃的见解和文学的力量，激发了人们对更加公正的社会的追求和梦想。

尽管印度社会被种姓制度的不平等困扰，但印度丰富的文化传统同样孕育了人们渴望平等、实现人类大同的深刻愿望。印度教主张万物有灵，认为自然与人同为神所创造，从本质上而言，人与自然是平等的。泰戈尔认可这一观念，他曾解释说：“组成生命的元素跟组成石头、矿物的元素是相同的。”[①]在他看来世间万物都应享有相同的权利，不存在高低贵贱，人与万物要相互尊重，相互包容。

泰戈尔悲悯慈悲，以博爱的人性关注现实问题。泰戈尔曾表示：“再没有比对一切生命的同情更高的宗教了。爱就是所有宗教的基础。”[②]在泰戈尔看来，爱是对待万物的态度。人类不仅应当爱自己，还要以博爱的包容心对待他人、自然、万事万物。在泰戈尔的哲学中，爱是一种超越种族、宗教、文化和国家界限的情感，它连接着每一个灵魂，激发着人们内心深处的善良和同情。在散文《世界博爱观》中，泰戈尔进一步阐述了他对爱的理解。他在文章中表示：“一切事物无论高低远近，无论已知或未知，都应一视同仁，采取毫无敌意、宽宏大量、亲和友善的态度。”[③]泰戈尔主张人们应该以一种平等的心态去对待每一个生命，无论它们在我们生活中的位置如何，无论我们对它们了解多少。这种态度要求我们放下自我中心的视角，以一种更加宽广和深远的视角去看待世界。通过实践这种爱，我们不仅能够促进个人的精神成长，激发我们内在的善良与智慧，帮助我们在面对困难和挑战时，保持冷静和坚韧；也能够消除人与人之间的隔阂，促进不同文化之间的理解和尊重，实现自我与他人的和谐共存，构建一个更加美好的世界，从而实现全球的和平与团结。在泰戈尔看来，这种爱的态度是一种生活的艺术，它要求我们在日常生活中不断实践和体现。无论是对待家人、朋友，还是对待陌生人，甚至是对待自然界中的动植物，我们都应当展现出同样的关怀和尊重。

泰戈尔的博爱思想还反映在他对印度普通民众深切的关注和同情上。泰

---

① ［印度］泰戈尔：《人生的宗教》，曾育慧译，湖南人民出版社 2017 年版，第 13 页。

② ［印度］克里希纳·克里帕拉尼：《泰戈尔的一生》，毛世昌、丁广州译，商务印书馆 2012 年版，第 128 页。

③ 刘安武等主编：《泰戈尔全集（第 23 卷）散文》，河北教育出版社 2000 年版，第 414 页。

戈尔从现实中取材，用心聆听和观察普通人的生活点滴，从而在自己的作品中真实地再现了他们的社会境遇。泰戈尔的笔下，无数鲜活的人物跃然纸上，他们的故事不仅折射出社会的不公与苦难，也展现了人性中的坚韧与光辉。在短篇小说《河边的台阶》中，泰戈尔描绘了一个叫库素穆的年轻寡妇的生活境遇。由于丈夫早亡，库素穆早早就成了寡妇。一天，一位僧人的到来搅扰了库素穆的生活。库素穆在听说这位来到村子里的僧人长得像他死去的丈夫时，她来到了僧人所在的住所，试图通过向僧人虔诚地祷告而寻求帮助与解脱。但是僧人却由于库素穆表露了对他的爱慕而离开了村子。库素穆获悉僧人离开村子后，她也跳入了村子里的河中。对于库素穆来说，僧人的到来为她提供了获得新生的机会。但是僧人不仅没有开导、帮助库素穆，反而离开了库素穆。这无疑为库素穆关闭了最后获得新生的希望和机会。小说在批判印度传统文化对妇女戕害的同时，也讽刺了印度教的保守与虚伪。库素穆的虔诚与对新生的渴望由于僧人的淡漠而破灭。在这部小说中，库素穆是可怜的，泰戈尔以慈悲之心表达了对荒废青春的惋惜及对冷酷宗教制度的批判。

泰戈尔从印度精神中汲取营养，将包容、和谐、平等、博爱、自由等观念融入到他对人类命运的深刻关切之中。在他的作品中，泰戈尔传达出一种超越家庭、血缘、民族、国家等传统界限的情感，展现出一种普世的人文关怀和深邃的精神追求。他的作品不仅表现出对印度本土文化和社会现实的深刻反映，还反映出对全人类共同价值和理想的追求与探索。泰戈尔将追求全人类深情的大爱称为“博爱”。泰戈尔深刻地指出，博爱的精神早已根植于印度传统文化的精髓之中，它是印度人民崇尚精神价值的自然体现。他认为，这种精神不仅限于对人的关爱，更扩展到了对整个宇宙万物的和谐共存。正如他在《世界博爱观》中指出：“印度最重视这种修行，最重视对世界的感悟，对一切的感知。……而佛陀为了完善这一感悟，也劝告人们采用这种方法，以使人的心由互不仇视提高到怜悯慈悲，进而又由怜悯慈悲升华到普遍的友谊和爱心——博爱。”[①] 在他看来，博爱是人类社会的最高理想，它要求我们放下自我中心的视角，以更加宽广和深远的视角去看待世界。通过博爱，我们能够认识到自己与他人的相互联系和相互依赖，从而在行动中体现出对全人类的关怀和尊重。这种爱的力量，能够促使我们在面对冲突和挑战时选择理解和宽容，而非对抗和仇恨。他坚信，博爱不仅是个人道德修养的体现，更是社会和谐与进步的先决条件。

此外，印度传统文化中对“整体”和“个体”关系的思考也影响了泰戈尔。印度文化中宇宙统一性的观念，即一切存在都是相互联系和相互依存的，为泰戈尔提供了一个理解个体与宇宙整体相互关联的框架。“整体”通常被视为宇宙或终极现实的体现，而“个体”则是这一“整体”的微观反映。吠檀多哲学认为，终极现实——梵，是一切存在的根源，而个体灵魂与梵本质上是一致的。这一思想强调了所有生命之间的统一性，以及个体与宇宙之间的深刻联系。泰戈尔深受这一思想的影响，他认为个体的存在是宇宙整体的反映，个体的完善与整体的和谐息息相关。这一思想在泰戈尔的《人生的亲证》等哲学作品集中表现突出。正如他所言，个体在终极灵魂中感受到无限，这种无限感源于内在的力量和潜能，预示着未来的可能性，并指向了个体与整体的和谐统一。

印度传统文化中的业力观念也在泰戈尔的思想中有所体现。业力不仅是个体行为的结果，也是推动个体与整体发展的力量。泰戈尔认为，力能够构筑整体、维护整体并使其向着未来更为完善的境界不断发展，这与业力作为宇宙因果律的传统理解相契合。[②] 这在他的《整体与个体》《业》《力》等散文篇目中都有所体现。此外，泰戈尔强调社会整体中个体利益与公共利益的统

① 刘安武等主编：《泰戈尔全集（第 23 卷）散文》，河北教育出版社 2000 年版，第 415 页。

② 刘安武等主编：《泰戈尔全集（第 23 卷）散文》，河北教育出版社 2000 年版，第 381—383 页。

一，这与印度传统文化中对社会责任和社会秩序的重视相一致。在印度文化中，个体的修行和社会责任不是相互排斥的，而是相辅相成的。泰戈尔提倡的“大我”概念，即个体在认识到自己是社会、国家乃至人类整体的一部分时，愿意为了更高的整体利益而放下个人利益，体现了印度文化中的牺牲和奉献精神。

在这些传统文化的影响下，泰戈尔领悟到个体与宇宙整体的联系。在泰戈尔的作品中被转化为对生命整体性的赞美和对个体潜能的肯定。他认为，通过个体的自觉行动和创造性参与，可以体现对整体的尊重和贡献，从而实现与宇宙整体的和谐共处，展现了个体与整体和谐共生的哲学理念。

泰戈尔的哲学和创作既是对印度精神的传承，又是对全人类智慧的贡献。他的作品跨越国界，激发了世界各地人们对和平、正义和爱的思考与追求。通过他的诗歌、小说和哲学著作，泰戈尔传递了一个信息：尽管我们来自不同的背景，但我们共同拥有建设一个更加美好的世界的可能性和责任。他的博爱思想，如同一盏明灯，照亮了人类共同前行的道路，指引着我们向更加和谐、平等的未来迈进。

第二节　殖民地时期印度社会的共同体思想雏形

泰戈尔生活的年代正值印度沦为英国殖民地的时期，印度社会遭受了前所未有的威胁与挑战。在英国殖民的影响下，印度在政治生活、经济结构和社会意识方面都发生了巨大变化。一方面，在英国殖民地统治者的残酷压迫之下，印度遭受了同其他被殖民国相同的政治压迫和经济掠夺。另一方面，英国殖民者也对印度实施多层次的文化入侵。此时印度的文化呈现出多元文化碰撞与交融的新局面。

1. 殖民地时期英国对印度的政策与影响

在英国殖民者侵入印度后，印度本土呈现出多元文化融合并存的局面。印度这个文明古国拥有悠久的历史文化。在印度历史上，曾多次出现过外民族的入侵，随之外民族的文化也流入印度。在这一过程中，印度文化以极大的包容性吸纳外民族文化，并与外民族文化交融在一起。印度对英国文化的包容性也表现在英国殖民者入侵之后，其所呈现出的独有的特征。

最初英国人踏入印度是通过与之建立贸易往来与印度联系的。在这一过程中，英国人为了在印度本土追求商业利益的最大化，他们尽量避免与印度在文化上发生冲突。因此，在这一时期印度人对英国人并不反感，印度的王公们对英国的抵制情绪也并不高。[①] 即便在英国政府取代东印度公司全面接管印度后，英国人将关注点放在了印度的政治统治上，他们也并没有积极组织传播基督教。不同于大多数国家在积极抵抗外来殖民者的情况，印度受到村社居住特点及种姓观念的影响，民族意识并不那么强烈。

印度的这种村社式社会居住组织形式与种姓等传统文化观念密不可分。受制于森严的种姓制度，印度不同族群的人的交往受到了极大的限制。种姓制度甚至明确了人在社会中的分工，且这种分工是难以改变的。这种观念为封建统治者所推崇，使得印度社会中不同种姓间的各司其职，这也造成了印度社会种姓之间的隔阂，阻碍了印度社会的团结。受到种姓观念的影响，封建社会中的人们交流也局限在同一部落、同一种姓之间，加之村落之间距离遥远、社会交通工具不发达等因素，造成了印度社会各部落、各族群间交流

---

① 虞乐仲:《印度精神的召唤 作为政治理想主义者的泰戈尔研究》，西南交通大学出版社 2017 年版，第 100 页。

不多。这样的环境又造成了印度人民统一意识和国家意识不强，国家主权维护意识淡漠。以至于在英国殖民者侵入印度之初，印度人并没有组织对抗英国的统治。

随着英国人在印度的殖民统治不断加强，英国人又没有对印度的文化采取强制性的干预措施。一方面，他们从不敢大张声势地赞助基督教传教活动。另一方面，他们还常常资助印度本土的梵文学者。如1813年颁布的法案就规定“印度总督每年应从公司税收中拨出不少于10万卢比的经费用于文学的复兴，鼓励印度本地的学者，以及在英属印度领土的居民中介绍和提倡科学知识”。[①] 考虑到印度本土信众的宗教信仰，他们甚至把宗教教育从政府所办的教育机构中分离出来，尊重印度礼节和风俗。英国对印度文化宽松的政策，让许多印度人对英国的统治并不反感，反而被英国带到印度的现代化及人道主义吸引，从而在一定程度上缓和了殖民统治与本土文化之间的张力。虽然印度历史上不乏外民族的入侵，但是从文化角度来看，印度文化总是以强大的包容性将外民族的文化同化。直到英国殖民者踏入印度，英国的文化不仅没有被其同化，反而为印度社会带去了全新的理念和意识，甚至引发了印度社会的巨大变革。

英国殖民者入侵印度后，“民族”“运动”“自由”“自治”等源于西方的思想也流入印度，而这些思想是印度人闻所未闻的。[②] 印度文明和英国文明属于两种完全不同的文明。印度人遵循传统，奉行严苛的种姓制度，从小就被灌输了不可逾越的种姓观念。虽然印度人的内心渴望平等，但平等却是遥不可及的。不同于印度人，英国人宣扬民主与自由，认为人生而平等，每个人都享有平等的权利。英国殖民者“虽然在实际生活中，从来都是轻视印度文明和印度人的，却主张所有印度人之间应该平等”[③]。英国殖民者在印度甚至

① 林承节：《殖民统治时期的印度史》，北京大学出版社2024年版，第54页。

② Sherwood Eddy, India Awakening, New York: Missionary Education Movement, 1911, p59.

③ 王红生：《论印度的民主》，社会科学文献出版社2011年版，第48页。

设立了平等的法律制度，明确提出印度人不论种姓在法律面前人人平等。他们甚至不反对印度人创办报刊。在法律上，英国当局甚至要求英国人在印度恪守法规，兼顾当地人的权利。英国政府甚至还在印度颁布法案保护女性和低种姓的合法权益。如 1828 年颁布法案要求废止寡妇殉夫自焚的习俗。1850 年颁布《种姓废止免责法案》规定没收种姓以外者的财产或遗产的行为为非法。[①] 19 世纪英国在印度推行文官考试选拔制度。1833 年的法案中明确规定“印度人或在印度出生的英国臣民，不能因宗教、出身、肤色的原因而被剥夺担任高级官员的可能性”。[②] 虽然这些法案有的只是流于形式，但是其中宣扬的人人平等的观念却深入人心。

此外，英国殖民者也打破了婆罗门对印度社会的智力垄断，他们创办基督教学校和报刊，引入西式教育，吸纳印度社会的低种姓人群入学。[③] 英国殖民者对印度的社会规范造成了重大影响。从此，受教育不再是高种姓者的特权，低种姓者也有机会接受教育。英国殖民者的这些思想和举动在印度社会引起了轩然大波，无疑在很大程度上削弱了印度的种姓制度，为低种姓民众带去了更多机会和希望。特别是在低种姓民众接受了民族与自由的观念后，他们的认知发生了重大变化。此外，西方大量的科学和文化涌入印度，使印度民众认识到印度与西方的差距，他们在感叹差距之余也对自己的文化和信仰产生了动摇和焦虑。在这种背景下，印度民众需要对印度社会进行改革，以消除社会的弊病和陋习，并希望通过改革促进印度社会的发展。随后，印度发生了“孟加拉文艺复兴运动”。

---

① 虞乐仲:《印度精神的召唤　作为政治理想主义者的泰戈尔研究》，西南交通大学出版社 2017 年版，第 19 页。

② 林承节:《殖民统治时期的印度史》，北京大学出版社 2004 年版，第 54 页。

③ 虞乐仲:《印度精神的召唤　作为政治理想主义者的泰戈尔研究》，西南交通大学出版社 2017 年版，第 21—22 页。

2. 殖民地时期印度社会的改革运动

19 世纪 20 年代至 80 年代，印度正处于殖民者的侵略和压迫之中，印度的先进知识分子接触了西方近代文明，其中一些关心民族命运的知识分子成为印度近代启蒙运动的先驱。他们试图通过诉诸复兴印度的传统文化来唤醒民众的民族意识。然而，他们在接触西方思想和文化后，认识到本民族文化的落后和封闭，又试图对本民族的文化传统加以改革。印度的"孟加拉文艺复兴运动"由此而生。"孟加拉文艺复兴运动"又被称为"近代启蒙思想运动"。

孟加拉文艺复兴运动由宗教运动、文学运动、民族运动三个轰动全国的具有变革性质的运动组成，对印度社会产生了重大影响，促使印度在社会、宗教与文化等方面进行变革。不同于西方启蒙运动通过批判民族的传统文化，生成新的范式和文化价值观念而改革传统文学，印度近代的改革是将弘扬和复兴民族传统定为主要基调的。

（1）宗教运动

印度社会的改革运动首先出现在宗教领域。一直以来，正统的印度宗教以绝对的威信，在印度享有至高无上的地位。在印度传统宗教的长期影响下，印度社会秩序与文化意识已经与印度的宗教紧密交织在一起。然而，随着西方文化的传入，印度人民开始接触到西方世界全新的思想观念，目睹了西方强大的现代文明，逐渐意识到宗教中存在的非理性和不人道的问题。在这样的背景下，一部分印度知识分子开始行动起来，他们试图通过改革宗教来重新审视和反思自己民族的文化传统。他们的目标是去除宗教中的陈旧观念，同时建立起一种新的文化自信，以期在保留传统文化精髓的同时，促进社会的现代化进程。这场改革运动不仅是对宗教的一次自我革新，也是对印度文化自我认同和自我提升的一次深刻探索。

这次宗教革命的发起人是罗姆莫罕•罗易（Rammohan Roy）。罗易曾担任东印度公司的税务官员，不仅精通多种语言，更对宗教和西方近代哲学有深入的研究。罗易的初衷在于改革印度教。他以西方的先进思想为借鉴，力图剔除那些与现代人文主义精神不符的印度教旧习。为了实现这一目标，罗易发起并组织了名为梵社的宗教改革团体。该社团吸收了其他宗教中的伦理思想，致力于推动印度教的现代化改革。梵社的成立，不仅标志着罗易个人对宗教改革的执着追求，也反映了印度社会在面对西方文化冲击时，寻求自我更新和文化自信的一种努力。通过这样的改革，罗易希望能够促进印度教与现代社会价值观的和谐融合，为印度社会的进一步发展铺平道路。

由于思想进步，梵社也一度成为加尔各答自由思想的讲堂。这次宗教改革赢得了许多接受西方思想新型资产阶级的支持，泰戈尔的父亲就积极参与其中，并在罗易去世后成为梵社的领导人。泰戈尔也加入梵社并担任这一社团的秘书。由于这次运动代表的是印度新兴资产阶级的利益，并没有得到广大群众的支持，但这次运动中倡导的社会方案引发了印度社会的共鸣，促进了人们关注印度教中的种姓制度、童婚陋习、一夫多妻、妇女歧视等问题。

这一时期，除了罗易创立的梵社之外，还涌现出了多个具有深远影响的团体和组织，它们共同构成了印度启蒙运动的重要阵地。这些团体和组织包括圣社（Arya Samaj）、青年孟加拉派（Young Bengal）、罗摩克里希那教会（Ramakrishna Mission）和科学社（Scientific Society）等。这些团体和组织不仅在宗教和文化领域发挥了重要作用，也在教育、社会改革和政治觉醒方面产生了深远的影响。它们推动了印度社会的现代化进程，促进了不同宗教和文化之间的对话与理解，为印度的独立和现代化奠定了基础。通过这些组织的努力，印度的启蒙运动不仅促进了思想的解放，也为社会带来了实质性的进步和发展。

（2）文学运动

随着英国殖民者的入侵，印度传统文学也受到了西方近代文学的冲击。在这一时期，印度引发了一场文学改革运动。这一运动又称为“印度近代启蒙文化运动”。这场运动不仅是对西方文学的回应，更是对印度传统文化的一次深刻反思和自我更新。它旨在吸收西方文学的精华，同时保留和弘扬印度传统文化的独特魅力。通过这一运动，印度文学开始呈现出更加多样化和现代化的特点。

在很大程度上，英国殖民者在印度推行的英语教育对印度的文学改革运动起到了推动作用。英语教育不仅让更多印度人获得了学习知识的机会，也让他们接触到了西方的现代思想和文学文化。西方的平等观念与人道主义思想为崇尚传统文化的印度带来了新的观念。当印度知识分子接触到西方思想和文化后，他们的思想被激活，民族意识被唤醒，认识到殖民主义者对印度的主权和社会的发展构成了威胁，意识到了研究本国民族历史、恢复民族传统的重要性。为了唤起印度人对本民族的国家认同感和文化归属感，许多印度作家开始使用地方语言进行创作。此时，以社会现实为主要表现对象的文学也成为唤起民族独立意识的武器。

印度传统文学一直将王公贵族或宗教神明作为歌咏的对象。随着英国殖民者的入侵，印度传统文学的狭隘视野也拓宽开来。印度的作家们不再囿于不切实际的歌功颂德，他们运用文学的社会功能，从现实生活中汲取素材，关注社会各个阶层人物的生活，甚至印度社会被称为贱民的达利特也成为作家们关注的对象。他们还借助文学的社会功能表达他们的改革主张与改良思想。

受到英语传播的影响，当时的印度青年将孟加拉语当作“不上大雅之堂”的语言，他们趋之若鹜地学习和使用英语，孟加拉语文学的发展受到了严重影响。罗易不仅是宗教改革运动的先驱，也是文学运动的代表人物之一。他使用孟加拉语创作，以对话体及描述夹议论的形式创新印度文学形式，撰写了大量倡导宗教改革方面的小册子。[①]罗易还使用孟加拉语翻译了印度的《梵典》，极大地改变了人们对孟加拉语的传统观念，推动了孟加拉文学运动的发展。

默图苏登是孟加拉文学运动中的另一位重要人物。默图苏登受到欧洲史诗如荷马和弥尔顿作品的启发，将这些经典之作的艺术精髓融入自己的创作中。默图苏登首先在诗歌的形式和内容上进行了大胆的创新。他不满足于传统诗歌的韵律和节奏，于是尝试打破这些限制，创作出更加自由、更加贴近现代生活的诗歌。他的诗歌语言新颖，意象生动，为孟加拉诗歌的发展注入了新的活力。

不仅如此，默图苏登在诗歌创作中还大胆吸收和借鉴了梵文等其他语言的词汇和表达方式。他不拘泥于传统的文学规范，而是勇于创新，将外来的语言和文化元素与孟加拉语相结合，丰富了孟加拉文学的内涵和外延。默图苏登的诗歌创作，不仅为孟加拉文学的发展开辟了新的道路，更对后来的文学家产生了深远的影响。他的诗歌作品，以其独特的艺术魅力和深刻的思想内涵，赢得了孟加拉读者的尊敬和喜爱。然而，默图苏登的创新精神和文学成就，并没有得到所有人的认同和尊重。一些人仍然固守传统的文学观念，对现代文学的成果不屑一顾。泰戈尔在《孟加拉文学的发展》中批评这些人对文学的保守态度是不可取的。在他看来，文学的发展需要创新和开放，需要吸收外来文化的精华，更需要勇于突破传统的束缚。[②]他的诗歌创作不仅丰富了孟加拉文学的内涵，更为孟加拉文学的现代化和创新开辟了新的道路。他的勇气、创造力和开放精神，为后来的文学家树立了榜样，也为孟加拉文学的发展注入了新的活力。

---

① 黎跃进:《复兴与借鉴:印度近代启蒙文学》,《宁波大学学报（人文科学版）》1997年第4期，第39页。

② 刘安武等主编:《泰戈尔全集（第23卷）散文》，河北教育出版社2000年版，第175—178页。

这场文化运动的另一位代表人物是使用孟加拉语创作的作家班吉姆·钱德拉·查特吉（Bankim Chandra Chattopadhyay）。他被泰戈尔称为“孟加拉文学革命的先驱”，在孟加拉文学的发展中起到了非常重要的作用。班吉姆不仅使用孟加拉语创作小说，还开办了孟加拉语杂志《孟加拉之镜》。他于1865年创作了第一部孟加拉语小说《将军的女儿》，可谓是开创了孟加拉语小说的先河。[①]班吉姆一生共创作了十四部孟加拉语小说。其中七部是反映印度社会的现实小说。这些小说中，班吉姆关注印度社会中的童婚、寡妇再婚等现实问题，批判了印度传统观念对人民的戕害。另外七部是历史小说。这些小说多选取对抗外族侵略的史实，塑造了多位积极对抗外来侵略者、追求民族独立与民族团结的民族英雄形象。班吉姆的历史小说观照了印度处于英殖民地的社会现实，传达了反殖民、呼吁民族独立与自由的思想，旨在唤醒印度人民的民族意识。

泰戈尔也是这场文学运动的核心人物。印度思想家帕沙·查特吉在评价泰戈尔对文学改革运动的贡献时表示：“他的作品对孟加拉现代民族文学与艺术文化所作出的贡献可能是最具影响力的。”[②]泰戈尔在1924年访华的演讲中曾说道，宗教运动的中心人物是他的父亲，而文学运动的中心人物正是他本人。[③]泰戈尔于1861年出生在印度西孟加拉邦首府加尔各答。他属于孟加拉族，孟加拉语是他的母语。泰戈尔从小就很喜欢班吉姆的作品。少年时代的泰戈尔是班吉姆创办的杂志《孟加拉之镜》的忠实读者，每个月都急切地等待杂志的发行。泰戈尔深受班吉姆的影响，他使用孟加拉语创作了大量作品，

① 虞乐仲:《印度精神的召唤　作为政治理想主义者的泰戈尔研究》，西南交通大学出版社2017年版，第38页。

② ［印度］帕沙·查特吉:《政治社会的世系:后殖民民主研究》，王行坤、王原译，西北大学出版社2017年版，第121页。

③ ［印度］泰戈尔:《余之革命精神——对北京青年的第一次公开讲演》，孙宜学，《不欢而散的文化聚会——泰戈尔来华讲演及论争》，安徽教育出版社2007年版，第40页。

其中获得诺贝尔文学奖的作品《吉檀迦利》最初正是用孟加拉语所写。泰戈尔认为："孟加拉文化如今是那么光辉灿烂，如果不对它表示热爱，对它漠然无知，那么这对孟加拉人来说就是奇耻大辱。"[①]

泰戈尔对孟加拉文学的贡献是多维度和深远的，他不仅在诗歌创作上展现了卓越的才华，而且在文学形式和表现手法上进行了大胆的革新。首先在诗歌创作上，泰戈尔对诗歌的语言和韵律都进行了创新。在语言上，泰戈尔不再局限于使用古典或宗教化的语言。为了使语言表述更接近日常生活、更加贴近普通人的情感和生活体验，泰戈尔引入了孟加拉语白话文的形式，这一举措极大地扩展了文学作品的受众群体。在诗歌的韵律上，他将传统的"字母律"调整为"音量律"，这种对韵律的调整使得诗歌的节奏和韵律更加自然和流畅，在情感表达上也极具艺术性。泰戈尔还将民间文学中的"音节律"用于抒情诗的创作，这种借鉴丰富了孟加拉诗歌的节奏和韵律，使其更加生动和具有民间色彩。这不仅体现了他对民间文化的尊重和欣赏，也使得文学作品更加丰富多彩。不仅如此，泰戈尔还开创了"波雅尔体"的"无韵自由体"，这种形式的诗歌打破了传统的韵律结构，为表达更自由的思想和情感提供了可能。[②]这种自由体诗歌的出现也成为孟加拉文学现代化进程中的一个重要标志。此外，泰戈尔还推动了散文诗在孟加拉语诗歌中的发展。泰戈尔以散文诗的形式创作了多部颇具影响力的诗集，如《飞鸟集》（*Stray Birds*）、《园丁集》（*The Gardener*）等。这些散文诗以其深刻的哲理、细腻的情感和优美的语言，展现了散文与诗歌相结合的独特魅力，不仅在孟加拉文学中占有重要地位，也对世界文学产生了深远的影响，赢得了全世界读者的喜爱。

泰戈尔的这些贡献不仅推动了孟加拉文学的现代化，也为世界文学的多

---

① [印度]泰戈尔：《泰戈尔论文学》，上海译文出版社 1988 年版，第 308 页。

② 杨伟明：《泰戈尔诗歌作品的孟加拉语诗律研究》，《中外文化与文论》2023 年第 1 期，第 53 页。

样性和丰富性做出了重要贡献。他的文学作品，以其独特的艺术风格和深邃的思想内涵，影响了一代又一代的读者和作家，成为孟加拉乃至世界文学宝库中的珍贵财富。

不仅如此，泰戈尔还对孟加拉文学的发展给予了深刻思考。他在《孟加拉文学的发展》中追溯了孟加拉文学的发展，并指出，孟加拉文学的发展不应该仅仅停留在模仿西方文学的层面，而应该在吸收外来文化精华的同时，保持自身的独特性和原创性。泰戈尔鼓励孟加拉的文学家们应深入挖掘本土文化，创作出既有民族特色又能与世界对话的文学作品。泰戈尔认为，孟加拉文学的真正价值在于它能够反映孟加拉人的生活、情感和思想。他提倡文学家们应该关注普通人的日常经历，用孟加拉语言来表达孟加拉人的精神世界。通过这样的创作，孟加拉文学不仅能够丰富民族的精神生活，还能够在世界文学的舞台上展现其独特的风采。

孟加拉文学运动是在西方思想浪潮的洗礼下应运而生的，带有强烈的民族主义色彩。虽然不乏印度的知识分子借鉴西方文学改革印度的文学观念、文学形式和表现手法，但是这次运动却是以复兴本民族的历史和文化为主要基调的。相比西方的文学改革运动，印度的文化运动对封建传统的改革意识并不那么强烈，甚至表现出一定的局限性和柔弱性。印度文学运动的这一特性，反映出其在推动社会变革方面的谨慎与克制。可以说，印度的文学运动只是伴随着民族运动的产生而产生的。可以说，印度的文学运动并非独立于民族运动之外，而是与之相伴而生、相互影响的。它既是民族自觉的体现，也是文化自信的彰显。在这一过程中，文学不仅承载着表达民族情感与理想的使命，也成为推动社会进步与文化更新的重要力量。

（3）民族运动

在19世纪初期，随着英国在印度的统治日益巩固，他们开始摒弃初到印度时顺应当地制度、法律和习俗的谨慎姿态，转而宣扬西方文化的优越性。

通过立法、行政、教育和商业等途径，西方的思想和文化渗透并影响了印度社会。尽管英国对印度的政治、经济一再干预，但是当时的印度政府并没有干涉。加之印度历来对外来文化持开放态度，因此，在当时仅有少数弱小的民族进行了抵抗，但是对英国在印度的统治并没有造成影响。

随后，英国在印度的殖民统治不断加强，殖民者采取了一系列措施来巩固其影响力。他们不仅在印度建立了学校，还创办了慈善机构和报刊，这些举措在一定程度上改变了印度的社会结构和文化面貌。英国殖民者通过建立学校，引入西方教育体系，培养了一批受过西方教育的印度知识分子。这些知识分子在接受西方科学、哲学和政治思想的同时，也开始反思和质疑传统的印度社会和文化。英国传教士利用教育和慈善机构作为传教的渠道，吸引了大量印度教徒皈依基督教。这种做法不仅改变了一些人的宗教信仰，也在一定程度上削弱了印度教的社会基础。尽管英国殖民者的这些措施在一定程度上促进了印度社会的现代化，但它们也激发了印度人民的民族主义情绪。许多印度知识分子和民众开始意识到殖民统治的压迫和不公，从而投身于争取民族独立的斗争。面对这样的形势，印度教徒们也意识到了宗教改革的必要性。他们中的一些先进知识分子试图通过学习西方的先进知识和理念对本民族的宗教进行改革。

为了强化对印度的殖民控制，英国殖民政府持续推出政策以巩固其在印度的统治地位，同时对印度的经济和政治领域施加了更为严格的控制。他们开始大规模征用当地地主的土地，且往往未能提供合理的补偿，这种做法加剧了对当地社会和经济结构的冲击。这一政策激起了众多封建地主的强烈不满，使这些心怀不满的地主们纷纷联合起来。起义的参与者除了士兵之外，主要是地主和农民，他们的生计受到了殖民政策的严重影响。此外，一些被剥夺了继承权的王公贵族也加入了起义的行列，他们因为失去了原有的地位和权力，对英国殖民统治同样怀有深深的怨恨。这场起义不仅是对土地不公政策的反抗，也是对英国殖民统治下社会不公和政治压迫的一次集体抵制。

起义者们会聚一堂，形成了一个跨越阶级和身份的联盟，共同为了尊严、权利和未来而战。

面对印度本土日益高涨的反抗情绪，英国政府收紧了对印度的开放政策，导致英国当局与印度知识分子之间的紧张关系进一步加剧。在西方民主和自由思想的鼓舞下，许多受过教育的印度人开始觉醒，他们深刻地认识到自己的国家正遭受殖民统治的压迫。这种压迫不仅侵蚀了他们的自由，也剥夺了他们的尊严。这种认识促使他们从原本的沉默观望者，转变为积极的行动者，投身于民族主义运动的浪潮之中。这些知识分子不仅在思想上受到西方启蒙运动的影响，而且在行动上也展现出前所未有的决心和勇气。他们通过写作、演讲、组织社团和参与政治活动，积极地反抗英国殖民者的统治，争取民族的自由和独立。他们的行动激发了更广泛的民众参与，同时为印度的民族主义运动注入了新的活力和方向。在这一过程中，知识分子们逐渐成为民族主义运动的领导者和思想家，他们的思想和行动对印度的民族认同和文化复兴产生了深远的影响。他们倡导在政治上独立、在文化和精神上解放，希望通过教育和文化改革，提升民众的自我意识和民族自豪感。

第一次世界大战结束后，英国殖民政府通过《罗拉特法案》，进一步加强了对印度的控制力度，实施了允许在未经审讯的情况下拘捕个人的措施。这一法案的出台激起了印度民众的强烈不满和反抗情绪，最终引发了历史上著名的“阿姆利则惨案”。在这一背景下，印度的民族主义运动此起彼伏，其中甘地发起的非暴力不合作运动颇具代表性。它不仅推动了印度民族运动的高潮，也为印度的独立斗争注入了新的动力和方向。尽管甘地一度被捕，印度的民族运动暂时受挫，但它并没有被彻底压制。这些挑战反而激发了更广泛的民众参与，民族运动逐渐从精英阶层扩展到普通群众，变得更加多元和深入人心。国大党内的不同派别，包括改革派、保守派和青年激进派，都在积极寻找适合印度国情的抗争策略和独立道路。甘地的释放和国大党的解禁为民族运动注入了新的活力，推动了印度继续朝着自由和独立的目标前进。

随着民族运动的深入发展，印度社会各阶层的参与度不断提高，从农民到工人，从商人到学生，不同背景的人们都开始积极参与到争取自由和独立的斗争中。他们通过罢工、集会、游行和请愿等多种形式，表达了对殖民统治的不满和对自由的渴望。这种广泛的民众基础为民族运动提供了强大的动力和坚实的支持。同时，国大党内部的派别也开始寻求更多的合作与共识，以形成更加统一和有力的抗争力量。他们认识到，只有团结一致，才能有效地对抗殖民统治者，实现印度的独立和自由。在这一过程中，甘地的非暴力不合作理念逐渐成为国大党和广大民众的共同信仰，引导着民族运动的方向。此外，国大党也开始更加重视妇女和边缘群体的参与，认识到他们的重要作用和贡献。在民族运动中，妇女发挥了关键作用。她们不仅在家庭和社会中传播独立思想，还积极参与到各种抗争活动中。在社会中，那些曾经处于边缘的低种姓群体开始觉醒，认识到了自己在民族运动中的重要作用。他们也逐渐加入到了争取平等权利和尊严的斗争中。

总之，印度民族运动的发展是一个复杂而多元的过程，涉及社会各阶层的广泛参与和不同派别的共同努力。正是这种广泛的民众基础和团结一致的力量，为印度的独立和自由奠定了坚实的基础。

3. 泰戈尔对多元文化的包容

在19世纪的英殖民时期，西方的思想观念和文化理念随着殖民者的脚步跨越大洋，渗透进印度的土壤。这一时期，孟加拉文艺复兴运动如一股不可阻挡的潮流，涌现出了多元而丰富的思想火花。西方的启蒙思想与印度的传统文化在这片古老的土地上发生了激烈的交锋。在这一历史交汇点，关于印度传统文化与西方文化孰优孰劣的争论此起彼伏，思想的火花在辩论中碰撞，激发出新的文化自觉和创新意识。正是在这样一个充满活力与变革的时代背景下，泰戈尔茁壮成长，他的心灵被时代丰富的思想潮流和多元文化的交融深深滋养。泰戈尔不仅深入汲取了印度传统文化的精髓，同时也对西方文化保持了开放的态度，从各种思想流派中汲取灵感与智慧。这种跨越文化的广阔视野，赋予了泰戈尔的文学创作和哲学思考以独特的深度和广度。

泰戈尔出生于印度的一个贵族家庭。他出生的年代正值孟加拉文艺复兴运动时期，他的家庭成员也参与其中，成为运动中的领袖人物。泰戈尔自幼家境优渥，是家中最小的孩子，备受家人的喜爱。泰戈尔的家人很重视他的学习，很早就将他送往英国模式的学校接受教育。不仅如此，家人还专门为他聘请私人教师教授他孟加拉语、梵文、英语等课程。虽然泰戈尔在长大后曾抱怨他每天需要学习的课程被家人排得满满的，但他却表示正是幼时的学习让他接触到了印度及西方的、文学、哲学、语言、解剖学等文化。也正是那时，泰戈尔接触到了具有多元文化价值的文学作品。他阅读了莎士比亚的戏剧，弥尔顿的史诗，拜伦的抒情诗，杰利米·边沁的政治哲学，斯图亚特·穆勒的自由主义思想，以及奥古斯特·孔德的社会学理论。[①] 这些作品不仅开阔了他的视野，也激发了他对人类精神世界的深刻洞察。这也为他今后的文学创作及思想形成奠定了基础。

泰戈尔在 17 岁时被家人送往英国留学。临行之前，家人为他安排了丰富的课程学习英语及英国的风俗习惯，以便更好地适应英国。在此期间，泰戈尔接触到更多的英国及欧洲其他国家的文化及文学作品，还写下了许多研究的文章，如《英国人和英国文学》《撒克逊和盎格鲁撒克逊文学》《但丁和他的诗》《歌德》等。[②] 到了英国后，泰戈尔对英国的文化及文学有了进一步的了解。泰戈尔的学习经历使他自幼便接触到多元的文化。正如他所言："我的心灵是在一种自由的空气中成长起来的。"[③] 这样的环境也造就了泰戈尔对多元

① 刘安武等主编:《泰戈尔全集（第 19 卷）散文》，河北教育出版社 2000 年版，第 207—209 页。

② 何乃英:《泰戈尔和他的作品》，华中科技大学出版社 2018 年版，第 24 页。

③ 秦悦主编:《泰戈尔：我前世是中国人》，上海辞书出版社 2014 年版，第 21 页。

文化的开放态度。

此外，这一时期印度出现的孟加拉文艺复兴运动思潮也对泰戈尔影响很大。当西方先进的思想出现在印度后，许多印度人转变了保守的思想，他们不再固守印度传统文化，开始学习西方文化。甚至许多印度人在了解到西方文化后，开始重新审视印度传统文化，并对印度的传统文化进行改造。泰戈尔就曾积极推行本民族文化的改革。在他的《戈拉》等作品中就展现了这一时期人们对东西方多元文化的态度。郭沫若先生就曾评价泰戈尔的思想："他只是把印度的传统精神另外穿了一件西式的衣服。"[①]

殖民地的多元文化背景，加之泰戈尔所受的融合东西方文化的家庭教育，使他自幼便沉浸在东西方的丰富文化之中。他的西方留学经历和对世界各地的访问，进一步加深了他对东西方文化的体验和思考。泰戈尔以开放和包容的心态审视多元文化，同时用思辨和理性的眼光分析东西方文化的差异。他致力于促进不同文化间的交流与对话，倡导以东西方各自的优势来弥补对方的不足，推动不同文化间形成一种互相补充、互惠共赢的和谐关系。在泰戈尔看来，每个民族的文化都是世界文化宝库中不可或缺的一部分，它们共同丰富了人类的文明。没有哪个民族能够脱离其他民族和国家孤立地取得进步。因此，不同民族的文化之间应当相互理解、相互尊重，通过交流和学习来促进共同的发展和繁荣。

泰戈尔的这种文化理念不仅在理论上具有深远的影响，而且在实践中也展现出了巨大的力量。他通过自己的教育实践，如在桑提尼克坦创办的国际大学，为来自世界各地的学生提供了一个多元文化交流和学习的平台。在这里，来自不同背景的学生能够共同生活、学习和创作，体验和理解不同文化的独特性和价值。

泰戈尔的文化交流不限于学术领域，他还通过诗歌、音乐、绘画等多种

① 郭沫若:《郭沫若全集·文学编》(卷十五),人民文学出版社 1990 年版,第 271 页。

艺术形式，将印度文化的精神和美学传播到世界各地。他的诗歌，如《吉檀迦利》《飞鸟集》，不仅在印度广为流传，也被翻译成多种文字，成为世界各地人们了解和欣赏印度文化的重要窗口。

泰戈尔的文化理念也体现在他对国际事务的关注和参与上。他不仅是一位伟大的文学家和思想家，也是一位积极的社会活动家和和平倡导者。在两次世界大战期间，他通过演讲和写作，呼吁国际社会关注战争带来的灾难，倡导和平与人类团结。他的这些行动，不仅体现了他对人类命运的深切关怀，也展现了文化的力量在促进世界和平与发展中的重要作用。

泰戈尔的文化理念和实践为我们今天在全球化背景下如何处理文化差异、促进文化交流与融合提供了宝贵的经验和启示。在面对全球化带来的文化冲突和挑战时，我们应当学习泰戈尔的开放心态和包容精神，尊重文化多样性，促进不同文化之间的对话与理解。通过文化交流与合作，我们可以共同推动人类文明的进步和发展，构建一个更加和谐、多元的世界。

第三节　泰戈尔的民族主义思想

泰戈尔对民族的概念有着深入的思考。在民族问题上，泰戈尔从来都不是一个狭隘的民族主义者。探讨泰戈尔的民族主义的态度，首先应当了解泰戈尔对民族的认识。

1. 泰戈尔的民族观

泰戈尔曾表示：“我并不反对一个特定的民族，而是反对一切民族的一般概念。”在他看来，民族仅仅是“传统上的想象的界限，并不具有真正障碍的性质”①。泰戈尔对民族的认识是深刻而富有哲理的。他认为民族是人类文化和精神的载体，能够激发起一种强烈的归属感和团结精神。相比其他国家，印度人对民族的概念并不表现为尖锐的界限，而是如同交织的织锦一般，融合了多样的文化与历史。作为一个多民族的国度，印度的民族多样性是其文化丰富性的基石。尽管每个民族都保持着独特的传统和习俗，但各个民族之间的共存与互动，却绘制出了一幅和谐共生的社会图景。印度的民族关系超越了单一民族主义的狭隘视角，展现出一种包容性的身份认同。在这里，民族的多样性被视为国家的一大优势。

随着西方政治的发展，民族的概念被政治化。他在《民族主义》中探讨西方的民族主义时一针见血地指出，民族已经被政客、士兵、制造商和官僚操纵，与仇恨和贪欲紧密结合在一起，成为这些人谋求私利的幌子。他表示：“民族的概念是人类发明的一种最强烈的麻醉剂。在这种麻醉剂的作用下，整个民族可以实行一整套最恶毒的利己主义计划，而一点也意识不到他们在道义上的堕落。”② 在他看来，民族可以激发人们的归属感和团结精神，但同时也可能成为人类自我麻醉的工具。这种麻醉作用有时会使民族在追求自身利益时变得盲目和自私，甚至在道德上迷失方向。西方创造的繁荣正是打着民族的旗号推行的最恶毒的利己主义计划，是对人性的肢解。③ 他也将民族视为是“对人类的最大威胁”。④ 基于以上表述，泰戈尔警示人们，民族主义如果走向极端，可能会导致狭隘的利己主义，使人们在维护民族利益的过程中，忽视道义和伦理的约束。在这种情绪的驱使下，民族可能会实施一系列有害的计划，而其成员却可能因为沉浸在民族主义的激情中，而对这些行为的道德后果视而不见。

① [印度] 泰戈尔：《民族主义》，谭仁侠译，商务印书馆 1998 年版，第 53 页。
② [印度] 泰戈尔：《民族主义》，谭仁侠译，商务印书馆 1998 年版，第 23 页。
③ [印度] 泰戈尔：《民族主义》，谭仁侠译，商务印书馆 1998 年版，第 56 页。
④ [印度] 泰戈尔：《民族主义》，谭仁侠译，商务印书馆 1998 年版，第 58 页。

法国思想家厄内斯特·勒南（Ernest Renan，1823—1892）曾系统阐释了“民族”这一概念。他指出“民族”是在人类发展的过程中形成的，它与血缘、语言、宗教信仰、聚居地域等密切相关。厄内斯特将民族视作一个由共同经历而产生的巨大的聚合。他在演讲词《公民民族主义》中强调：“对于辉煌过去的回忆和对美好未来的憧憬，这些至关重要……共同承受过去的苦难与牺牲，并且准备共同面对未来的苦难与牺牲，这种感受在人们心中产生了团结与亲近的情愫，而这就是民族。虽然其过去的形式形成了民族的背景，但我们可以在当下看出其特征。这其实就是普遍的同意，即共同面对同样生活的明确意愿。”当一些人拥有共同的历史、经历或体验时，这些人就会产生亲近的情愫。当他们面临苦难与威胁时，他们会团结一致致力于达到某种共同的目标或追溯共同的情愫，民族由此而生。泰戈尔赞同勒南对民族的说法，他表示：“民族并非永恒的。每个民族都有其开端，因此也会有终结。也许在诸多民族转变的过程中，有一天将会出现统一的欧洲共同体。但目前我们还没有看到任何迹象。”①

民族，作为一种社会存在，它既是个体身份的标志，也是共同体价值观念的体现。民族的形成是社会发展到一定阶段的必然产物，它随着社会的进步和变迁而演化。民族的内涵和外延都在随着时代的发展和社会条件的变化而不断调整和丰富。随着人类社会向更高层次的发展，人们对民族的认识也在逐渐深化和拓展。在全球化的浪潮中，民族的概念正在经历着从单一的、封闭的群体认同向更加开放和包容的共同体认同的转变。这种转变意味着民族不再仅仅是区分你我他的界限，而是成为连接不同文化、促进相互理解和尊重的桥梁。在这个过程中，统一的共同体意识逐渐形成。它超越了民族的界限，强调的是全人类的共同利益和价值。这种共同体意识倡导的是一种全球视野下的民族观念。它鼓励人们在保持各自文化特色的同时，寻求更广泛

① 转引自［印度］帕沙·查特吉《政治社会的世系：后殖民民主研究》，王行坤、王原译，西北大学出版社 2017 年版，第 122 页。

的人类团结和合作。

泰戈尔的民族观正是这种转变的先驱。他预见到民族主义的狭隘性，并提倡一种更加包容和前瞻的民族观。泰戈尔认为，民族应当成为促进人类和谐与进步的力量，而不是分裂和对立的源头。在当今世界，民族间的交流与合作日益频繁，民族的界限逐渐模糊，而共同体意识日益增强。他的这种思想，为我们在全球化时代构建和谐世界提供了宝贵的启示。

2. 泰戈尔的民族主义思想

毋庸置疑，泰戈尔是一位爱国主义者，他以自己特有的方式致力于印度的独立与解放事业中。泰戈尔家境优渥，自幼受到良好的教育，甚至被家人送去英国读书。泰戈尔在西方接触到大量先进的思想与文化，目睹了西方发达的物质文明。不同于同时期大多数印度知识分子的态度，泰戈尔既没有像有些人那样盲目追求西方文化；也没有像有些人那样保守、封闭，执着于印度的传统文化窠臼。泰戈尔承认西方物质文明的发展与科技的进步，但也深刻地意识到西方文明过于追求物质繁荣而忽视了人们精神需求的发展。

面对印度与西方在社会发展上的巨大差异，泰戈尔致力于优化和改良本民族文化，提出以“建设”为先的改革计划。他鼓励印度学习西方的先进技术，提出东西方合作才能促进印度的发展。在演讲词《文明的汇合》中，泰戈尔表达了西方和印度合作的观点。这在当时民族主义情绪高涨的印度引发了轩然大波。泰戈尔的观点一经发表便遭到印度国内诸多学者的批评，包括印度的知名小说家萨拉特钱德尔·查特吉和他的好友——印度的圣雄甘地。萨拉特钱德尔和甘地还分别撰写文章公开反驳了泰戈尔的观点。对此，泰戈尔依然坚持自己的观点。泰戈尔承认不同民族文化的差异，他也坦言少年时期在学习英国文化时深受启发。泰戈尔在《文明的危机》中，坦言早期的自己“深刻地信赖”英国文明，即便他后期强烈指责西方殖民者的侵略本质时，也没有抹杀英国文明对他的影响。可见，泰戈尔对待文化的态度是冷静而理性的，并没有因印度民族的情感而敌视殖民者的文化。

在启蒙思想的影响下，泰戈尔参与到当时的宗教运动、文化运动和民族运动中。相对于当时激进的民族主义思想，泰戈尔试图借鉴西方文化改革本民族的文学，泰戈尔也成为当时文学运动的先驱，为印度文学带来了新的文学样式和语言风格。泰戈尔也在《文明的危机》中展示了英国殖民者为印度带来的苦难，他也察觉到英国只是打着文明的旗号剥削印度，指出“英国文明的实质是掠夺和奴役”[①]。泰戈尔支持民族独立,他以自己的实际行动积极参与到印度的民族独立运动中，他发表演讲批判殖民主义，并在文学作品中塑造了多位追求民族独立和民族解放的英雄形象。

泰戈尔关心国家的命运，对英国侵略印度深恶痛绝。泰戈尔在《民族主义》中控诉了英国殖民者的行径，批评印度青年盲目地跟风西方文化。相对于民族主义在民族独立与解放的积极作用，泰戈尔谴责“冲突和征服的精神是西方民族主义的根源和核心”[②]。他指出西方的民族主义是打着民族的旗号的侵略行为。在他看来，西方宣扬的大多数民族主义是一种过度推崇的民族主义，会加深民族之间的隔阂与仇恨。

作为一名作家，泰戈尔以文学艺术的形式表达了他对民族主义的思考。在小说《戈拉》中，泰戈尔将小说的背景置于英殖民地的印度。小说通过展示英国殖民者对印度的影响及印度青年的思想状态，传达出反对帝国主义、反对封建主义和种姓制度的主张。小说男主人公戈拉是一个受到西式教育的印度青年。他满腔热血，热爱印度，心系民族的解放事业。受梵社的影响，他反对印度教的偶像崇拜，却在看到报纸上刊登的英国教士攻击印度教的言论后积极为印度教辩护。他将印度教视为维护民族团结的纽带，因此他恪守印度教传统，寻找证据证明印度教的优越性。即便意识到印度教的弊病，他

---

① 何乃英:《泰戈尔和他的作品》，华中科技大学出版社 2018 年版，第 375 页。

② ［印度］泰戈尔:《民族主义》，谭仁侠译，商务印书馆 1998 年版，第 11 页。

也执拗地为种姓制度辩护。他打着团结一致的旗号试图证明祖国的一切都是好的。在目睹印度封建地主以印度教传统来压榨和迫害人民的现实后，他逐渐意识到自己的行为已经严重影响到自己与亲友的关系，意识到社会现实与传统文化的冲突与矛盾。他从狭隘的民族主义中走出来，成为一名坚定的民主主义者，投入到民族解放运动中。

《戈拉》中的另一位人物是洋买办哈兰。与戈拉不同，哈兰极度崇拜西方文化，以至于他的思想完全被西化，他甚至用英国教科书上的句子侮辱自己的同胞。哈兰是梵社的把持者。他道德败坏，利用梵社大搞教派斗争。对于与自己意见不合的人，哈兰也极尽所能，侮辱、诽谤、陷害是他常使用的手段。哈兰的形象代表了当时对西方文化无底线崇拜的印度人，他们丧失自我完全沦为英国的奴隶。

《戈拉》是一部具有时代性的小说，真实地再现了印度民族运动时期人们对印度民族命运的探索。泰戈尔在小说中歌颂了以戈拉为代表的新印度教徒在寻求民族解放过程中所做的努力，同时也批判了他们在处理本民族文化与西方文化时的狭隘民族观念，即不应当将印度的解放完全寄希望于腐朽的印度教传统。此外，泰戈尔也试图告诫人们在民族前途面前，要摆正民族观念，从印度的现实出发，理性地看待本民族文化。

泰戈尔还关注其他国家和民族的解放。在目睹日本对中国的侵略和迫害后，泰戈尔毅然决然地在多次演讲中控诉日军的侵略行径，并对中国人民给予同情和关怀。在他看来，殖民和侵略是民族主义的丑恶行径，国家安全与领土完整是人民幸福生活的重要因素。在泰戈尔的小说中，他塑造了多位捍卫领土的英雄形象。

另外，泰戈尔以自己的实际行动积极参与到印度独立运动中去。1919 年，英国殖民当局在印度颁布罗拉特法案。罗拉特法是英国殖民当局镇压印度民族解放运动的法令。这一法令的颁布意味着印度人民完全失去了政治自由。该法令一经颁布就引发了印度社会的反对，印度人民抵制洋货，组织罢工、罢市和抗议游行。同年4月13日，英国士兵在札连瓦拉园向印度抗议群众开枪，造成379名印度人死亡，制造了“阿姆利则惨案”。泰戈尔获悉后，积极组织各界人士向英国政府当局发起抗议，并放弃了英国女王于1915年授予他的爵位。

面对这一时期高涨的民族运动，泰戈尔并没有被狭隘的民族观遮蔽双眼。他不赞成诉诸暴力，也不赞成诸如焚烧洋货等破坏行为。他的小说《家庭与世界》正是以这一时期的民族解放运动为背景，展示了印度民族意识的觉醒，刻画了这一时期的时代氛围，反映了泰戈尔对民族主义的态度。

小说的主人公尼基莱什出生在衣食无忧、家境优渥的贵族家庭，自幼接受良好的教育，并获得博士学位。尼基莱什思想进步，主张自由平等。他热爱祖国，支持民族独立，通过创办实业、接济穷人积极支持民族运动。他不赞成激进派的观点，不支持使用暴力解决争端与矛盾。在他看来，激进派对国外文化的仇视与烧毁洋货的做法并不明智。他认为暴力并不能解决问题，主张道德教育是印度复兴和自治的先决条件。尼基莱什被刻画为一个颇具时代色彩、接受新思想的印度青年形象。松迪博是小说中的另一个男主人公，他是尼基莱什的同学。松迪博也是一个接受新思想的知识分子。他支持民族运动，经常去公众场所演说，积极鼓动群众加入民族运动。不同于尼基莱什，他思想激进，主张用暴力解决冲突，他积极抵制洋货，认为人们应当销毁洋货。松迪博生活拮据，在生活上经常受到尼基莱什的接济和帮助。而松迪博却不知感恩，与尼基莱什的妻子暧昧纠缠，被刻画为一个道德败坏的伪君子形象。尼基莱什的妻子碧莫拉原本是一个思想保守、传统本分的家庭主妇。家庭和丈夫是她生活的中心。丈夫尼基莱什主张夫妻间平等，鼓励碧莫拉走出家庭，关心家庭之外的社会生活。在民族运动的感召下，碧莫拉从家庭事务中走出来。由于频繁地与松迪博接触，碧莫拉被松迪博激情澎湃的爱国诗句和激进的政治立场吸引，她与丈夫尼基莱什在观点上发生分歧，在感情上也逐渐疏远。在松迪博的引诱下，碧莫拉与他私奔。碧莫拉做出的“走出家庭，走向世界”的选择并没有让她获得真正的爱情。当她与松迪博私奔后，才发现松迪博的虚伪。松迪博经常打着爱国的幌子向碧莫拉索要钱财。碧莫拉悔不当初，她重返家中。尼基莱什不计前嫌，原谅妻子。最终，小说以夫妻两人的和解结束。

泰戈尔在小说《家庭与世界》中通过主人公尼基莱什与松迪博在民族运动中的不同观点展示了民族运动时期印度青年的不同政治观点。在小说中，泰戈尔批判民族运动的激进观念，对这一时期人们关注的爱国、洋货和暴力等话题予以回应。在他看来，真正的爱国不是偏激地焚毁洋货，也并不是暴力相向，而应当在充分理解与思考的基础上理性看待国内外文化与事物，进行有建设性的活动，就像主人公尼基莱什一样。尼基莱什不仅拥有高尚的道德品行，还豁达地包容他人。这一形象正是泰戈尔一直提倡的道德品行。小说以“家与世界”作为标题，不仅展现了主人公从家出走到走向世界的情节，也反映了在民族问题上人的觉醒，呼吁人们在民族问题上应摆正国家与世界的关系。

对泰戈尔而言，民族主义就是一把双刃剑。周烨在《自由主义民族主义——泰戈尔民族主义思想探析》一文中对泰戈尔的民族主义思想进行了深层次的分析。他指出，民族主义在不同国家的表现不尽相同。在欧美国家的资产阶级革命中，民族主义与民主、自由和宪政紧密联系在一起，促使资产阶级民主主义革命产生，它成为推翻封建主义专制统治，建立群众性民族国家的重要推动力。在20世纪初，发生在亚非拉等地区的民族主义，又是以推翻帝国主义统治、建立民族国家为根本目的。虽然欧美国家的民族主义与亚非拉等地区的民族主义在反封反帝中发挥了至关重要的作用，促成了民族实现独立与解放。然而，过度夸大本民族的利益，又使得民族主义与欲望联系在一起，发展为暴力和侵略，成为阻碍现代民主社会发展的屏障，破坏团结，加深民族之间的裂痕。[①] 在泰戈尔看来，西方的民族主义是狭隘的民族主义，为世界带来了灾难，阻碍了世界文化的交流。

---

① 周骅：《自由主义民族主义——泰戈尔民族主义思想探析》，《湘潭大学社会科学学报（研究生论丛）》2003年第S1期，第160—162页。

在评价泰戈尔对民族主义的态度时，印度思想家帕沙·查特吉指出："虽然对祖国的现代民族文化建构作出了巨大贡献，但泰戈尔对民族主义一直持批判态度。"[①] 泰戈尔深知，民族的解放不仅是政治上的独立，还涉及文化的发展和社会的进步。因此，他一方面积极参与民族解放运动，争取民族的自由和权利。在社会层面通过兴办实业、建立学校、实施现代教育，促进了民族意识的觉醒和民族精神的塑造。另一方面，泰戈尔还坚持以文学和教育的力量引领印度社会的变革。他利用自己的文学才华，对民族文学进行了深刻的改革，摒弃了那些束缚人们思想的传统观念，鞭策着印度社会摆脱保守，迈向开放和现代化。

在泰戈尔看来，民族主义不应仅仅停留在对过去的怀旧或对异己的排斥上，而应是一种建设性的力量，推动社会全面进步，促进人的全面发展。他的民族主义是一种包容的民族主义，既珍视本民族的文化传统，又倡导文化的交流与融合，以实现不同民族间的相互理解和尊重。

作为一名殖民地作家，泰戈尔对民族主义的态度是具有前瞻性和世界性的。他认为世界是开放的，各民族都是世界大家庭的一员，不应当为了自己的私利而互相仇恨、引发战争。在维护本民族独立的基础上，人类应当以开放博爱的理念促进世界各民族共同发展。泰戈尔的一生也在积极推进人类的团结、和睦，在不同民族的交流中做出了巨大贡献。他对超越种族界限的生活模式充满希冀，他曾说道："一旦双方说着同样的语言，成为同样的种姓，那么他们就会尽释前嫌：他们共同生活并组成共同的实体，这就成了自然而然的。"[②] 对他而言，民族的界限终究被打破，人类注定会生活在一个紧密联系的共同体之中。

---

① [印度]帕沙·查特吉:《政治社会的世系:后殖民民主研究》，王行坤，王原译，西北大学出版社 2017 年版，第 121 页。

② 转引自[印度]帕沙·查特吉《政治社会的世系:后殖民民主研究》，王行坤、王原译，西北大学出版社 2017 年版，第 123 页。

第三章　泰戈尔文学中的共同体思想

泰戈尔的文学作品虽扎根于印度大地，却着眼于广阔的全球视野。泰戈尔在他的文学作品中，表达了对人类命运的终极关怀。正如泰戈尔的孙女婿——印度泰戈尔作品研究专家克里希那·克里巴拉尼评价泰戈尔时指出，他“把世界的命运看作是自己的命运”[①]。他同情弱者，关注社会底层人民的命运，主张以博爱、宽容的心境对待万事万物，呼吁人与万物的和谐共处，致力于达到梵我如一的境界，展示了对建构共存共在生命共同体的思考；他尊重世界文明的多样性，肯定不同文化对推进世界文明的价值，指出文明没有高低贵贱之别、更无优劣之分；主张各民族的文化应当相互理解，相互交流。他倡导建设一个开放包容的世界，致力于建构多元文化共荣的文化共同体。在政治上，他超越了狭隘的民族主义和排他性观念，反对殖民与压迫，反对暴力与分裂，赞美和平与团结，致力于推进各民族的和平共处，致力于建构和平、共处、团结的政治共同体。他强调，我们应当把“世界问题当作我们自己的

① ［印度］克里希那·克里巴拉尼：《泰戈尔传》，倪培耕译，人民文学出版社 2011 年版，第 215 页。

问题”，并将自身的文明精神与地球上所有民族紧密融合，提倡全世界为迎接世界文明和谐共进、人类命运休戚与共的新时代而共同努力。泰戈尔的思想中蕴含了共同体的价值理念，并且他的这些理念与构建共同体的核心价值观相契合，表现出一种超越时空的智慧。

第一节　泰戈尔的生命共同体意识

泰戈尔在他的文学作品中引入了“共同体”的概念，并将共同体与生命存在形式紧密结合在一起。泰戈尔的哲学关注人的存在，他在诸多作品中阐释了对这一主题的思考。在他的哲学体系中，人不仅仅是宇宙中的一个独立存在，而是与整个宇宙紧密相连，共同构成了一个和谐统一的整体。在“人的宇宙”中，泰戈尔详细阐述了他对人类存在形式的理解。他指出人体“并非单纯的细胞聚集，而是惊人且复杂的功能协调，最后才建立完美的运作秩序”。[①]在这篇文章中，泰戈尔借用人体各部分构造间的密切协作与协调一致的例子引入了“共同体”的概念。他指出，人体是通过单个细胞的相互结合创造出的生命体。这种单个细胞的结合并不是一种无秩序的细胞聚集，而是通过建立一种秩序组建成具备一定功能的器官。这种细胞结合的秩序彰显出生命的潜能，人体的各部分构造正是抱持着共同体的理想，才使身体达到不可思议的成就。在泰戈尔看来，生命是共同体意识创造的奇迹。

尽管泰戈尔视世间万物为平等的，但他仍然认为“生命会逐渐发展出一种无法测量或分析的价值”[②]。这种价值无法用尺度衡量或逻辑分析，是一种

① [印度] 泰戈尔:《人生的宗教》，曾育慧译，湖南人民出版社 2017 年版，第 2 页。

② [印度] 泰戈尔:《人生的宗教》，曾育慧译，湖南人民出版社 2017 年版，第 13 页。

“以小我成就大我”[①]的价值观念。在他看来，人类的精神世界同样不断呼吁个体成员以自我的微小贡献汇聚成集体的伟大。他指出：“宇宙万物的创造都是来自每个小单位舍己以成就全体。人的灵性世界也持续要求个别成员以小我成就大我。”[②]显然，万物生灵是有了“以小我成就大我”的价值才具备了获得生命的可能。在他看来，这种“以小我成就大我”就是一种对生命秩序的保障。

泰戈尔在第二篇“富于创造力的心灵”中进一步阐释在单个细胞抱持共同体理想之下所创造出的生命奇迹及爆发出的力量。他解释道：“生命之神一声令下，召集大量的细胞，赋予它们生命共同体的意识。细胞在生命的完整性受到威胁时，就会动员起来全力抵抗。”[③]泰戈尔以小见大，通过介绍微小的单个细胞持有的共同体理想创造出生命的潜能，推及其他的生命体，抑或是大型的个体的存在形式。泰戈尔认为生命的真谛在于个体间的内在和谐，是一种个体服从整体的共同体意识，一种个体间的“各司其职”与个体间“维持紧密互动”。[④]因此，在泰戈尔看来，世间万物与世界是一种个体与整体性的关系。个体组建了整体，整体离不开个体，但整体的存在并非个体的无秩序聚集，而是需要一种秩序来保障内在和谐，即一种共同体的理想。关于此处的共同体概念，泰戈尔也给出了明确的阐释，他解释道：“共同体不仅是主观的想法，还是能够激励人心的真理。不管用什么名号来称呼它，也不论用什么符号来表达，对于共同体的察觉与体认是纯洁而神圣的，而人们忠于这个体认所付出的努力，就是我们的宗教。它始终在等待，等待人类的历史用更适切的方式来阐明并彰显它。”[⑤]因此，泰戈尔所说的共同体是一种以小我成

---

① [印度]泰戈尔：《人生的宗教》，曾育慧译，湖南人民出版社2017年版，第7页。
② [印度]泰戈尔：《人生的宗教》，曾育慧译，湖南人民出版社2017年版，第7页。
③ [印度]泰戈尔：《人生的宗教》，曾育慧译，湖南人民出版社2017年版，第11页。
④ [印度]泰戈尔：《人生的宗教》，曾育慧译，湖南人民出版社2017年版，第11页。
⑤ [印度]泰戈尔：《人生的宗教》，曾育慧译，湖南人民出版社2017年版，第3页。

就大我的意识，它深深地烙印在生命之初人类思想的深处，也许在当前受制于某些因素不能显现出来，但是随着人类社会的发展，共同体会在某一时刻以恰当的方式彰显出来。泰戈尔在这里所说的共同体是与生命紧密联系在一起的，反映了世间万物的存在形式。

泰戈尔对生命共同体的认识还涉及人与自然的关系。在印度的传统文化中，人与自然具有一种亲缘关系。因此，对印度人而言，人与自然是密不可分的，人与自然建立起生命共同体。正如泰戈尔所说："印度人直观地感到这个世界上现存的东西对我们来说都具有生死攸关的意义，我们得充分考虑它，和它建立一种自觉的关系，这不仅是受对科学的好奇心或者对物质利益的贪婪所驱使，而且是以欢乐、平和的伟大情操，以同情的精神去亲证它。"① 泰戈尔不仅展示了人与自然之间密切的关系，甚至将两者的关系置于生存的维度。对人来说，自然被赋予生死攸关的意义。这种生死攸关不仅反映在人的生存不能离开自然的物质补给，也反映在人需要在自然中亲证获得精神上的满足或提升。正如印度的林栖贤哲们需要在森林之中获得精神上的补给。泰戈尔在阐述人与自然关系时曾说道："印度的文明被大自然的浩大生命所包围，由它提供食物和衣服，而且在各方面与大自然保持最密切、最经常的交流。"② 因此，人应当亲善自然，与自然和谐相处。在泰戈尔看来，人与自然应当建构一种生命共同体。

泰戈尔在他的文学作品中致力于建构人类与自然和睦共处的和谐关系。他在诸多文学作品中阐释了自然中丰富、蓬勃的生命力，强调人类与自然和谐共生，呼吁人类要尊重生命、敬畏自然。

首先，在他的文学作品中展示了人类与自然本源性的共生共存关系。在

---

① [印度]罗宾德拉纳特·泰戈尔:《人生的亲证》，宫静译，商务印书馆1996年版，第5页。

② [印度]罗宾德拉纳特·泰戈尔:《人生的亲证》，宫静译，商务印书馆1996年版，第3页。

泰戈尔的文学作品中，人与自然的关系被赋予了深刻的共同体意义。他认为人类并非自然的主宰，而是自然的一部分。人类源于自然，并与自然息息相关，彼此之间的关系是一种主体间性的关系，即彼此平等、相互依赖的关系。早在泰戈尔的一封信中写道："我自己的意识，似乎流过每一片草叶，每一条吮吸着的根，和树液一道穿过树干向上升，在翻着波浪的稻田里，在沙沙作响的棕榈树叶上，欢乐地颤栗着迸发出来。我感到，我非得表达出我与大地的血缘关系和我对她的亲属之爱不可。"[①]在泰戈尔的作品中也关注到了人类对自然的破坏。在他的作品中，他揭示了人类为了追求自身利益而破坏自然环境的行为，以及这种行为所带来的恶果。他呼吁人们要尊重自然、保护自然并与自然和谐共生。同时，泰戈尔还关注人类的精神层面，泰戈尔在演讲"正确地认识人生"中宣称："一个对世界认识程度仅仅停留在科学所达到的地步的人，永远也不会理解一个精神之眼打开的人对这些自然现象的认识。水不仅能够清洁人的肢体，还能净化心灵，因为它能直接接触到灵魂；土地也不仅能够支持人的身体，还能给他的心带来快乐，因为它的接触不仅是表面感受到的，它是一种生机的表现。"[②]他认为人类应该培养一种敬畏生命、尊重自然的精神品质，这种品质可以使人类更好地与自然相处，从而实现人与自然的和谐共生。他通过文学作品来传递这种精神品质，从而引导人们去思考和探索人类与自然之间的关系。

泰戈尔在文学作品中表达了对生命的无限敬畏与赞美。泰戈尔认为，自然界的每一个生命体都有其存在的价值和意义，人类应当尊重并保护自然。他赞美生命的动态过程，认为生命与大自然的生成变化过程相契合。在他的作品中，自然孕育了无限的生命，并且所有的生命都融洽地生活在大地上，勾勒出一幅共存共生、和睦相处的生命图谱。

① ［印度］泰戈尔：《孟加拉掠影》，刘建译，上海译文出版社 1985 年版，第 74 页。
② ［印度］泰戈尔：《泰戈尔论人生》，白开元译，上海人民出版社 2014 年版，第 8 页。

在《论生命》中，泰戈尔赞美自然界的生命律动，万物在自然中如精灵一样自由、快乐。绿叶、花朵、鱼鹰、飞鸟、黄鹂、水牛、野狗都绽放出生命的律动，哪怕是血管中的血液也在流淌出生命的律动。他吟咏着："我看见太初的生命包孕纯正的欢愉。"[①]"生命的泉水，在我的条条血管中日夜奔流，也流过世界，应和着绝妙的音乐旋律翩翩起舞。"[②]他赞美生命的律动，感叹造物者的强大。在自然中，生命以不同的形式出现，所有的生命都绽放着自己独特的魅力，它们自由、融洽、和乐地存在于自然界的每个角落，没有相互干涉、影响。

在《飞鸟集》中，泰戈尔对自然的描写更是达到了顶峰。自然及自然界中的万物都被赋予了神性。他虔诚地对待自然界中的每一个细节，一只鸟儿、一朵花、一颗星、一个雨滴成为自然中不可或缺的一部分。飞鸟、落叶、花朵、流萤等自然意象也被赋予灵动的生命。他通过展示翱翔的飞鸟、飘零的落叶、绽放的花朵以及日月星辰的阴晴等自然现象，赞颂了生命的律动，反映了自然的和谐。

他通过描绘自然万物的"言说"和"唱和"，展示了它们之间的亲昵和关爱，在生死的更替与季节的交换中，表达了对生命的全面理解和尊重。正如他在《论生命》中所言："万物向前奔驰，从不停步，从不回头张望，任何力量不能把它们拉回来，它们朝前狂奔。"[③]在他的作品中，人与自然同生共荣、相互交融、彼此依存，成为一体。他借用韵律和谐的诗歌、散文等形式，诠释生命的韵律。

在散文集《孟加拉风光》中，泰戈尔通过自然景物的展示，表达了他对大自然的赞美和敬畏。他写道："从我们系船的河岸上，一股香气从草丛中升

---

① [印度]泰戈尔:《泰戈尔论人生》,白开元译,上海人民出版社2014年版,第60页。

② [印度]泰戈尔:《泰戈尔论人生》,白开元译,上海人民出版社2014年版,第69页。

③ [印度]泰戈尔:《泰戈尔论人生》,白开元译,上海人民出版社2014年版,第70页。

起。大地喘息时放出的热气真的触及到了我的躯体。我觉得温暖的、生气勃勃的大地在向我呼气，她也一定感到了我的呼吸。”[①] 在他的笔下，大地被赋予同人一样的喘息、温度，展示出蓬勃的生命力，同时大地也具备了人一样的情感，此时的大地已被赋予了与人交流的能力。同样，《园丁集》也体现了泰戈尔对自然生命力的赞美。这部关于爱情和人生的英文抒情诗集，通过散文诗的形式，将自然与人生、爱情与哲理融为一体。在泰戈尔看来，自然不仅是生命的象征，更是人类情感的寄托和精神的归宿。

泰戈尔的生命共同体思想也体现在他相信人类情感和自然力之间有着紧密的内在联系。在文学作品中，他将自然拟人化以说明人与自然的关系。泰戈尔讲道：“艺术家是自然的情人，所以他是自然的奴隶，也是自然的主人。”[②] 这表达了人类和自然密不可分的关系。泰戈尔的作品还通过人与自然之间的互动来表达对人类精神世界的探索和追求。他相信自然能够净化人类的心灵，帮助人类摆脱尘世的纷扰和烦恼。在他的作品中，人类常常通过与自然的对话和交流，获得内心的平静和宁静，找到生命的真谛和意义。这种对人与自然精神关系的探讨，使得泰戈尔的作品具有深刻的哲学内涵。在泰戈尔的表达中，人与自然的界限变得模糊，人类与自然是相互交融、相互影响的。他通过描绘人类与自然的互动场景，来表达对人类与自然和谐相处的向往和追求。他相信只有当人类真正地理解和尊重自然，才能实现真正的和谐与平衡。在他看来，人类的感情可以融入自然，自然的生命力也可以净化人类的心灵。他通过描绘自然的美妙与和谐，传达出对生命和自然的深深敬畏和热爱。

泰戈尔的作品传达了对自然美的赞美和对精神生活的追求，让人们意识到真正的幸福并不在于物质的丰富，而在于内心的平和与满足。自然不仅能

---

① ［印度］罗宾德拉纳特·泰戈尔：《泰戈尔全集》（第19卷），河北教育出版社1991年版，第119页。

② ［印度］罗宾德拉纳特·泰戈尔：《泰戈尔全集》（第19卷），河北教育出版社1991年版，第123页。

为人们提供衣食住行的必需品，也能为人们提供精神慰藉。在自然与人类的互动中，自然和人类的关系密不可分，构筑成生命共同体。泰戈尔对自然的关注超越了人类中心的视角，他敬畏造物神的力量，尊重生命，展示了自然之美与生命的韵律，而这也成为他创作的灵感和内驱动力。在他看来，自然能净化人的心灵，人类走进自然，才能摆脱私欲，实现内心的宁静，真正领略生命的美好。

泰戈尔致力于建立人与自然的生命共同体。泰戈尔对自然的感情源自印度古代哲学及家人的影响。泰戈尔曾在演讲中表示："他们与世界的完美关系是融洽一致的关系。这一被古代印度的林中居民竭力鼓吹的完美理想贯穿于我们古典文学的心脏,目前依然在我们的心中占首要地位。"[①] 泰戈尔正是受到了印度古代哲学中人与自然和谐统一观的影响。泰戈尔的家庭也影响了泰戈尔对自然的态度。在泰戈尔的生活经历中，充满了对自然的体验与感悟。在他儿时，泰戈尔的父亲就曾多次带泰戈尔去山里度假。在泰戈尔的自传中，就曾提到他在 12 岁时陪同父亲去喜马拉雅山的经历。那次经历令他终生难忘，美丽的自然景观让幼年的泰戈尔领略到了大自然的魅力。其间，他的父亲不仅为他讲述了有关大自然和宇宙的神秘，而且还讲述了包括人类和宗教在内的更多领域的知识和趣闻，这段亲密的父子关系经历给他留下了不可磨灭的印象。这次经历让他对自然有了深刻的认识，也为他今后的创作提供了珍贵的素材。在为人父后，泰戈尔也继承了父亲的教育方式。他经常带着他的孩子深入自然之中，体验自然的魅力与神秘，以至于"放弃物质追求，回归自然、融入自然"也成为他不少文学作品的主要基调。

泰戈尔在其文学作品中所表达出的生命共同体意识引导我们重新审视人与自然的关系。在处理人与自然的关系时，他提醒人们要保持敬畏之心，并

---

① [印度]泰戈尔:《泰戈尔全集》(第 21 卷)散文，白开元、殷洪元、耿克璞、韩缘山、谈耀康译，河北教育出版社 2000 年版，第 221 页。

珍视所有生命。他坚信人类与自然紧密相连，人类并非自然的主宰，而是其中的一部分。他呼吁人类尊重自然规律，珍惜自然资源，保护生态环境，实现与自然的和谐共生。这启示人类要摒弃对自然的征服和破坏，以一种谦卑和感恩的心态去对待自然，珍爱每一个生命，让生命的多样性和丰富性得以延续。同时，他还启示人类要关注生态平衡和可持续发展。他深知自然界的每一个生物都有其存在的意义和价值，它们之间相互依存、相互制约，共同维持着生态平衡。

第二节　泰戈尔的文化共同体意识

在《印度的行路人罗姆莫罕•罗易》中，泰戈尔对人类历史进行了深刻的剖析："人类历史的主要问题是什么呢？那就是：由于黑暗和愚昧，人与人之间关系的破裂。人类社会，最最主要的因素，就是人类的团结。文明的意思是相聚在一起思考。哪里这种团结的因素收效甚微，哪里这种弱点便会变做种种疾病从四面八方来侵袭这个国家。"[①] 在泰戈尔看来，人类历史的症结不在于物质的匮乏，而在于个体与个体之间因无知与误解而导致的联系断裂。他洞察到，无知与误解是导致人心分离的根本原因，这种分离既削弱了社会的凝聚力，又为各种社会问题埋下了隐患。为了消除人与人的误解，弥合人际关系的破裂，泰戈尔试图诉诸文明的力量促成人类最广泛的团结。泰戈尔强调，文明的本质在于人们聚集在一起进行思考和交流，共同创造知识和智慧。在他看来，文明的本质具备了建构共同体的基本特质。他倡导建立文化

① 刘安武等主编：《泰戈尔全集》（第 23 卷）散文，河北教育出版社 2000 年版，第 9 页。

共同体，通过深化不同文化之间的交流与理解，来促进人与人之间的团结。他相信，通过文化的力量，可以驱散蒙昧的黑暗，照亮人们的心灵，从而修复和加强个体之间的联系。

文化共同体指社会群体中的个体基于共同的语言、宗教、历史、传统、习俗和社会实践所形成的共同的文化认同和价值观念。文化共同体中的成员通常以共同持有某些核心价值观和信仰或拥有共同体的历史记忆和集体记忆作为基础，在社会群体中遵循相似的社会规范和行为模式。而在共同体思想视域下，文化共同体被赋予了新的内容及使命。它着眼于全世界人类的共同价值，超越了西方中心主义至上的标准，打破了以西方价值观念标榜的国家至上、民族至上等观念，以全人类的根本利益为价值取向，体现了公平、正义、自由、民主的精神追求和价值取向。共同体呼吁以平等相待、相互尊重、彼此欣赏的态度对待不同民族的文化，因此共同体思想视域下的文化共同体是站在全人类的高度，以平等、可持续发展的态度审视不同民族的文化。它在承认不同文化之中存在的差异的基础上，主张文化差异应成为人类文明进步的动力，而不应让文化差异成为文化冲突的借口。文化共同体意识意味着文化没有高低贵贱之分，更无优劣之别，旨在将不同文化安置在一个平等的地位，秉持合作共赢的原则，不同文化间彼此尊重、相互认同、彼此欣赏，做到“并肩而不相害”“美美与共”。

泰戈尔的文化共同体意识反映在他对待本民族及其他民族文化的态度上，也反映在他在推动世界文化的交流所做出的贡献上。

1. 理性地看待本民族文化

素以文明古国著称的印度孕育了丰富多样且历史悠久的文化。即便如此，在印度也存在一些狭隘的、落后的偏见和陋习。泰戈尔理性地看待本民族的文化，他不仅致力于传承和弘扬印度文化中的优秀品质和价值观念，而且勇于面对并改革那些落后的观念。他相信，通过不断的自我反思和更新，印度文化能够摆脱束缚，焕发新的活力，为世界文明的发展做出更大的贡献。

一方面，泰戈尔热爱本民族的文化。在自传中，泰戈尔曾表达了他对民族文化的热爱。他指出，尽管生活在一个多元文化交织的印度，但是自己和家人仍然坚持使用母语创作。不仅如此，泰戈尔还继承了印度传统文学的模式，传承了印度文化精神。在戏剧创作上，他借鉴《罗摩衍那》《摩诃婆罗多》等印度史诗的叙事艺术，不仅汲取史诗中的宏大叙事结构与复杂人物关系，更吸收其中所蕴含的道德观念和哲学思考。在思想上，他传承了印度传统文化精神，并积极传播印度的价值观念。泰戈尔将印度文化中的包容性、博爱、平等、和谐以及对自然的崇拜等核心观念，巧妙地融入了他的文学作品中。这些观念不仅构成了他的作品的精神内核，也赋予了他的创作以独特的情感深度和思想力量。

《奥义书》中宣扬的泛神论思想对泰戈尔影响巨大，甚至在他的哲学体系中占据了核心地位。在他的《飞鸟集》《吉檀迦利》等作品中，反映出明显的泛神论思想。尽管泰戈尔所处时代的印度社会已经被西方文化和思想所浸染，但是泰戈尔并没有盲目地追求西方文明。他对重视精神文明的印度文化精神给予充分肯定。他理性地认识到西方一味追求物质文明繁荣而精神文明发展不足。正如他在散文《西方的民族主义》中所言，欧洲中世纪时期人们之所以能完整地塑造出人的道义人格，是由于当时的人们力图调和肉体与精神之间的冲突，但是随着物质文明的快速发展，人的智力和物质力量大大超越了道义力量的发展，造成人性发展的失调，人们的精神空虚，人变得冷漠、残忍、自私自利。[①] 他认为这样的文明孕育出的社会也是病态的、不健全的，而“印度文化所强调的博爱、友好、和平共处等道义原则，恰好能有效补充西方

---

① ［印度］泰戈尔：《民族主义》，谭仁侠译，商务印书馆 1998 年版，第 19—20 页。

精神文明的不足”。[1]在他看来，精神发展、精神自由是至关重要的，这也成为他诸多作品的重要主题之一。

另一方面，泰戈尔对本民族中一些根深蒂固的保守和盲目守旧观念持批判态度。在印度社会中，女性常常处于弱势地位，她们的生活充满了苦难。泰戈尔同情女性所遭受的不公和压迫。在文学创作中，泰戈尔聚焦印度社会普遍存在的女性问题，揭示了印度女性在童婚、一夫多妻、包办婚姻、萨蒂制度和嫁妆制度等社会陋习下的悲惨境遇。他通过文学作品的描绘，不仅展现了女性在这些陈旧社会观念压迫下的苦难生活，更激发了读者对这些问题的深思，唤起了民众对变革的渴望。泰戈尔的这些作品不仅是对女性境遇的同情和关怀，更是对社会不公的深刻反思和批判，期待能够引发更广泛的社会关注和实际行动，推动社会的进步和变革。

在印度的传统典籍《摩奴法论》中就存在对女性社会地位的描述。《摩奴法论》中规定:“无论幼年、成年或老年，女子即使在家也决不可自作主张。”“女子必须幼年从父，成年从夫，夫死从子”“她应当逆来顺受，意念清净、守节居贞、渴望着一夫之妻的无上功德，一直到死。”[2]根据这些规定，女性在家庭和社会中被赋予从属角色，她们在生活中的决策权被剥夺。在社会生活中，她们必须服从父亲、丈夫或儿子的意志，女性没有任何自由和自主性可言，处于从属和顺从的地位。泰戈尔对印度妇女的命运痛心疾首，在《女乞丐》《小媳妇》《姐姐》《哑女》《女邻居》《盲妇》《吉莉芭拉》《摩诃摩耶》《一个女人的信》《陌生女人》等作品中，女性是包办婚姻的牺牲品。她们在婚姻、家庭中得不到任何应有的关爱和地位。这些女性成为父权社会行走的子宫和干活的双手，她们不允许走到家庭之外，甚至那些嫁入家境富裕家庭

① 孙宜学，罗铮:《泰戈尔的世界化与中国文化“走出去”:启迪和借鉴》,《中华文化海外传播研究》2020年第1期，第98页。

② 转引自朱明忠《恒河沐浴——印度教概览》,四川民族出版社1994年版,第158页。

的女子也被丈夫严格地管制在家庭之中，感受完全被忽视。

在印度，女性童婚制度盛行。在《摩奴法论》中规定，女子必须在成年之前出嫁。如果她在成年之前还未嫁人，那么她的父母也会受到牵连。在泰戈尔的小说《吉莉芭拉》中，女主人公吉莉芭拉在未成年时就嫁给了她的丈夫。虽然她和丈夫的婚姻完全是出于感情，但是婚后丈夫完全转变，她受到丈夫长期的忽视与冷暴力。丈夫将年轻貌美的吉莉芭拉完全束缚在家中，不允许她踏出家门一步。丈夫却整日流连于剧场，与女演员们厮混在一起。吉莉芭拉深情地挽留丈夫，却遭到丈夫的拳脚相加。吉莉芭拉只是万千印度女性的一个缩影。她们的早婚使身体和心灵饱受男性的侵害。她们那还未发育成熟的身体过早地承担起生育的责任，这无疑对女性的身体造成极大的伤害。而生育之时还要面临与死神的搏斗，难产、产褥热等威胁接踵而至。即便是一次次与死亡擦身而过，她们的丈夫也将其视为理所应当的。在《吉莉芭拉》中，泰戈尔对吉莉芭拉的处境进行了细致的描绘，展示了童婚为女性带来的不幸。

泰戈尔对女性命运的关注远不止于表面的同情。在泰戈尔的小说中，他细腻地描绘了女性在摆脱家庭枷锁后所展开的全新生活篇章。在经历了丈夫的虐待和对婚姻生活的彻底绝望之后，女主人公吉莉芭拉勇敢地走出了那个曾束缚她的家庭。她的丈夫沉溺于剧院的繁华与虚幻，不顾家庭的破碎，甚至将剧院的女演员带走，继续他放纵的生活。然而，令他意想不到的是，剧院老板找到了新的女演员重新上演了那部戏剧，该剧的演出大获成功且反响空前。当丈夫出于好奇走进剧院观看时，他震惊地发现，那站在舞台上光彩夺目的女演员正是他的妻子吉莉芭拉。吉莉芭拉不仅摆脱了丈夫的控制，更在剧院的舞台上焕发了新的生命力，她以女演员的身份重生，赢得了观众的喝彩和尊重。这一转变不仅是她个人解放的象征，也是对传统性别角色和社会期望的挑战。泰戈尔通过吉莉芭拉的故事，展现了女性自我觉醒和追求独立的力量，以及在逆境中寻找自我价值和尊严的勇气。

吉莉芭拉从家庭主妇蜕变为人生真正的女主角。她的生活不再是服务于丈夫，她在自我发现与自我实现中绽放了自己生命的魅力。在这部小说中，泰戈尔展示了女性对社会秩序的反抗。她反抗丈夫的压制、反击社会对女性的束缚。她从被压制、被忽视的家庭主妇转变为拥有自主性的“女王”。小说结尾，丈夫被警察带走，他只能挣扎地叫喊着表达对吉莉芭拉的不满。此时，吉莉芭拉已经不是那个任丈夫摆布、被丈夫家暴的女性，而是成为受到保护、被观众认可、有经济保障的剧院女演员。泰戈尔对吉莉芭拉的描绘展示了他对女性命运的终极关怀。

萨蒂制度是印度社会中对女性进行极端压制的一种残酷习俗。这种制度通常指的是女性在丈夫去世后，通过自焚的方式殉夫。这一习俗不仅在印度社会中广泛存在，而且跨越了种姓的界限，从拉其普特人、婆罗门、刹帝利等高种姓到低种姓的家族，都普遍接受并实践这一行为。萨蒂制度一度在印度历史上盛行，几乎被视作印度文化的一部分，甚至与民间习俗紧密相连。它不仅是对女性生命权和尊严的极大侵犯，更是对女性自由和平等的严重践踏。这种习俗的存在，反映了印度社会在性别平等方面存在的深刻问题，亟须社会的反思和改革。

萨蒂制度在《摩奴法论》中就有规定。根据文献的记载，如果女子失去了丈夫就意味着其失去了做人的基本权利，那么她也要在丈夫的葬礼上殉葬。在印度的文化中，萨蒂被认为是一种对丈夫忠诚、忠贞的表现，而女子在殉葬中也会得到救赎与净化。

关于萨蒂制度的起源说法众多。一种说法是它源自原始的西赛亚风俗，后被雅利安人修改并将其与净化和重生联系在一起。另一种说法来自印度神话，其中萨蒂是梵天之子塔克沙的女儿，她因丈夫湿婆受到侮辱而自焚。还有一种说法是关于娜拉亚尼·萨蒂玛塔的传说，她为了表达对丈夫的忠诚，在丈夫去世后自焚，被后人赞颂为女神。

在印度历史上，也不乏一些统治者和进步人士试图废止萨蒂制度。16 世纪，莫卧儿王朝的阿克巴大帝曾发起改革，主张禁止非自愿性的自焚殉夫，并允许寡妇再嫁。19世纪，以印度改革家罗姆莫罕•罗易为代表的一批先进分子公然发声反抗萨蒂制度对妇女的荼毒。这一时期，萨蒂制度也引起了部分英国殖民当局的关注。1829年，时任印度总督的威廉•本廷克勋爵对这一习俗也忍无可忍，他批评这种行为无异于惨无人道的谋杀，并将萨蒂制度列为非法行为。20世纪后半叶，印度政府加大了法律力度对与萨蒂习俗有关的行为采取了极为严厉的惩罚措施，包括死刑或无期徒刑，以此作为坚决遏制此类习俗继续发生的强硬手段。尽管法律明文禁止了这一习俗，但在某些地区，它已经深植于人们的传统观念之中，要想彻底消除并非易事。

泰戈尔反对萨蒂制度对女性的迫害。他在短篇小说《摩诃摩耶》、叙事诗《丈夫的重获》和《婚礼》等作品中，揭露和批判了萨蒂制度为印度女性带来的苦难与不幸。[①]《摩诃摩耶》中的女主人公摩诃摩耶是一位出身名门的24岁贵族女子。由于父亲早逝，摩诃摩耶缺少丰厚的嫁妆，这也使她未能出嫁。其实摩诃摩耶已经有意中人，那就是和她一起长大、家境不好的婆罗门青年罗耆波。两人情投意合，但身份相差悬殊。摩诃摩耶的哥哥帕凡尼查兰•查托巴迪雅思想保守。在他发现两人私自幽会后，他将摩诃摩耶嫁给一个生命垂危的婆罗门人为妻。按照当地奉行的萨蒂制度，摩诃摩耶要在丈夫去世后殉葬。在摩诃摩耶被施以火葬时，一场意外的大雨浇灭了大火。虽然摩诃摩耶大难不死，但她也遭毁容。在历尽艰险后，摩诃摩耶戴着面纱与罗耆波团聚。她告诉罗耆波两人如果在一起就必须承诺不能揭开她的面纱。罗耆波答应了，两人开启了新的生活。然而在好奇心的驱使下，罗耆波没有遵守承诺，他偷偷地揭开了摩诃摩耶的面纱。摩诃摩耶伤心至极，她离开了与罗耆波的家，再也没有出现。通过摩诃摩耶的故事，泰戈尔揭露了这一制度的残酷性，展现了其对封建陋习的深刻反思和批判。

① 王燕:《泰戈尔访华：回顾与辨误》,《南亚研究》2011年第1期，第123页。

作为一名有责任担当的文学家，泰戈尔的文学作品承担了传承、发扬和变革本民族文化的责任。他立足于本民族文化却兼具了全球的价值观和视野，表现出思想的前瞻性。他通过在文学作品中展示印度传统文化的优秀价值，揭露民族文化中的陋习与弊病。他超越了民族狭隘的视域，理性地认识和反思印度的社会，致力于建构一种更加平等、公平、博爱、和谐的社会规范和行为模式。

2. 辩证地看待外民族文化

泰戈尔自幼受到印度传统文化的浸染。在很大程度上，印度传统文化影响了泰戈尔思想的形成。但是，这也不妨碍泰戈尔成长为一位具有世界主义价值取向的作家。不可否认，泰戈尔立足于印度民族文化，创作出诸多充满印度文化元素的优秀作品。在他的作品中，弥散着印度的传统文化和哲学，展示了《奥义书》《薄伽梵歌》等中的本民族元素。但他也不局限于此，其中还涉及英国文化、日本文化、中国文化的元素。泰戈尔以开放的思想对待本民族的文化和其他民族的文化。他既是对印度文化爱得深沉的诗人，又是承担文化传播和作品翻译的跨文化交流的使者。他立足于印度民族文化，创作的作品带有浓郁的印度文化色彩。作为一位着眼于世界的作家，他敏锐地观察到西方文明背后缺失的精神需求及爱的动力，而他在作品中宣扬的包容、博爱、平等、和谐等道义原则正是印度文化精神之所在，这也正是西方文化中所欠缺的。泰戈尔的作品为西方读者提供了崭新的阅读经验和审美体验。在他看来，不同民族间的文化差异不在于彰显差异，而是应当相互补充和互惠共赢。为了让西方更好地了解印度，他不仅使用英文翻译自己的作品，还使用英文创作。当西方世界充斥着精神空虚与暴力、战争之时，泰戈尔的作品俨然成为一股清澈的溪流，流入西方人干涸的心田，为西方世界注入新的价值观和社会理念。泰戈尔的作品也成为西方世界了解印度文化的重要途径，甚至改变了西方世界对印度的刻板印象。

在对待外民族文化的态度上，泰戈尔致力于建构团结一致、平等交流的文化共同体。泰戈尔表示："每一个民族的职责是，保持自己心灵的永不熄灭的明灯，以作为世界光明的一个部分。熄灭任何一盏民族的灯，就意味着剥夺它在世界庆典里的应有位置。"[①] 泰戈尔尊重各民族文化，主张以开放、包容的心态对待不同民族的文化。泰戈尔在《正义是永恒的真理》中指出："合作、友爱、互信、互助，这才是能够带来文明的强大和进步的要素。"[②] 在他看来，各民族的文化是世界文明的一部分，是人类的宝贵财富。否定任何一个民族的文化都是对世界文化多样性的破坏。不同民族的文化不应成为阻碍文化交流的借口，而应以合作、友爱、互信、互助的态度，成为人类文明进步的重要动力。

泰戈尔生活的印度正值英国殖民地时期。一些印度人在目睹西方文化发达的物质文明后，厌弃本民族的文化，对西方文化采取全盘接受的态度。还有一些有良知的进步人士认识到印度被殖民、被压迫的境遇，毅然投入到印度本土的反殖民反压迫的运动中。也正是如此，许多人不仅仇视西方侵略者，对西方的文化也采取全盘否定的态度。在印度大地上，弥散着浓厚的崇拜西方和否定西方两种截然不同的态度。生活在这一时期的泰戈尔并没有随波逐流，他理性地对待西方文化。

他承认西方发达的科技文明和物质文化，认为印度应当学习和借鉴。他自己也积极地吸纳西方的文化和思想。但是他在看到西方文明带来的繁荣之时，也认识到西方文明中蕴藏的危机。他意识到西方对精神文化的忽视，意识到西方文明中充斥着的以冲突和征服为核心的民族主义。在他看来，对精

① ［印度］克里希那·克里巴拉尼：《泰戈尔传》，倪培耕译，人民文学出版社 2011 年版，第 248—249 页。

② ［印度］泰戈尔：《泰戈尔对中国说》，徐志摩等译，译林出版社 2013 年版，第 55 页。

神的忽视容易招致人们精神的空虚，而狭隘的民族主义却严重阻碍了世界文明的交流，造成了不同民族间的隔阂。在他的演讲词《印度的民族主义》中，泰戈尔主张“西方应当相信东方在文明历史的形成方面的贡献”[①]。他呼吁西方文明应当和印度文明“紧密联系起来”。在他看来，西方文明真正的使命不是侵略，而是帮助弱者强大。正如泰戈尔所言：“西方不应当为了自私的需要使用自己的力量，使自己成为世界诅咒的对象；而应当教育无知者，帮助弱者，使弱者获得足够的力量抵抗它的入侵，从而使自己摆脱强者容易招致的最严重的危险。”[②]

泰戈尔也积极投入到印度的独立运动中，他通过演讲和公共讲座的方式为民族独立积极奔走，呼吁印度人民追求自由和独立。在《文明的危机》中，泰戈尔控诉了英国殖民统治，表达了对印度必将获得独立解放的信念。

1924 年，泰戈尔在访问我国期间游北海公园时的一次演说中，他也谈到了对东西方文化的态度。他讲道：“吾两国先民之努力，在精神上，在道德上，对于人类，实有莫大之贡献。今后正宜发挥吾侪文化所结晶之‘爱’，感化西方民族，使此悲惨无情之世界，得有救济良方……西方之科学实为无价宝库，吾侪正多师承之处，万无鄙视之理。特其物质的财富之价值或不如精神的财富之永久，故有轻重永暂之差，无可否之别也。余间尝默想今日世界状况，但觉其苦恼、悲惨、无情，而不禁感然忧之。东方文明犹如朝阳，西方文明犹如火，同一光也，而其光之本质与力量，截然不同，此东西文明所以不能相提并论也。”[③]

泰戈尔的话揭示了他对不同文明的深刻见解。泰戈尔尊重世界文明的多样性，理性地分析不同文明的特质。他承认中国文明和印度文明对世界文明

① [印度]泰戈尔：《民族主义》，谭仁侠译，商务印书馆 1998 年版，第 56 页。

② [印度]泰戈尔：《民族主义》，谭仁侠译，商务印书馆 1998 年版，第 56 页。

③ 原载于《晨报》，1924 年 4 月 26 日。转印自泰戈尔《泰戈尔对中国说》，徐志摩等译，译林出版社 2013 年版，第 165—166 页。

的重要贡献，并指出“爱”是两国文明的共同价值所在，而这也是西方文明社会所欠缺的。随后，泰戈尔理性分析了作为印度和中国为代表的东方文明和西方文明的差异。他提倡在尊重和学习西方科学的同时，更应该重视精神和道德的价值，并保持对人类共同未来的关怀和思考。他认可西方科学的价值，认为它是“无价宝库”，并且是东方可以学习的地方，不应该被轻视。这表明泰戈尔并不是完全排斥西方的成就和贡献，他认识到科学在推动物质进步和社会发展中的重要性。

接着，泰戈尔通过比喻表达了他对东西方文明本质的不同理解。他将东方文明比作“朝阳”，而将西方文明比作“火”，虽然两者都发出光芒，但光的本质和力量是截然不同的。这里的“朝阳”象征了希望、生机和温暖，而“火”象征着强烈、能量和可能的破坏力。泰戈尔认为，由于这些本质的不同，东西方文明不应该简单地进行比较或等同起来看。然而，泰戈尔也提出了东西方在本质上的差异，即西方文明重视物质财富的积累，东方文明注重精神的发展。在他看来，虽然物质财富有其价值，但精神财富具有更持久的价值。对于重视物质财富的西方文明来说，物质繁荣推动了社会的进步，但是对精神财富的忽视导致了社会发展失衡，严重影响了社会的持久与社会的和谐发展。对此泰戈尔忧心忡忡，他感到世界充满了苦恼、悲惨和无情。他试图以崇尚精神文明的东方文明来为西方文明提供借鉴和参考。

3. 致力于推进民族间的文化交流

泰戈尔的文化共同体思想倡导全球文化的交流互鉴。他认为，东方与西方应建立一种超越地理和文化界限的共同体，以促进相互理解和尊重。在他眼中，东方文化强调内在的精神修养和对自然和谐共存的追求，这与倡导追求物质财富与征服自然的西方文化形成了鲜明对比。他主张人们要认可、发掘东方文化蕴藏的价值，同时也要以开放包容的态度学习外民族的文化，借鉴其他文化的优秀成果，以实现文化的自我更新和发展。泰戈尔对西方文化的态度是思辨的。他接受西方文化，认可西方文化，但也理性地审视西方文化。在他看来，文化没有高低贵贱之分，更无优劣之别，实现印度文化与西方文化的交流互鉴才是促进双方合作共赢的主旋律。不同的文化间应当相互尊重、相互认可、彼此欣赏，通过交流与借鉴，促成文化的发展，做到"并肩而不相害""美美与共"。他的理念至今仍然具有重要的现实意义，鼓励我们继续推动不同文化之间的对话和合作，共同构建一个更加和谐、包容的世界。

泰戈尔一生致力于推进不同民族间文化的交流。泰戈尔虽然热爱本民族的文化，但是他却反对文化中心论。他认为没有一个民族能够脱离其他民族和国家孤立地存在，每个民族文化的发展也需要与其他民族文化交流。泰戈尔还以自己的实际行动促进东西方文化的交流。泰戈尔在诗歌、小说、戏剧、绘画等多个艺术领域都有卓越的成就。他的艺术创作往往融合了东西方的艺术手法和审美观念。他的作品中经常可以看到西方的人文主义、自然主义等思想。这种跨文化的思想交流，为印度民族文化的创新和发展开辟了新的道路。泰戈尔对文化交流的努力不仅体现在他对西方文化的开放态度方面，也体现在他对印度文化的自信和自豪方面。他相信，印度文化有着丰富的精神资源，可以为世界文化的发展做出独特的贡献。同时，他也认识到，文化交流是一个双向的过程，印度文化也可以从其他文化中学习和借鉴，实现自身的创新和发展。因此，泰戈尔在吸收外民族文化的同时，始终坚持文化自信和开放。

他希望西方世界能够通过学习和认识印度文化，来弥补其在精神层面的不足。东方的哲学思想，如印度传统文化的包容、博爱、精神自由等观念，以及印度古典文学中对人生和自然的深刻洞察，都能为西方提供一种平衡物质追求与精神追求的新视角。东方文化中具有帮助西方社会实现物质与精神和谐统一的灵药。因此，在他看来，东方不仅需要学习西方，东方文化也值得西方学习。通过学习东方文化，西方社会才可以获得一种新的平衡，实现物质与精神的和谐统一。泰戈尔认为教育和文化交流是让西方世界认识印度文化精神财富的重要途径。他以身示范，将印度文化中的美和价值展示给西方，让世界感受到印度真正的文化的魅力。

作为亚洲第一位获得诺贝尔文学奖的作家，泰戈尔也成为西方认识东方的窗口和东西方文化交流的桥梁。他的作品，诸如《吉檀迦利》《飞鸟集》等，以其深邃的哲理和优美的语言展现了印度文化的独特魅力，激发了西方读者对印度文化的兴趣和好奇心。泰戈尔还化身为文化交流的使者，去其他国家参加文化交流活动，积极推广印度文化和东方思想。他鼓励不同文化之间的交流不应仅限于表面的欣赏和模仿，而应深入文化的核心，理解和体验不同文化的精神内涵。他认为，只有通过深入的文化交流，才能真正实现文化的相互理解和尊重，促进不同文化之间的和谐共处，共同构建一个更加和谐、平衡的世界。

在 1921 年的诺贝尔答谢词中，泰戈尔表达了建构文化共同体的愿景。泰戈尔表示："我决心创建一个国际性的组织，令西方和东方的学生可以在彼处相会，分享着共同的精神盛宴。……把这所大学当作东西方文明的共同之桥梁。愿他们能够以自己的生命为之献策建言，作出贡献，让我们一起努力，使它富有生机，以代表这个世界永不可能分割开来的真实人性。"在他看来，每一种文化都有其独特的价值，他致力于为东西方学生的交流搭建桥梁。泰戈尔的话展示了他对全球文化交流和文化共同体构建的深刻洞察。在他看来，尽管文化表现形式各异，但所有人类在本质上是相通的，都渴望和平、爱与理解。泰戈尔决心建造的正是一个文化共同体，在这个共同体中不同文化的人们相互尊重、和谐相处。

总之，泰戈尔对文化交流的渴望反映了他对文化多样性的尊重和对人类文明进步的深刻洞察。泰戈尔在学习外民族文化改革本民族文化的过程中，展现了深刻的文化自觉、批判性思维、创新精神和国际视野。他希望通过文化交流，促进不同文化之间的相互理解和尊重，共同构建一个更加和谐、平衡的世界。这种开放、包容、互学互鉴的文化观念，至今仍具有重要的现实意义和启发价值。

第三节　泰戈尔的教育共同体意识

泰戈尔不仅是一位文学家、哲学家，还是一位教育家。泰戈尔对印度的教育现实有着自己独特的见解，其独特的教育理念与对新式教育的探索影响了印度的教育模式。他在教育中宣扬的平等教育机会、和谐师生关系、国际视野培育等与建构共同体中的价值追求思想一致。从构建共同体的角度来审视泰戈尔的教育思想，可以发现其中蕴含着对共同体意识的深刻洞察。泰戈尔的教育共同体思想大致可以概括为两个方面：知识共同体和生态共同体。

泰戈尔的文学作品不乏一些关于教育的论述，其中包含了他对印度教育的思考。在他对教育的论述中，他将当时印度推行的教育主要分为两类：

一类是传统教育。他将其称作“机械教育”、“教学工厂”、高墙环围的“监狱”、“医院、监狱中‘恐怖和残暴的结合’”[①]。幼年时期的泰戈尔在印度接受了传统的教育，他对这样的教育体制相当不满。在他看来，教育应当是教育人、解放人的，但是在印度传统的教育体制中教师的压制让学生喘不过气来。老师给学生太多的压力，泰戈尔将其比作冷漠的机器，在学习过程中“把少年人的心都榨干了”。他评价印度的传统教育是“人所犯的最残酷、最浪费无益的错误之一”。年幼的泰戈尔由于不适应这样的教育体制多次转学，他先后被家人送去东方学院、师范学院、孟加拉学院等多个学校，最终泰戈

① 董爱琴：《试论泰戈尔的教育思想和实践》，《绍兴师专学报（哲学社会科学版）》1995 年第 2 期，第 94 页。

尔也只能由家人为他聘请家庭教师在家中接受教育。泰戈尔成年后评价这段经历时也指出“记不清楚在学校里学到了什么知识，但学校里惩罚学生的高招，依然记得。”“我相信我及早逃出学校的牢门与教师的专制是我的幸福。”[①]他不赞同印度传统教育中的填鸭式授课方式、千篇一律的教学内容和死板的考试模式。他指出这种模式培养出的学生思维僵化、没有独立思考能力，是只会人云亦云、重复主人话的鹦鹉。这样的学生在步入社会后，循规蹈矩，按部就班，不会有创新的勇气和能力，不能在社会上有大的作为。

另一类是殖民教育。这类教育是当时英国殖民政府推行的。泰戈尔将其视为一种“奴化教育”“骗局”。在英属殖民统治时期，旧式学校体系培养的学生往往被灌输了一套经过殖民者筛选和扭曲的知识体系。这些教材往往强调对殖民权力的服从和对西方价值观的崇拜，而忽视了本土文化和价值观的重要性。这种教育模式鼓励学生从事文书、仆人、管家、律师等职业，这些在当时被视为社会地位较高、生活条件较好的职业。结果，这些学校培养出的学生往往只关注个人的成功和社会地位的提升，追求物质上的舒适和安逸，而对周围广大民众的苦难和挣扎视而不见，缺乏同情心和社会责任感。

泰戈尔 17 岁时，家人将他送去英国接受教育。在那里，他体验到了真正的西式教育。泰戈尔的教育经历使他对不同类型的教育有着切身的体会。英国政府推行的教育与在西方接受的教育还是有着本质的不同。他认为英国政府推行的教育是在培养实施殖民统治的代理人，并不是真正为印度培养建设者。这种教育体系的问题在于，它没有培养学生的批判性思维能力，也没有激发他们对公共事务和社会正义的关注。相反，它使学生们变得以自我为中心，只关注个人利益，忽视了社会的整体福祉和公平正义。这种教育模式不仅限制了学生的视野和发展潜力，也加剧了社会的不平等和分裂，因为它培养出的学生往往只关心维护现有的社会秩序和个人地位，而不是努力去改善

① [印度]泰戈尔：《泰戈尔谈教育》，白开元译，商务印书馆 2015 年版，第 3 页。

社会状况或推动社会进步。

在泰戈尔看来，印度所推行的教育不尽如人意，这也成为致使国民愚昧无知的根源。泰戈尔将民族教育事业的发展当作一条重要的救国之路。他表示要改变这种状况就需要对教育体系进行根本性的改革。这包括重新审视和设计教育内容，重新选取教材，重视培养学生的批判性思维、服务意识和社会责任感。同时，也需要改变教育的目标和评价标准，鼓励学生追求更有意义的人生目标，而不仅仅是物质上的成功和社会地位的提升。通过这样的改革，教育才能真正成为促进社会进步和公平正义的力量。

1. 知识共同体

共同体是指基于共同理念、兴趣、目标或价值观而联合起来组成的团体。而知识共同体是指人们通过获取知识而形成共同的理念、兴趣、目标或价值观。知识共同体的构建基于共享、交流和合作，它超越了地域和文化的界限，促进了不同民族和文化之间的相互理解和学习。泰戈尔的教育思想中凝聚着建构知识共同体的美好愿望。

泰戈尔重视知识的力量。他在《教育的载体》中表示："知识，促成人类最深广的团结。在孟加拉偏远地区一个上学的孩子，与天涯海角一个有文化的欧洲人的共识，比起与一个目不识丁的邻居的共识，肯定多许多倍。"[①]"知识促成的全世界人与人的共识，超越国界，超越时空——这种共识的必要性，暂且不谈。如果以某种借口剥夺一个人分享这种共识的无穷喜悦，那简直是不可想象的。"[②]泰戈尔将知识视为联结人与人之间的纽带，哪怕是来自文化差异很大的不同民族的人，也会因为学习共同体的知识而达成共识，形成一种

① [印度]泰戈尔:《泰戈尔谈教育》，白开元译，商务印书馆 2013 年版，第 62 页。

② [印度]泰戈尔:《泰戈尔谈教育》，白开元译，商务印书馆 2013 年版，第 62 页。

共同体。

在泰戈尔的文学作品中，知识共同体被描绘为一群通过获得知识成为对印度文化、教育和社会发展有贡献的人。在殖民地背景下，知识共同体承载着解放和独立的意义。通过教育和知识的力量，人们不仅能获取知识摆脱愚昧，获得反抗殖民者的力量，还能使人们认识到自己的价值和潜力，从而激发起对自由和独立的渴望。他们通过教育和文化活动，增强民族自信，促进社会变革，为国家的独立和发展做出贡献。在泰戈尔看来，知识共同体也是推动不同民族文化交流的使者。他们通过学习不同文化，增进对民族差异的认识，弥合因文化差异造成的隔阂，实现文化的交流与繁荣，为推动世界和平发展做出贡献。

为了打造最广泛的知识共同体，泰戈尔提出为所有孩子提供平等教育机会的观点。1940 年泰戈尔在斯里尼克坦合作社年会上的讲话中表示："当下我们最迫切的需要，是教育平等。"[①] 他主张无论人们的种姓、出身、贫富如何，所有人都有平等接受教育的权利。为了实现这一理念，泰戈尔积极为印度的教育事业奔走，在印度推行教育改革，甚至自己出资创办学校。在资金运转困难的时候，他甚至典卖妻子的首饰维持学校的开支。

泰戈尔对印度现行的教育并不满意。他提出要自己动手创办教育，推广具有印度特色的教育。[②] 1901 年，泰戈尔在位于印度孟加拉省的圣地尼克坦创办了民族学校。在民族学校里，泰戈尔积极推行新式教育。这里招收的学生不分宗教、性别、种姓、社会身份，只要有意愿在这里学习便一视同仁。泰戈尔让民族学校的大门为愿意接受教育的孩子而打开。泰戈尔开办的民族学校是小学，他认为初等教育能让更多民众受惠。

学生在民族学校里学习的内容不同于传统学校。秉持为印度培养服务于

---

① [印度] 泰戈尔：《泰戈尔演讲选集》，白开元译，商务印书馆 2013 年版，第 280 页。

② [印度] 泰戈尔：《泰戈尔谈教育》，白开元译，商务印书馆 2013 年版，第 44 页。

社会进步、服务于普通民众的人才的理念，泰戈尔倡导教育应该培养学生的社会责任感和服务精神，使他们成为有益于社会的公民。泰戈尔在题为“教育的弊端”的文章中指出:“促使教育与生活的结合，是当前最迫切的任务。”[①]他指出，学生不应当被禁锢在教科书中，而应当与社会实践结合在一起。这不仅是出于对印度社会发展的考虑，更是对学生今后谋生的考虑。[②]在民族学校里，学生除了能够学习文化知识外，还能学到非常实用的生产实践技能。他考虑到印度发展农业和手工业的需要，从发展印度社会的实际需求出发，将日常生活中所需要的实践生产技能搬到了课堂上。通过让学生参与生产实践和手工业活动，让学生接触生活、接触社会实践，真正为印度培养搞建设、搞生产的人才。

殖民地当局在印度推行殖民教育。他们过分强调西方知识体系，而忽视或轻视印度的传统文化和精神传统。学生学习的教材中也加入了殖民当局的价值观念，出现贬低甚至扭曲印度文化及历史的内容。泰戈尔担忧这种教育体系培养出的学生可能只会追求个人在殖民体系中的地位和利益，而不是关注社会公正和民族独立。因此，泰戈尔在教育中重视对学生实施多维的民族文化教育。泰戈尔反对狭隘的民族主义，他认为教育应该培养学生对自己民族文化的理解和尊重。在他看来，通过民族文化教育可以让学生了解本民族的文化，让学生更好地使民族文化和民族精神得到传承和发展，增进他们的爱国意识。在殖民地时期的印度，开展民族文化教育是非常必要的。通过民族文化教育可以传承和发展民族文化，而这也成为促进不同民族文化交流的基础，与他后期创办国际大学的理念相一致。在民族学校里，泰戈尔开设了一系列旨在弘扬印度传统文化和促进民族文化交流的课程。这些课程包括印

① [印度]泰戈尔:《泰戈尔笔下的教育》，白开元译，中央编译出版社2015年版，第116页。

② [印度]泰戈尔:《泰戈尔谈教育》，白开元译，商务印书馆2013年版，第40页。

度传统哲学与宗教课程、文学课程、音乐课程、古典与民间舞蹈课程、印度地方语言课程及比较文化研究课程等。在学习这些课程的过程中，学生能够深入地学习并领会到印度的精神传统，传承印度的地方语言及传统音乐、舞蹈、绘画等艺术文化。为了让自己的教育改革更彻底，让学生不受印度当局主流教育中的价值观影响，泰戈尔还亲自编写教材。

除此之外，泰戈尔在民族学校里还开设不同民族文化的课程。他认为："人类的教育活动是世界性的，它是联系不同时代和国家的普通合作的伟大运动。"[①] 在泰戈尔看来，教育不应局限于特定的民族或国家，而应该是全人类的共同事业。他主张教育应该超越国界，促进不同文化和民族之间的理解和合作。

1921 年，泰戈尔在圣地尼克坦民族学校的基础上创办了世界文明的国际大学（VISVA-BHARATI）。其中，VISVA 是"世界"之意，"BHARATI"指代"印度"。顾名思义，VISVA-BHARATI 意为"世界和印度联结之所"。这也是泰戈尔创建国际大学的初衷，为此泰戈尔将"Yatra visvam bhavatyekanidam"作为校训，意为"整个世界相会在一个鸟巢里"。这充分体现了国际大学的开放性和包容性。就像鸟巢为各种鸟类提供栖息之地，国际大学欢迎来自世界各地的师生在此学习交流，为他们提供一个共同学习和交流的环境。在国际大学中，泰戈尔倡导一种共存共在、共享共赢的和谐教育环境。在这里不同的文化和知识相互尊重、相互促进、共同发展、共同进步。正如泰戈尔所言，"国际大学是印度拥有献给全人类的精神财富的代表。国际大学向四周奉献出自己最优秀文化的成果，同时也向他人汲取其最优秀精华，并把这种做法看作印度的职责"。[②]

国际大学是泰戈尔实践教育理念的平台。他帮助学生了解多元文化，培

---

① ［印度］泰戈尔著：《我眼里的中国　泰戈尔文选》，江苏凤凰文艺出版社 2017 年版。

② ［印度］克里希那·克里巴拉尼：《泰戈尔传》，倪培耕译，人民文学出版社 2011 年版，第 248 页。

养学生的世界视野，为学生搭建认知世界的桥梁。在国际大学，他不仅定期举办学术会议和研讨会，邀请国际知名学者进行交流，还邀请国外学者来此任教。一些学者甚至慕名前来教学。这些来自世界各地的学者包括知名的哲学家、文学家、艺术家。在国际大学中，学生有机会与来自世界各地的学者直接交流。不仅如此，国际大学还招收国际学生，通过学生交换项目和国际合作项目，促进了不同文化背景的学生之间的交流和理解。

此外，泰戈尔为培养学生的世界视野，还在国际大学开设丰富的世界文化课程。在课程开设方面，国际大学开设的课程涵盖不同国家和地区的历史、文学、艺术、宗教和哲学等领域。这些课程帮助学生建立起对世界多样性的认识和理解。泰戈尔非常重视语言学习，他将语言视为了解文化的关键。因此，国际大学提供了多种语言的教学，鼓励学生学习外语，以促进跨文化交流。它们为国际大学的学生带来了不同的文化，极大地丰富了学生的学习体验。

1937 年 4 月 14 日，国际大学成立中国学院。时任中印学会会长的蔡元培先生对泰戈尔的这一做法给予大力支持，他不仅选派华侨学校的新民学会和文化书社成员谭云山先生前往国际大学教授中文课程，还选派中国学生到印度留学交流。随着国际大学中国学院的成立，中印两国的文化交流开启了新的篇章。印度学生有机会直接学习中文和了解中国文化，而中国学生则能够深入体验印度的文化和哲学。这种双向的教育交流为两国培养了一批具有国际视野和跨文化交流能力的人才。中国学院不仅成为印度学习中国文化的中心，也成为中印两国学者和学生交流互动的平台，极大地加强了两国之间的文化联系和相互理解。

在国际大学中国学院揭幕仪式上，泰戈尔的话语犹如晨钟暮鼓，激荡着在场每一位听众的心灵。他说道：“人类历史上最令人难忘的事件是开辟道路，这当然不是为机器或机关枪开道，而是为帮助不同的民族达到思想认识的一致，履行彼此承担的体现共同人性的责任。”[①] 泰戈尔的这番话，不仅是对知识

① [印度]泰戈尔：《泰戈尔演讲选集》，白开元译，商务印书馆 2013 年版，第 289 页。

共同体构建的热切期望，更是对文化多样性的深刻认同。他深知不同民族由于文化背景的差异，在思想观念与价值取向上各具特色。通过加强不同民族间的沟通与交流，人们才能深化相互理解，消弭彼此间的误解与偏见，拓宽认知视野。泰戈尔倡导的是一种思想上的共鸣与和谐，一种在差异中寻求共识、共同促进人类文明进步的崇高理想。

自1901年起，泰戈尔在圣地尼克坦实践了他的教育理念。经过逾二十年的坚持不懈，他将一个最初只有五六名学生的小学发展成为一个促进国际文化交流的知名大学。为此泰戈尔克服了殖民政府设置的种种障碍，为印度培养了众多杰出人才。泰戈尔对民族教育发展的执着追求和无私奉献，赢得了人们的敬仰。他创办的国际大学不仅为学生提供了深入了解不同文化和知识的平台，也为构建一个开放、包容、互联的全球知识共同体做出了显著贡献。这种教育模式强调了知识共享、文化尊重和国际合作的重要性，为培养能够在全球化时代中发挥积极作用的人才奠定了坚实的基础。

2. 生态共同体

在泰戈尔的教育理念和实践中，建构生态和谐教育共同体是其中一项重要的内容。泰戈尔教育思想中的生态共同体涵盖双重含义：一方面指自然生态共同体，主张将教育与自然紧密结合在一起，充分发挥自然的教育功能。另一方面指精神生态共同体，倡导通过教育营造和谐的师生关系、生生关系、人与自然关系、学生与学校关系及学校与社会之间的和谐关系。

泰戈尔对自然有着特殊的情感。在他的哲学思想中，他将人与自然的关系视为一种亲缘关系。泰戈尔的这种思想根植于古印度文明与自然的关系中。古印度文明的发展与自然紧密相关。一方面，自然为人类提供了丰富的物质资源，如木材、食物和药物，为人类的生存提供了物质保障。另一方面，自然也成为孕育印度文明的场所。在泰戈尔看来，人类诞生于自然之中。若缺少了自然的启迪而孤立地生活，就无法获得真正的教育。泰戈尔在他的作品中多次提及古印度中一种亲近自然的教育模式——净修林（Ashrams）。

古印度的净修林是修行者进行精神修行和冥想的重要场所，它们通常位于自然环境之中，如森林深处或山脚下，为修行者提供了远离尘嚣、亲近自然的空间。这些净修林不仅是追求精神净化和自我实现的场所，也是教育和学术的中心，许多智者和学者在这里教授学生、传承知识、进行哲学的讨论。净修林承担着传承知识和智慧的重要角色。这些地方聚集了学者、思想家和学生等，他们在这里进行学术讨论和交流，探讨哲学和科学的问题，促进了知识的交流和思想的碰撞。在净修林中，年青一代接受了哲学教育。净修林对古印度社会产生了深远的影响，培养了一代又一代的学者和思想领袖。

在题为《国际大学》的散文中，泰戈尔对净修林在古印度教育中发挥的作用给予了充分肯定。泰戈尔描绘了一幅在森林深处的净修林中，修行者们与自然和谐共存，挤奶、点燃祭火，与大自然建立各种联系的生活场景。他认为，这种古代的生活方式蕴含着人与人、人与自然之间的深厚情感。学生们与导师共同生活，一起成长，这个过程本身就是一种崇高的教育形式。在这样的教育中，教育与生活紧密结合，师生之间建立了真正的、完美的关系，人与自然的和谐共生，带来了甜美和健康的生活。在他看来“净修林里的教育方法中有极大的合理内质”[①]，这样的生活并未过时，其真实和美是超越时代的，甚至在当代社会，净修林式的生活方式和教育模式仍然具有重要的意义和实践价值。

然而，反观印度的教育，师生关系是冷漠的，教育氛围是死气沉沉的，校园里失去了应有的生命力。学生被关在了砖木的“牢房”里，自然在教育中完全被忽视。教学中充斥着“不公正、不耐心、粗暴、偏见等”[②]。泰戈尔对

① [印度]泰戈尔:《泰戈尔谈教育》，白开元译，商务印书馆2013年版，第254页。
② [印度]泰戈尔:《泰戈尔谈教育》，白开元译，商务印书馆2015年版，第5页。

印度的教育忧心忡忡，他感叹这样的教育只是一味地将知识灌输给学生，毫不考虑学生是否能够真正理解并吸收这些知识，培养出的人才也是僵化的、机械的、没有创造力的。泰戈尔对印度的教育感同身受。泰戈尔所经历的教育剥夺了孩子们与自然接触的机会，将他们限制在没有生气的学校环境中，充满了压抑和痛苦。在他看来，这种教育方式忽视了孩子们的天性，使他们失去了与自然的联系，从而无法体会到学习的乐趣和生活的美好。在他看来，自然不仅是孩子们的游乐场，更是他们的老师。在自然中，孩子们可以观察生命、探索世界、感受四季的变化，这些体验能够激发他们的好奇心和创造力，帮助他们建立起对知识的深刻理解和对生命的敬畏。因此，他认为教育应该尊重孩子们的自然天性，让他们在自然的怀抱中学习和成长。此外，泰戈尔还倡导一种与自然相结合的教育方式。他希望孩子们能够在自然环境中自由地探索和学习，让教育成为一种愉悦的体验，而不是一种负担。他相信，只有当教育与孩子们的内在需求和兴趣相契合时，知识才能真正地融入他们的生活，成为他们生命的一部分。

在泰戈尔看来，教育离不开自然。他认为：“我们出生在大自然怀里，失去它的教诲，单独生活，是不可能获得完整教育的。”[①] 在他看来，人作为自然中的一员，大自然孕育了人类的生命并为人类的生存提供了物质保障。在精神维度，自然不仅是知识的源泉，更是灵感和创造力的激发者。泰戈尔曾在他的文学作品中多次回忆了他童年时期与自然亲密接触的经历。这段经历对他的思想甚至教育观的形成产生了重要影响。泰戈尔的父亲在加尔各答郊区建立了一个名为“桑提尼克坦”的乌托邦式的教育社区，这里远离城市的喧嚣，被郁郁葱葱的森林和广阔的田野环绕。泰戈尔在这里度过了他的童年和青少年时期，自然成了他最好的老师。在桑提尼克坦，泰戈尔与自然亲密接触，他观察植物的生长、鸟类的飞翔，感受季节的变换和自然的节奏。这种

① ［印度］泰戈尔：《泰戈尔谈教育》，白开元译，商务印书馆 2013 年版，第 252 页。

与自然的直接体验，激发了他对生命、宇宙和人类存在的深刻思考。与自然的近距离接触让泰戈尔有了与以往生活不一样的体验和收获，他深深地被自然的魅力吸引。他认为与自然的亲密接触激发了他心中强烈的好奇心，这种好奇心在他成年后也一直没有消退，对他个人的成长和世界观有着深远的影响。因此，他坚持教育不应该与自然隔绝，而应该鼓励学生去探索、体验和学习自然。他提倡的教育方式就是让学生能够在自然中发现美、感受生命的节奏，并从中获得灵感和知识。泰戈尔的教育理念强调个性的发展、创造力的培养以及与自然的和谐共生。

泰戈尔的这些观点在他的教育实践中也得到了体现。他在孟加拉省桑提尼克坦创办的学校就是一个以自然为中心的教育环境。首先，他将学校选址于接近自然的农村，远离了喧嚣的大城市。此外，他又将自然元素融入校园设计中，打造森林式的校园环境，将教室设计为露天教室，甚至将课堂搬到了室外，让学生在自然中学习和成长，从而培养他们对自然的敬畏和爱护。孩子们在这里不仅学习传统的学科知识，还通过与自然的亲密接触，培养了他们对生命和世界的深刻理解及创新意识和开拓意识。在这里学生学习的场所拓展到自然之中，不再禁锢在教室中。

不仅如此，泰戈尔也希望通过教育改革转变师生关系、生生关系、人与自然关系、学生与学校关系及学校与社会之间的关系。他深知，教育不仅仅是知识的传授，更是价值观的培养和个性的塑造。因此，他倡导一种以学生为中心的教学模式，鼓励学生自主探索，教师则扮演引导者和协助者的角色。在这样的教育共同体中，师生之间的互动不再是单向的灌输，而是双向的交流与合作。教师尊重学生的个体差异，鼓励他们表达自己的观点和想法，同时提供必要的指导和支持。学生之间也建立起相互尊重和支持的关系，他们学会倾听、理解并欣赏彼此的不同，共同成长。学校与社会的关系也得到了重塑。泰戈尔认为学校应该是社会进步的推动者，通过教育来培养能够为社会做出贡献的人才。学校根据社会对人才的需要调整人才培养。泰戈尔在民族学校的人才培养中，深刻认识到教育与实际生活紧密相连的重要性。他在教育中注重教育的实用性和实践性，补充了适应印度社会的劳动课程及农学知识，以确保学生不仅能够获得理论知识，还能够掌握实际技能，从而更好地服务于印度的社会需求与社会发展。劳动课程的引入，让学生参与到各种劳动活动中，如园艺、手工艺、建筑等，这些活动不仅锻炼了学生的动手能力，也培养了他们的团队合作精神和责任感。通过劳动，学生能够体会到劳动的价值和尊严，学会尊重所有形式的劳动，无论是体力劳动还是脑力劳动。在民族学校的学习中，学生还要求参与农耕活动，学习种植、养殖等技能。泰戈尔的这一教育理念帮助学生建立起与社会和自然的联系，使他们能够在毕业后，无论是在城市还是在农村，都能够运用所学知识，为社会的发展做出积极贡献。

通过这些改革，泰戈尔希望能够培养出具有独立思考能力、创新精神和社会责任感的新一代，他们能够在多元化和不断变化的世界中找到自己的位置，并为建设一个更加和谐、公正的社会做出贡献。泰戈尔的这些教育观念在当时是颇具前瞻性的，他的教育理念强调了教育的多元性、包容性和创造性，为现代教育提供了宝贵的思想资源，对后世的教育理论和实践产生了深远的影响。

第四节　泰戈尔的政治共同体意识

泰戈尔不仅是一位杰出的文学家，还是一位具有深远影响力的政治思想家和社会改革者。在政治上，泰戈尔倡导建构以和平、安全、平等、正义、开放包容、和谐为社会价值的社会愿景。这些价值与构建共同体的理念不谋而合，体现了对全人类共同福祉的关怀和对全球团结的重视。泰戈尔是印度民族主义运动的支持者。他反对英国的殖民统治，倡导印度的独立和自由。在社会改革上，主张消除一切形式的不平等，让每个人都能享有平等的生活条件和发展空间。泰戈尔不仅关心印度的自由和独立，更关注全人类的福祉和世界的和平。他对民族主义的深刻理解超越了民族的狭隘视角，表现出一种超越国界的人文主义精神。在他看来，民族主义应该是推动社会进步和文化繁荣的力量，而不是导致分裂和冲突的原因。他呼吁各国人民应该团结一心，共同努力，以自己的实际行动推动构建一个更加和平、安全、平等、正义、开放包容、和谐的世界。这种思想在当时的殖民地背景下显得尤为难能可贵，也为后来的民族解放运动和国际主义提供了宝贵的思想资源。

1. 反对不公与不平等

泰戈尔生活在一个被英国殖民统治的时代，这一时代的印度社会充斥着不公和不平等。

一方面，英国东印度公司及其后的直接统治导致了印度的政治自主权丧失，印度直接沦为英国的原料供应地和商品市场。印度的资源被大量掠夺，殖民者和他们的印度代理人则获得巨大利益，印度农民和手工业者因此陷入贫困。在政治决策中，印度人民几乎没有发言权。英国殖民者制定的法律和政策往往偏袒殖民者和印度的上层阶级，对普通民众和下层阶级不利，这种制度性的歧视加剧了社会不公。

泰戈尔在《大英帝国的恐怖政策——致〈旁观者〉编辑的一封信》中对英国殖民政府在东孟加拉达卡骚乱事件中的处理方式表达了强烈的不满和批评。他指出，英国政府在对待本国民族和印度民族的事务上存在明显的双重标准。他在文中表示，在欧洲，即使是一次小小的交通事故，也会引起媒体的广泛关注和报道。然而，对于东孟加拉首府所发生的这场灾难，英国的报刊却选择了沉默，仿佛这里的生命和财产不值一提。[①]这种沉默与几年前加尔各答类似事件的大肆报道形成了鲜明对比。泰戈尔将这种沉默对印度人的影响描述为“一种难以言喻的伤害”。泰戈尔进一步指出，如果事件中的受害者是英国人，或者英国侨民的财产受到了威胁，那么英国的报刊和政府绝不会如此漠不关心。这种明显的双重标准，不仅是对印度人尊严的践踏，更是对人类平等原则的公然挑战。同时，泰戈尔呼吁英国政府和人民正视这种沉默背后的不公，认识到这种双重标准对印度人民的伤害。他希望，通过揭露这种不公正唤起更多人的良知和正义感，共同推动一个更加公平、和平的世界。

另一方面，当时的印度社会依然深受种姓制度的影响，不同种姓之间存在着严重的不平等。种姓制度将社会划分为不同的等级，每个等级都有其固定的职业和社会地位。低种姓和贱民往往从事被认为是低贱的工作，他们在社会中的地位非常低下，经常遭受到高种姓的歧视和排斥。由于种姓制度的限制，低种姓和贱民很难获得更好的教育和工作机会，这导致他们在经济上处于弱势地位，很难摆脱贫困。可以说，低种姓和贱民在社会、经济和政治中受到了广泛的歧视和排斥。

泰戈尔关注社会中的不平等和不公正现象。在他的文学作品中，泰戈尔经常描绘印度社会底层人民或弱势群体遭遇的不公，在展示社会弊病的同时也引发人们产生对人性的思考。他呼吁社会正义，强调一种公正、平等、包容、和谐、共同发展的共同体价值。他认为，只有消除社会不公和不平等，建立一个公正的社会秩序，才能够让社会和谐持久地发展。在泰戈尔看来，道义和人性是构筑和谐社会的基础，社会中的人应当对受到不公正待遇的人产生共情。

首先，泰戈尔认为印度社会中就包含了政治共同体的雏形。泰戈尔认为

---

① 刘安武等主编:《泰戈尔全集》(第20卷)散文，河北教育出版社2000年版，第483—485页。

印度是一个多民族、多宗教、多语言的国家，这种多样性并没有导致分裂，反而将成为助推印度发展的源泉。这反映了印度社会对多元文化的包容和尊重。泰戈尔在《印度社会》一文中表示："在众多中感受一致，在繁杂中建立统一，这是印度的内在特性。印度不认为差异是对立，不把外人想象为敌人。为此，它不摈弃、伤害任何人，而想在一个庞大的体系中让每个人有立足之地。为此，它接受一切可行的道路，它在自己的位置上望见别人的高洁灵魂。"[①] 泰戈尔在这段文字中表达了一种深刻的共同体理念，即在多样性中寻求和谐统一，尊重并接纳差异，而不是将其视为对立、敌人。他所描述的印度具有这样的内在特质，即以包容和理解为基础，不排斥和疏远任何人，愿意在庞大的体系中承认并接纳所有的人，并为每个人提供位置；以一种开放的心态、和谐共处的价值追求，接受各种可能的道路，鼓励人们在自己的位置上欣赏和理解他人的高尚品质，让不同背景和信仰的人们和谐共处。

泰戈尔这一思想深受古印度文化中的"万物归一"思想的影响。在泰戈尔看来，正是由于"万物归一"的思想，才使得印度社会在充满争议和差异的世界中展现出和谐与统一。泰戈尔在《古印度的"一"》中阐释了这一哲学思想。他指出"这个'一'是万物之神，是众生之主，是众生的养育者；这个'一'像大桥，支托着万世，使之不遭毁灭"。[②] 在泰戈尔看来，尽管社会中存在种种冲突和摩擦，但正是这个"一"的默默存在，使得社会得以维持和发展，没有崩溃。"一"是一种统一的力量，它成为维系社会成员间相互联系和依赖的根本纽带。这个"一"构成了共同体成员共享的价值观和原则，它超越了个体之间的冲突和矛盾，成为社会凝聚力和稳定性的源泉。它促使人们在矛盾和仇恨中仍然能够相互维系，即使社会关系网因一时的怨愤而破损，

① [印度]泰戈尔:《泰戈尔笔下的印度》，白开元编译，中央编译出版社2015年版，第134页。

② [印度]泰戈尔:《泰戈尔笔下的印度》，白开元编译，中央编译出版社2015年版，第13页。

也能迅速得到修补。尽管人世间存在着无数的丑恶行径及巨大的冲突，但正是由于“一”的存在而使整体的善德理想并没有被破坏，因此人们能够如此容易地归附于这个人世。泰戈尔的这一思想体现了他对政治共同体的深刻洞察以及对人类社会美好愿景的坚定信念。他认为，人世间的苦痛也能融入善德之歌的和声和旋律中，从而创造出气势恢宏的美好生活。这种对政治共同体的理解，既强调了统一和和谐的重要性，也体现了对多样性和冲突的包容和超越，为我们建构一个更加美好的社会提供了宝贵的启示。

根深蒂固的种姓制度成为造成印度社会不平等的另一个因素。泰戈尔也在他的文学作品中描绘了种姓制度下个体的苦难和挣扎，以及他们对自由和尊严的渴望。他的作品强调人的价值不应受出生和种姓的限制，倡导了一种更加平等和自由的社会理念，呼吁人们认识到每个个体的价值。在泰戈尔看来，一个真正自由和平等的社会，不仅要摆脱外来的殖民压迫，也要克服内在的社会不公和分裂。泰戈尔的文学创作不仅是艺术表达，也是对社会不公的深刻批判和对更加公正社会的倡导。

一方面泰戈尔批判种姓制度对印度社会造成的种姓分化及引发的社会诸多矛盾。另一方面，他并没有简单地将其视为一个孤立的、仅由历史遗留下来的问题。他深知这种制度的根深蒂固和它对人们生活的深远影响，同时也看到了它在文化中的复杂性。泰戈尔认为，要解决种姓制度所带来的不公，需要的不仅仅是法律上的禁止，更重要的是在社会意识和文化传统上进行深刻的变革。泰戈尔通过他的教育实践，尤其是在圣地尼克坦创办的学校，尝试打破种姓界限，提倡平等的教育机会。他相信教育是提升社会意识和促进社会变革的关键工具。在这个学校里，不同种姓的学生共同学习和生活，这不仅是对传统种姓制度的挑战，也是对未来社会的一种憧憬和实践。此外，泰戈尔在公共生活中也积极倡导社会改革。他参与社会活动，发表演讲，与不同阶层的人们对话，以提高公众对种姓不公问题的认识，并推动社会向更加平等和包容的方向发展。

然而，泰戈尔对种姓制度的态度是复杂而微妙的。在《社会隔阂》中，泰戈尔直截了当地表示："种姓制度已把家庭和村社像珠串一样联结在一起。"[①]这足以看出泰戈尔对种姓制度的另一种态度。在《印度的民族主义》的演讲词中，泰戈尔也为种姓制度正名，指出"印度的种姓制度是这种容忍精神的产物"[②]。在他的演讲中，他指出印度的种姓制度本质上是一种社会构建，旨在实现不同种族和群体间的共存与和谐。这种制度是印度社会长期容忍精神的体现，试图在多样性中寻求统一，在统一中尊重多样性。泰戈尔所描述的种姓制度，并不完全是一种压迫和歧视的工具，而是一种试图在不同种族和文化间建立社会团结的尝试。相比西方在处理种族问题时采用的消除异己的种族灭绝方法，印度的种姓制度是将社会群体划分为不同的等级，既避免了种族间的摩擦，又在各自的界限内保障了一定程度的自由。种姓制度允许不同群体在保持自身特色的同时，与其他群体和平共处。泰戈尔认为，这种社会结构在某种程度上类似一个社会联邦，它既松散又紧密，能够在不同环境和条件下适应和调整。在他看来，种姓制度是印度社会在处理种族问题上的一种尝试。尽管随着时间的推移，种姓制度的发展逐渐偏离了它的初衷，演变成了一种社会不公和歧视的机制，但它也成为印度人让不同种族免受摩擦、不同社会群体和睦相处的一种举措，体现了一种努力和责任感。

2. 追求独立与自由

泰戈尔的政治共同体思想反映在他对民族独立的探索上。泰戈尔生活时期的印度处于英国的殖民统治之下，印度社会经受了英国殖民者的政治压迫、

---

① [印度]泰戈尔：《泰戈尔笔下的印度》，白开元编译，中央编译出版社 2015 年版，第 136 页。

② [印度]泰戈尔：《民族主义》，谭仁侠译，商务印书馆 1998 年版，第 61 页。

经济剥削和文化同化。泰戈尔作为一位思想家和文学家，对这些社会问题有着深刻的洞察和反思。在泰戈尔看来，英国的殖民统治不仅剥夺了印度的自由和独立，也对印度的文化和精神生活造成了损害。他反对殖民主义，认为它是一种不公正的制度，阻碍了印度人民的发展和自我实现。他支持印度从英国殖民统治中解放出来，但这种解放并不是为了建立一个新的压迫体系，而是为了创造一个能够促进社会公正、文化多样性和个人自由的环境。泰戈尔通过他的文学作品、演讲和公共活动，表达了对殖民统治的批评和对印度独立的渴望。

泰戈尔在他的《民族主义》中辩证地看待并评价了英国对印度的殖民统治。他指出，英国对印度的殖民统治虽然在一定程度上促进了印度的统一，并为印度带来了法律和秩序，但这种统治本质上是缺乏人性的。[①] 英国殖民者将印度视为资源的掠夺对象，不断榨取直至枯竭。他指出，当印度的教育和卫生事业陷入困境，缺乏资源和发展机会时，英国人却将大量的资源和注意力投入到军事、行政和警察系统上，这些系统像畸形的肚带一样，束缚着印度的每一个角落，占据了每一寸土地。因此，英国殖民当局所谓的秩序并非为了人民的自由发展，而仅仅是为了维护殖民者的统治。泰戈尔敏锐地认识到英国殖民统治对印度传统经济和社会结构的破坏及对普通人民生活造成的负面影响。他使用形象的比喻描述道:“钢铁的魔鬼突然从海外袭来，用出火焰的利箭击败了孤立无援的织布机，把饿鬼送进了织工的家庭，同时在工厂的烟囱里,用蒸汽的声奏着它的胜利进行曲。”[②] 为激发民众的争取民族自由与民族独立的精神，他还在文学作品中频繁地援引印度历史上为争取自由与独立而英勇斗争的人物。他称赞 1857 年印度反英大起义中的民族英雄，如章西女王（Rani Lakshmibai）、纳纳·萨希布（Nana Sahib）和坦地亚·托比（Tantia

① [印度]泰戈尔:《民族主义》，谭仁侠译，商务印书馆 1998 年版，第 12 页。

② 转引自晨风《评介泰戈尔的政治思想》,《国际政治研究》1990 年第 3 期,第 73 页。

Tope），对他们展现出的爱国主义精神和面对死亡仍坚定不移的英勇气概，及他们为了信仰和理想宁死不屈的牺牲精神给予充分肯定。此外，泰戈尔还多次在文学作品中提及1905年日本在日俄战争中的胜利以鼓舞印度的民族解放运动。他对日本取得的胜利赞叹不已，评价它是亚洲国家首次在现代战争中击败欧洲列强、小国击败大国的案例，并对印度反抗英国殖民者寄予深切希望。

泰戈尔不仅使用文学对英国的殖民统治予以反抗，他还积极投身到“印度会议”、反分裂斗争等民族运动中，表达对殖民侵略的强烈不满和对民族独立与自由的渴望。他对印度的未来充满了希望与信心，相信印度人民有能力打破这种畸形的秩序，实现真正的自由和发展。1919年，印度发生了轰动一时的“阿姆利则惨案”。英国殖民军队在没有预警的情况下向手无寸铁的印度平民开枪，造成重大伤亡。为此，泰戈尔特意致函印度总督谴责殖民者的残暴，对英国殖民当局对印度群众进行的血腥屠杀提出强烈抗议。为向英国殖民政府表达不满，他还放弃了英国女王授予的“爵士”称号。他的这一决定，不仅是对英国殖民政策的直接抗议，也是对印度民族自尊和自由的坚定支持。

此外，泰戈尔对自由的热爱还表现在他鼓励人们勇敢地冲破传统社会观念的束缚，追求内心的真实自我。泰戈尔将爱情视为人类情感中最纯粹、最神圣的部分，认为它能够激发人的创造力和生命力，引导人们走向更高的精神境界。在他的诗歌和小说中，泰戈尔经常描绘那些超越物质和社会约束的爱情故事，强调了爱情中的自由、平等和真诚。他反对将爱情简化为物质交换或社会地位的附属品，而是将其提升为一种精神追求和个人成长的途径。泰戈尔的爱情诗篇，以其细腻的情感和优美的语言，表达了对自由恋爱的赞美和对女性美的颂扬。他的作品中，女性形象常常是独立、自主和充满智慧的，她们的情感和选择被赋予了极高的价值和尊重。这种对女性平等地位的强调，在当时的社会背景下具有极大的进步意义。泰戈尔少年时期的《花》《帕努辛赫诗抄》等诗歌中便已展现出其对自由恋爱的深切颂扬。泰戈尔巧妙地借鉴了印度神话的丰富故事，运用细腻而充满深情的笔触，精心描绘了女性角色对恋人的深切思念和真挚情感的自然流露，从而深刻地揭示了女性内心世界的复杂性和丰富性。这些作品中的女性形象，不再是传统叙事中的被动角色，而是情感丰富、思想独立的个体。泰戈尔赋予她们以鲜明的个性和强烈的情感表达能力，通过她们的故事，传递了对自由恋爱的向往和对传统束缚的反抗。在他的笔下，女性的内心世界如同一幅幅精致的画卷，既有温柔的情愫，也有对自由的渴望；既有对爱情的忠贞不渝，也有对现实挑战的深刻反思。

在泰戈尔的文学创作早期，他不仅以诗歌形式歌颂自由恋爱的美好，更撰写了《两姐妹》《黑姑娘》《同一座村庄》等一系列小说，描绘妇女的命运和恋爱生活。在这些作品中，泰戈尔以敏锐的社会洞察力和深刻的人文关怀，细腻地刻画了女性角色在特定社会文化背景下的爱情追求和生活挣扎。泰戈尔通过这些故事，不仅呈现了女性对自由恋爱的渴望和对传统束缚的反抗，更探讨了她们在社会和家庭中的地位，以及她们在情感和道德选择上的复杂性。他的作品深刻地揭示了女性在追求个人幸福的同时，不得不面对的社会压力和内心冲突。泰戈尔的笔触饱含同情与理解，他通过小说中的女性形象，传递了对女性命运的深切关注和对性别平等的坚定支持。这些作品在当时社会中具有颠覆性，为女性争取情感自由和平等权利发出了强烈的呼声，同时也为后来的文学创作和社会思想提供了宝贵的启示。

在印度，传统封建观念曾一度限制了人们情感表达的自由，尤其是女性，她们的声音往往被社会忽视，情感表达的权利被无情地剥夺。在这样的社会背景下，女性很难有机会公开表达自己的情感和愿望，她们的恋爱自由常常受到种种限制，无法自主选择伴侣。婚姻的选择往往不是基于个人的情感和意愿，而是受到种姓制度、家族地位和社会阶层等因素的影响。这些社会规范和传统观念，不仅限制了个人的情感自由，也在一定程度上造成了社会的不公和隔阂。然而，泰戈尔却以大胆的笔触描绘了自由恋爱的美好，并刻画了不少追求自由恋爱的女性。这不仅是对封建制度的猛烈挞伐，也是对落后陈腐礼教的极大蔑视。在当时的社会环境中，这种观点无疑具有颠覆性，因而招致了封建卫道士的攻击。然而，泰戈尔并未因此退缩，反而更加坚定地宣扬人道主义精神和尊重女性平等选择的主张。

泰戈尔的作品，以其对人性深刻的洞察和对自由恋爱的赞美，激发了人们对自由和平等的向往。泰戈尔认为，真正的爱情不应受到社会等级、财富或传统观念的限制，而应建立在相互理解、尊重和真诚的基础上。他鼓励人们勇敢地追求自己的爱情，不受传统观念和社会规范的限制。这种思想在当时的社会环境中具有颠覆性，为人们提供了一种新的视角和思考方式。即使在今天，泰戈尔的这些观点仍然具有深远的影响。在许多地方，人们的情感自由和恋爱选择仍然受到各种社会因素的限制。泰戈尔的文学创作，为我们提供了一种超越传统观念、追求个人自由和幸福的可能。通过泰戈尔的诗歌和思想，我们可以看到一位伟大诗人对自由、爱情和人性的深刻理解和独到见解。这些思想和情感的力量，将继续激励着后人去追求更加美好和自由的生活，去打破束缚，实现自我价值和情感的自由表达。

然而，泰戈尔对自由的认识并非完全与西方倡导的民主自由相同。泰戈尔认识的自由在于找到与更广泛幸福的和谐统一，蕴藏着一种深植于东方哲学和精神传统中的独特视角。在《自由的结果》中，泰戈尔指出："如果自由因过度增长而发生变化，它便立刻成为违反自然的东西，在捣乱了一阵之后便完事大吉。当人的自由同幸福相结合时，在消灭一切斗争的同时，会变得美丽。"[①] 在他看来，真正的自由不是无拘无束的放纵，也不是个人主义的极端表现，而是一种内在的、与宇宙和谐相一致的状态。泰戈尔的自由观念强调了个体与整体的联系，提倡个人在追求自身自由的同时，也要考虑其行为对

① 刘安武等主编:《泰戈尔全集》(第23卷)散文，河北教育出版社2000年版，第102页。

他人和社会的影响。在他看来，自由不是孤立存在的，而是在相互依存和相互尊重中实现的。这种自由观倡导的是一种平衡，即在个人追求自我实现的同时，也要促进社会的和谐与进步。

泰戈尔的这种思想，在他的文学作品中得到了充分的体现。他的诗歌和小说常常描绘人物在追求个人自由的同时，也在探索如何与他人和谐相处，如何在个人愿望与社会规范之间找到平衡点。这种对自由的深刻理解，使得泰戈尔的作品具有了跨越文化和时代的普遍价值。

泰戈尔对自由的这种理解，也为我们在现代社会中理解和实践自由提供了新的视角。在一个日益全球化和多元化的世界中，泰戈尔的思想提醒我们，自由不仅仅是个人的权利，更是一种责任。它要求我们在行使自由时，要考虑到他人的权利和福祉，要寻求个人与社会之间的和谐共存。

总之，泰戈尔对自由的认识提供了一种超越西方传统自由观念的深刻见解。他的自由观强调了个体与整体的和谐统一，提倡在追求个人自由的同时，也要促进社会的和谐与进步。这种思想对于我们在当今世界中理解和实践自由具有重要的启示意义。

3. 理性地看待民族主义

尽管泰戈尔孜孜不倦地支持印度的民族解放事业，但是他并不是一个狭隘的民族主义者。泰戈尔生活时期的印度正弥散着强烈的民族主义氛围。在这样的环境中，泰戈尔着眼于全世界人类的发展，他反对使用“民族”的概念为不同种族的人设置屏障；反对被权力和私欲控制的“民族主义”侵蚀人的人性。在泰戈尔看来，民族主义在激发民族自豪感、团结民族力量以及争取民族独立方面起到了积极的作用，但是他也深刻洞察到民族主义可能带来的排他性、狭隘性和潜在的暴力倾向。

首先，泰戈尔认为民族主义是一种自然的情感，是人们对自己文化和传统的归属感和认同感的体现。在殖民主义压迫和外国统治的背景下，民族主义可以作为一种解放的力量，激发民众的爱国热情，团结起来争取自由和尊严。泰戈尔本人在印度民族独立运动中，也受到了民族主义情感的鼓舞，并积极参与到争取民族自由的斗争中。

然而，泰戈尔也看到了民族主义的另一面。他担忧民族主义容易被极端化，导致对其他民族和文化的排斥和敌意。他批评那些基于盲目的民族优越感和对外部世界的仇恨而形成的民族主义，认为这种民族主义不仅无助于构建一个和谐的政治共同体，反而可能引发冲突和分裂。在《民族主义》中泰戈尔明确指出："冲突和征服的精神是西方民族主义的根源和核心；它的基础不是社会合作。"在泰戈尔看来，西方民族主义并非建立在促进社会整体福祉和合作的基础上，而是建立在一种对抗和竞争的原则上。他批判西方的民族主义为印度带来的痛苦，强调西方民族在向印度提供西方文明的好处时，表现得极为吝啬，只提供了勉强维持生命所需的最低限度的资源和机会。他还特别提到西方分配给印度的教育份额是微不足道的，这种吝啬的分配是对西方自身尊严的侮辱，因为它没有体现出对知识和文化普及的真正承诺。民族主义的征服性质意味着它倾向于通过扩张和控制来实现目标，这往往涉及对其他民族或国家的压迫和统治。它阻碍了团结和协作，引发了民族之间的分裂和冲突，忽视了道义和伦理的重要性，最终会在道义上自我毁灭。

相对于西方以冲突和征服为内核的民族主义，泰戈尔主张一种包容、兼具普世价值的民族主义。泰戈尔精辟地总结道，民族仅是"传统上的想象的界限，并不具有真正障碍的性质"[①]。因此，在泰戈尔看来，民族不应该成为各种族之间密切交流的障碍，提倡"各种族之间融合成一个整体"[②]。他认为，真正的民族主义应当建立在对人类普遍价值的尊重之上，强调不同民族和文化

---

① [印度]泰戈尔:《民族主义》，谭仁侠译，商务印书馆 1998 年版，第 53 页。
② [印度]泰戈尔:《民族主义》，谭仁侠译，商务印书馆 1998 年版，第 56 页。

之间的相互理解和尊重。他提倡一种文化民族主义，强调通过文化复兴和教育来培养民族自尊和自信，而不是通过排斥外来文化或压迫其他民族来实现。在政治共同体的构建上，泰戈尔主张民族主义应当与民主、自由和平等的价值观相结合。他反对任何形式的压迫和不公，主张通过和平、对话和理解来解决冲突，推动社会的进步。他认为一个健康的民族不仅需要强烈的民族认同，更需要开放的心态和对人类普遍价值的追求。

总的来说，泰戈尔对民族主义的认识体现了他对民族情感的肯定和对民族主义潜在危险的警惕。他试图在民族自豪感和人类普遍价值之间找到平衡，倡导一种既能够维护民族尊严又能够促进政治共同体和谐的民族主义。

4. 倡导相亲相爱与和平

泰戈尔出生在一个动荡的年代。这个时代，不仅印度本土，整个世界都处于剧烈的变革之中。在国际舞台上，第一次世界大战的爆发带来了前所未有的破坏与混乱，战争的阴影笼罩着人类文明的每一个角落。与此同时，印度国内也涌动着反抗殖民统治的浪潮，民族主义情绪高涨，民众纷纷投身于争取自由与独立的斗争之中。在这一时期，印度的民族运动也呈现出多样化的面貌。一方面，以马哈特玛•甘地为代表的和平主义者倡导非暴力不合作运动。他们主张通过和平的方式，如静坐抗议、抵制英货、文明不服从等方式，来表达对殖民统治的不满和对自由的渴望。甘地的盐税抗议和多次绝食抗议，成为印度民族运动中的重要事件，激发了民众的民族自豪感和反抗精神。另一方面，也有更为激进的民族主义者，他们认为只有通过武装斗争和直接行动，才能真正撼动殖民者的统治。这些激进分子的行动，虽然在一定程度上引起了英国殖民者的注意，但也引发了激烈的冲突和镇压。

在这样的背景下，泰戈尔不仅深切地感受到了国家和人民所面临的苦难，而且他还以他深邃的洞察力和人文关怀提出了一系列富有前瞻性的思想和主张。他不赞成以暴力手段解决冲突。在他看来，暴力手段不仅无法从根本上解决问题，反而会加剧社会的分裂和矛盾。泰戈尔提倡非暴力的原则，主张通过和平、对话和理解来对抗压迫和不公，寻求社会的和谐与进步。他倡导的是一种基于爱与尊重的生存环境，认为只有在这样的环境下，人们才能够实现真正的相亲相爱，共同构建一个和平共处的社会。对泰戈尔而言，以非暴力手段解决争端一直是他所向往的。无论是在他的文学作品中，抑或是在他参与的社会运动中，泰戈尔一直反对通过暴力方式协调矛盾与争端。

在社会秩序的构建中，泰戈尔将“爱”的概念置于核心位置。他提倡以和平与友爱为社会和谐的基石，认为这种爱既是对自我的关爱，也是对他人的关怀。泰戈尔认为一个充满爱的社会自然能够实现内在的和谐与秩序。泰戈尔强调，真正的“爱”是双向的，它要求我们超越自我中心，走向彼此的理解和共鸣。

泰戈尔在他的散文《世界博爱观》中阐述了建立相亲相爱人际关系的重要性。他指出：“人的伟大并不在于能破坏、能抢掠、能获得或者能够发明，人的伟大和高尚在于他能把所有人都当作自己的亲人看待。”[①]泰戈尔的这句话表达了他对人类相亲相爱关系的憧憬。在他看来，人类的伟大并不在于凭借破坏、抢掠、获取或发明所展现出的力量，而是那些能够超越个人利益，将爱与和平作为行动指南的高尚品质。这种品质体现在一个人能够把所有人都视为自己的亲人，而不考虑他们来自何方抑或是拥有何种背景。这种无私的爱和关怀，不仅能够促进人与人之间的和谐，还能推动社会的稳定与进步。

相亲相爱的人际关系也是一种无形的力量，能够激发人们去关心他人、去理解他人、去帮助他人，从而构建一个更加美好的世界。正是这种力量，使得人类在面对挑战和困难时，能够展现出真正的伟大和高尚。在这里，泰

---

① 刘安武等主编：《泰戈尔全集》（第23卷）散文，河北教育出版社2000年版，第413页。

戈尔所提及的“破坏”“抢掠”“获得”“发明”也令人将其与西方殖民者的卑劣行径联系在一起。此时沦为殖民地的印度正在遭受英国人的破坏和抢掠，他们虽然依靠技术的进步和某些形式的文明征服和控制了印度，但这样的行为并不能证明英国人的强大。这种以自我为中心的狭隘视域阻碍了人们的相互理解和世界的共同发展。在《民族主义》中，泰戈尔就曾控诉以个人利益为核心的扩张主义和物质主义，指出它们给世界带来的深重苦难。在这里，泰戈尔强调的真正的伟大并非来源于通过这些手段获得的权力或物质财富，而是来源于一种更深层次的人文关怀和道德情操。他提倡的是一种普遍的爱，一种能够超越种族、文化、国家界限的人类共情。这种爱能够促使人们认识到，尽管我们来自不同的背景，但我们都属于同一个人类大家庭。通过将他人视为自己的亲人，我们能够建立起更加和谐的社会关系，促进全球的和平与理解。泰戈尔的观点挑战了那种以征服和控制为基础的力量观念，转而提倡一种以理解和关爱为基础的和平力量。在这里，泰戈尔呼吁人们回归更为崇高的价值观，追求一种以全人类的福祉为出发点的生活态度，从而共同构建一个更加和谐、公正的世界。

在泰戈尔的戏剧《牺牲》等作品中，凸显了他对爱与和平的价值追求。这部戏剧以印度的传统习俗——血祭迦梨女神（Kali）为切入点，通过展示国王、王后和寺院祭司三个角色对这一习俗传统的不同看法，继而引出一段发人深省的故事。由于王后多年无子，她希望通过以血祭的方式向迦梨女神祈求子嗣，实现自己当母亲的愿望。寺院祭司勒柯帕迪是这一传统习俗的坚定守护者，他支持王后的做法。然而，国王却认为这一习俗过于血腥，他决定阻止王后的血祭，并废除这一习俗。国王的阻挠随即引起了王后和祭司的强烈反对。在祭司的怂恿下，祭司的养子吉叶·辛赫决定刺杀国王。但在行动中，辛赫意识到自己的行为是错误的。但作为祭司的养子，他的内心挣扎于对养父的忠诚和对国王的尊重之间。最终，他选择了自我牺牲——以自己的牺牲来结束这场冲突。辛赫的牺牲平息了冲突，也唤醒了祭司的良知。最终，王后的态度转变，她逐渐意识到真正的爱不是建立在他人痛苦之上的。国王和王后也和好如初，血祭的卫道士寺院祭司也幡然醒悟，他认识到眼前他所一心祭拜的迦梨女神不过是“没有感觉的傻瓜”“没有心肝的石像”“女恶魔”。辛赫的牺牲代表了对和平与爱的强烈呼唤。王后的转变代表了从个人欲望到对更大范围的爱与和平的追求。通过这部戏剧，泰戈尔展现了爱的力量如何弥合了社会冲突和个人信仰的裂痕，实现了和平。

在戏剧《牺牲》的开篇中，泰戈尔写道：“我把这个剧本奉献给那些英雄们。当战争女神要求人类付出牺牲时，他们能够挺身而出，主张和平。”①这句话体现了泰戈尔对和平、爱与牺牲的深刻理解，以及他对人类精神的乐观信念。在这部戏剧中，泰戈尔对“英雄”的概念重新进行了定义。在泰戈尔看来，这部戏剧中的英雄是牺牲者吉叶·辛赫。有别于传统意义上以武力征服或以战争胜利为荣的英雄，泰戈尔为英雄赋予了新的内涵，即那些在战争与冲突面前能够站出来，为了和平而斗争的人。这种英雄更加注重内在的道德勇气和对和平价值的坚守。泰戈尔强调，真正的英雄是那些在战争女神的阴影下，能够站出来主张和平的人。他们通过自己的行动和选择，展现了对生命的尊重和对和平的追求，这是一种超越了传统英雄观念的高尚情操。同时，泰戈尔这句话中的“战争女神”指代战争与冲突，“牺牲”意味着生命的损失和破坏，“战争女神要求人类付出牺牲”批评了那些以牺牲生命为代价来追求胜利的行为。泰戈尔通过这句话呼吁人们：每个人都应该成为和平的倡导者和守护者，而不是盲目地追随战争和暴力；鼓励人们在面对不公和暴力时要选择站在和平一边，即使这意味着要面对巨大的压力和挑战。在这部戏剧中，泰戈尔将其对爱、冲突、和平的观点表现得淋漓尽致。他倡导一种新型的社会价值观，即在面对冲突和挑战时，应以和平与爱为指导原则，展现出真正的

① 刘安武等主编：《泰戈尔全集》（第16卷）戏剧，河北教育出版社2000年版，第137页。

英雄本色。

为了使人与人之间形成一种相亲相爱、和平共处的关系。泰戈尔也提出了达成这一状态的方式。泰戈尔表示:“人越是跳出自我的小天地走向更广阔的世界，就越能摆脱自私、傲气和贪欲的束缚。当人懂得自己不是孤单一人，懂得自己同父母兄弟和朋友构成了一个统一的整体时，他就跨上了文明的第一级阶梯，他就开始摆脱个人的渺小而变得高尚。但为了变得高尚所付出的代价是约束贪心、欲望、自私和傲气。否则就不可能懂得自己在家庭中应有的位置。只有愿为家庭中所有的人牺牲自己，才能名副其实地成为家庭的一员。”① 在泰戈尔看来，每个人都不是孤立的个体，而是与周围的环境和他人紧密联系在一起的。当一个人开始意识到自己并非孤立存在，而是与家人、朋友以及更广阔的社会共同体相连时，他就开始踏上了文明的阶梯。这种认识促使个人超越了自我中心的局限，并以更加开阔的视角看待世界和自己在其中的位置。因此，在认知上需要明确人类的命运彼此相连，在行动上也必须体现出这种相互依存的现实。当一个人开始以这种全局性的视角来指导自己的生活和决策时，他便成了一个真正意义上的社会成员。这种认识的深化不仅促进了个体的内在成长，也推动了社会的整体进步。它引导人们在面对冲突和分歧时，不是采取孤立和排斥的态度，而是寻求理解和合作的途径。人们开始认识到，每一个选择和行为都会对自己所在的社会网络产生连锁反应，因此，负责任的行动和对他人福祉的关怀成为文明社会的重要特征。

此外，泰戈尔强调，个人必须学会控制和约束自己的贪心、欲望、自私和傲气来完成自我的超越。如果个人不加以克制，就无法真正理解自己在家庭和社会中的角色和责任。在这里，泰戈尔为了达成人与人之间的和睦共处，需要人们心怀牺牲精神，愿意为家庭和共同体的利益而放弃个人利益。这种

① 刘安武等主编:《泰戈尔全集》(第23卷)散文，河北教育出版社2000年版，第416页。

精神是成为家庭和社会一员的重要条件。通过这种牺牲，个人不仅能够获得家庭和社会的认可，还能够在精神层面上实现自我提升和成长。

在泰戈尔看来，爱还能够激发人们内在的善良和同情，促使他们为了更高的社会理想而团结协作。这种力量有助于缓解社会冲突，促进公平正义，建立起一个更加稳固和谐的社会结构。不仅如此，泰戈尔的爱也指向了一种全球视野，它倡导全人类之间的团结与和平。在这种视野下，爱成为连接不同文化、民族和国家人民的桥梁，推动着全球社会向着更加公正、平等和可持续的方向发展。通过这种爱的传播和实践，泰戈尔希望看到一个没有战争、贫困和歧视的世界，一个每个人都能够自由地表达和发展自己的世界。

在泰戈尔的理念中，爱不仅是个体间的情感联系，更是一种社会凝聚力，能够将多元化的民族和社会团结在一起。他提倡的是一个超越狭隘民族主义的爱，这种爱能够激发人们共同为和平与共存而努力。通过这种爱的延伸，泰戈尔构想了一个理想共同体社会，其中每个成员都以和平共处为原则，以相互理解为行动指南，共同创造一个没有冲突和对立的和谐世界。

泰戈尔的政治共同体观念是他对国家、民族和人类社会的一种理想化构想。泰戈尔所倡导的政治共同体超越了狭隘的民族主义和个人利益，追求更高层次的团结和和谐。它尊重每个成员的贡献，并在差异中寻找共同点，促进个体与集体的和谐发展。这种理念强调了政治共同体在促进社会进步和个体发展中的积极作用，为我们提供了一个追求更加公正、和谐和包容性社会的目标。

第五节　泰戈尔共同体思想的超越性

泰戈尔的思想蕴含了共同体的理念。在泰戈尔的作品中能够发现生命共同体、文化共同体、教育共同体和政治共同体的踪迹，引发人们对现有的价值观念、人与自然关系、文化差异、教育观念、政治构想等方面的思考。

在泰戈尔的笔下，共同体的概念超越了地理界限与社会观念，成为一种深刻体现人类相互联系和相互依赖的哲学思想。他致力于建构一种全人类共同参与的世界，其中每个个体都是宇宙大家庭中不可或缺的一部分。他倡导的生命共同体强调人与自然之间的和谐相处，提倡尊重生态平衡，促进可持续发展。文化共同体则鼓励跨文化的交流与相互欣赏，强调在多样性中寻求共融，共同维护人类文化遗产的丰富性。教育共同体注重发挥知识的启迪功能。通过让人们获取知识而形成共同的理念、兴趣、目标或价值观，使他们成为有责任感、有远见、有共同价值观念的公民，促进个体的全面发展和整个人类社会的进步。政治共同体则主张人们超越民族的狭隘界限，构建一个更加和平、安全、平等、正义、开放包容、和谐的世界秩序。通过这些共同体的构建，泰戈尔希望激发人们对相互依存的深刻认识，促进不同领域间的和谐发展，共同创造一个更加包容、平等和进步的世界。

泰戈尔的共同体思想摆脱了人类中心主义的束缚，认为人类作为生命共同体的一部分，应当与自然界中的其他生物和谐相处，共同维护这个星球的生态平衡。他对自然之物高度赞扬。在《吉檀迦利》《园丁集》《飞鸟集》等诗集中，自然之物被赋予了丰富的人性。哪怕是一朵花、一叶草、一只蝴蝶、一只飞鸟、一朵云朵都展示出生命的律动。他的诗歌赞颂了自然之物释放的无尽生命力，赞赏自然之中的和谐的律动，向往自然之中生命的无拘无束，深情地表达了对自由和无限可能的向往。在他看来，自然与人类密不可分，人类应该成为自然界的守护者，而不是掠夺者，应该与自然和谐共存。

泰戈尔的共同体思想超越了社会观念的窠臼，倡导消除所有形式的歧视和偏见，包括种姓制度、性别歧视和对弱势群体的不公。泰戈尔通过自己的文学作品为那些被社会边缘化的人们发声，呼吁社会关注他们的权利和需求。泰戈尔相信，只有通过理解和同情，社会才能够实现真正的和谐与进步。在小说和戏剧中，泰戈尔刻画的人与人、人与社会的冲突都是人类社会冷漠无情的秩序、偏见所造成的。他谴责社会偏见对人心灵的荼毒，批判社会秩序对底层弱势群体的压迫。尽管泰戈尔出身上层社会，他却能以博爱的眼光审视底层社会人们的疾苦，对处于压迫的底层弱势群体给予无限同情。在泰戈尔看来，人与人是平等的。他批评印度的种姓制度，认为种姓制度造成了人与人的隔阂与分裂，导致社会不公和歧视的出现。泰戈尔还同情女性，关注女性在印度社会中的地位，批评了性别不平等和女性受到的压迫。在《金色船》中，泰戈尔提倡女性教育和女性解放；在《摩诃摩耶》中泰戈尔批判萨蒂等制度；在《笔记本》《河边台阶的诉说》等小说中，泰戈尔展示了包办婚姻、童婚制度所酿成的悲剧，揭露了童婚对个人自由和身体成长的严重影响，表达了他对这种社会陋习的深切关注和强烈反对。

泰戈尔的思想超越了民族的狭隘视域。泰戈尔热爱自己的祖国，但他的眼界和格局从未局限于一国一地。他使用文字为印度的独立和解放呐喊，也以自己的实际行动为实现民族的独立与解放而不懈努力。他深知，真正的自由和解放不仅仅是摆脱殖民者的奴役，更是精神上的解放和思想上的觉醒。他的文学作品中，既有对社会陋习的揭露，也有对社会不公的尖锐批评；既有对殖民者的坚定反抗，也有对统治阶级的深刻批判。他致力于激发人民的团结精神，为争取民族的解放、独立和自由而勇敢地反抗压迫和一切不公。他呼唤和平与正义。在他看来，民族的发展不应以牺牲其他民族的利益为代价。他批评了西方国家以侵略为本质的民族主义，呼吁本民族中致力于民族解放的志士仁人警惕狭隘的民族主义情绪。他倡导一种超越民族和国界的人文主义精神，一种以全人类的和平与发展为己任的博大情怀。他倡导的人文主义精神，不仅超越了民族和国界的限制，更触及人类心灵的深处，激发了人们对更高道德标准和更广阔视野的追求。他反对任何形式的侵略和霸权，主张通过和平、对话和协商来解决国际争端和冲突。在泰戈尔看来，全人类的解放是一个相互依存、共同发展的过程。因此，只有当人们超越狭隘的民族主义，建立起对全人类共同福祉的深刻理解和关怀时，人类社会才能实现真正的和谐与进步。在此基础上，每个民族、每个国家都应该在尊重差异的基础上，寻求共同发展、共存共赢，建立起互相理解、互相信任的合作关系。

泰戈尔的共同体思想超越了时代和地域的限制，他的见解和理念在今天全球化的背景下仍然具有深远的意义。泰戈尔在访华结束时曾表示："现代的文明，就如同裁缝一般，生产出了各种各样的遮掩之物，种种偏见的面纱，令我们很难接触那些外界的人，令我们甚至对我们的同胞产生误解。当生命简朴之时，当人们充满热情，彼此不存怀疑，他们可以共享财富与欢乐，他们的生命由一种共有的命运连结在一起。那时，一切都如此简单。"泰戈尔的这段话体现了共同体的广阔视野和全球意识。他的思想具有前瞻性，提醒我们在文明进步面前，回归生命的纯粹本质，倡导我们应以共同体的视野审视和塑造我们的世界。在他看来，现代文明带来了先进的文化，也带来了隔阂与误解。他将现代文明比作裁缝，形象地展示了现代文明制造出的各种遮蔽真实的外衣和偏见的面纱，这些外在的装饰和内在的成见阻碍了我们与外界的接触，甚至让我们对自己人产生误解。当生活回归到简朴的状态，人们以真诚和热情相待，不带有怀疑和猜忌时，他们便能够共同分享物质和精神上的财富，享受生活带来的欢乐。在这种情境下，人们的生命因一种共有的命运而紧密相连，彼此之间不存在隔阂，而是形成了一个不可分割的整体。泰戈尔倡导的是一种超越物质追求，强调人与人之间内在联系的生活方式，这种生活方式能够促进命运共同体的构建，让人们意识到我们不仅是个体的存在，更是相互依存、共同面对生活挑战的群体。通过这种认识，我们可以更好地理解彼此，消除偏见，共同创造一个和谐、平等、充满爱的世界。泰戈尔的思想不受特定时代或地域的限制，具有普遍性和时代性。

泰戈尔所倡导的共同体思想并没有止步于理念，而是对建构命运共同体具有很强的指导意义。他倡导通过社会改革、教育革新和文化交流，推动社会向着更加文明的方向发展。同时，他也鼓励我们每一个人都行动起来，完善自我、履行社会责任。

首先，泰戈尔试图借助社会改革、教育改革和文化交流的力量推动社会形成共同体。在他看来，随着社会的发展，一些传统的社会观念和规范已经不符合社会发展的需要，甚至造成了人与人之间的隔阂，阻碍了社会的和谐。他主张改革社会的弊病。在《习俗的压迫》中泰戈尔批判了人们守旧地遵守社会规范，却忽视了宗教教义中对于道德和精神价值的强调。泰戈尔指出，真正的信仰不仅仅是口头上的宣称或表面仪式的遵守，而是要体现在日常生活中的道德行为和对他人的深切同情。泰戈尔警告说，如果社会成员只是机械地遵守规范，而不去内省自己的行为是否真正符合人性及自我提升的内在精神，那么这些规范就可能变成空洞的形式，失去了其真正的意义。泰戈尔致力于改变这种陈旧的社会准则和社会观念对人性的压制和扭曲，致力于用爱、人性和道义打造友爱、亲近、和谐的社会。同时，他还希望通过国家出台各种机制和政策保障个体的权利和尊严，为每个人提供平等的发展机会，让每个人都能够在社会中找到自己的位置，发挥自己的潜能，让每个人在社会中都能够感受到爱与被爱。

泰戈尔也尝试改革教育转变人们狭隘的认识。在他看来，教育承担着知识传递、价值塑造的功能。他试图借助教育的这些功能将来自不同文化背景、政治信仰、民族信仰的人培养成具有全球视野和社会责任感的世界公民，并就一些问题达成共识。同时，他也试图让年青一代学会尊重多元文化，理解全球问题的复杂性，并为解决这些问题贡献自己的智慧和力量。此外，泰戈尔认识到文化交流在建构共同体过程中起到的作用。他致力于推进不同民族文化的交流，增进相互认知，促进不同文化背景下的人们找到共鸣。他鼓励不同民族抛弃狭隘的眼光，吸收和借鉴其他文化中的优秀元素，共同构建一个和谐共生的世界。

不仅如此，泰戈尔也从作为社会的单元——个人的视角，提出了构建共同体的具体路径。在泰戈尔的理念中，个人不仅是社会结构的基本组成部分，更是推动社会进步的关键力量。他强调，每个人都应当怀抱一颗博爱之心，以广阔而深邃的视野，积极地识别并反对不公与不义的现象。个人应当秉持对独立与自由的坚定信念，这些信念是个体尊严和社会发展的基石。泰戈尔还提倡，我们应对民族主义持有理性的态度，认识到超越民族界限的普遍意义和共同价值。在这一过程中，个人应该主动承担起责任，成为沟通与理解的桥梁，努力消除人与人之间的隔阂，促进社会的团结与和谐。他鼓励我们以开放的心态，接纳多元文化与不同观点，以对话代替对立，以合作取代冲突。通过这样的努力，个人不仅能够为社会的正义与平等做出贡献，也能够在更广泛的共同体中找到自己的位置和价值。泰戈尔的这些思想，为我们提供了一种深刻的生活哲学和行动指南，引导我们在构建一个更加公正、自由、和谐的世界中发挥积极作用。

泰戈尔致力于向全世界传达和平、发展、合作和共赢的理念，主张不同国家、不同民族、不同文化之间要相互理解、相互尊重，实现可持续发展和共同繁荣。泰戈尔的共同体思想不仅是对印度和亚洲文化的贡献，也是对全人类文明进步的贡献。泰戈尔说过，“我爱生命，更爱真理；我爱国家，更爱世界，最爱人类”[①]。泰戈尔的话体现了他对生命、真理、国家、世界以及全人类的深厚情感和价值观。他鼓励人们不仅要关心个人和国家的利益，更要关心全人类的未来和地球的可持续发展。泰戈尔以超越国界的全球视野和责任感，呼吁人们以更加开放和包容的心态去理解和关爱周围的世界。在当今世界，我们更需要借鉴泰戈尔的智慧，推动不同文化之间的对话，促进全社会的和谐发展，共同应对人类面临的各种挑战。

① 何乃英：《泰戈尔和他的作品》，华中科技大学出版社 2018 年版，第 249 页。

第四章　泰戈尔共同体思想在世界文化交流中的贡献

泰戈尔的文学创作充满了对传统印度文化的尊重和对现代思想的探索，他用诗意的语言和丰富的想象力，将东方的哲学智慧与西方的艺术形式相结合，创作出了一系列具有普遍价值和深远影响的文学作品。泰戈尔的文学成就不仅丰富了印度文学的内涵，也为世界文学的发展做出了重要贡献。他的作品在国际上广受欢迎，他本人也因其文学上的杰出贡献而获得了诺贝尔文学奖，成为亚洲第一位获此殊荣的作家。泰戈尔的国际视野和人文关怀，使他成为全人类共同的精神财富，至今仍然是世界各地读者和学者研究和欣赏的宝贵资源。

第一节　泰戈尔对印度传统文学的贡献

1. 泰戈尔对印度传统文学的态度

在泰戈尔看来，民族文化蕴含着一个民族的智慧、情感和价值观，承载着民族的记忆，是民族精神世界的基石。民族文化不仅是一个民族的精神寄托，更是其身份和历史的象征。民族文化中蕴含的道德观念、人文精神和社会责任感，对于培养公民的道德品质、推动社会的文明发展具有不可替代的价值。通过弘扬民族文化，可以促进社会成员之间的相互理解和尊重，构建和谐社会。

在《孟加拉文学的发展》中，泰戈尔通过对自己的民族文学——孟加拉文学的思考，阐述了他对传统民族文学发展的态度。在他看来，文化自信是文学发展的基石，而创新则是其生命力的源泉。因此，民族文化的发展离不开文化自觉与文化创新。

泰戈尔指出，在他的童年时代，许多青年沉醉于英国文学中，他们以巨大的热情背诵着莎士比亚、弥尔顿、拜伦和布莱克等大师的作品，却对孟加拉文学的发展视而不见、听而不闻，认为这些新兴的本土作品不值得关注。这些接受英国教育的青年们虽然获得了新知识，但这种知识却像借来的饰品一样让他们感到不安。他们中的一些人开始炫耀自己的新教育，认为能够使用英语就是有教养和高贵的标志。对此，泰戈尔表示尽管英国文学对这些青年产生了深远的影响，但这并不意味着孟加拉文学就失去了它的价值和魅力。泰戈尔表示文化多样性是人类文明的宝贵财富，每一种文化都有其独特的价值和魅力。他批评这些青年不应当为文化设定层级，更不应当因为追求外来文化而忽视或贬低本民族的文化。在他看来，孟加拉文学的发展对于维护民族精神的统一和稳定至关重要。[①] 他警告说，如果孟加拉语言和文学被分割，那将对孟加拉民族造成严重的损害。他呼吁孟加拉人要珍视自己的语言和文学，因为这是连接每个孟加拉人的纽带，是他们精神家园的重要组成部分。同样，它也是一种对本民族文化价值的深刻认识和充分肯定。他认为，每个

① 刘安武等主编:《泰戈尔全集》(第23卷)散文，河北教育出版社2000年版，第179页。

民族都有其独特的文化传统和审美情趣，这些传统是民族精神的重要组成部分，应当被尊重和传承。此外，泰戈尔还重视文学对民族精神的塑造作用。他认为，文学作品是民族精神的体现。通过文学作品，人们可以了解和传承民族文化，增强民族认同感和凝聚力。因此，文学家们有责任创作出能够代表民族精神、展现民族风貌的优秀作品。

泰戈尔强调，树立对传统文化的自信并不意味着盲目自大或排斥外来文化。泰戈尔也深刻地认识到“人类心灵不能久久地死盯住一个地方，里里外外、四面八方的事物和环境都对它施加影响，它的认识范围和它本身的情况一直处于变化之中”。[①] 因此，文学也不能一直固守传统，需要对文学进行创新。泰戈尔表示需要厘清传统与创新之间的关系。在他看来，传统是文学创新的土壤，而创新则是传统生命力的延续。在尊重传统的基础上，文学家们需要勇于探索新的艺术形式和表现手法，以适应时代的发展和人们的审美需求。他提出文化和文学的繁荣不应以牺牲本土文化为代价，而应成为强化民族认同和精神统一的力量。

泰戈尔指出文学也在不断地变化和发展。那些试图用民族主义的名义来束缚心灵、拒绝变革的人，就像中国妇女缠足一样，是不自然和荒谬的。同时，泰戈尔也批评那些固守传统、拒绝接受现代文学成果的人。他认为，这些人虽然口头上推崇古代文学，但实际上他们自己也享受着现代文学带来的愉悦。他们对现代文学的排斥和贬低，只是一种借口和自我欺骗。他鼓励人们超越狭隘的观念，勇敢地接受新思想、新文化，用自己民族的语言和文化来表达和创造，从而实现个人和社会的全面发展。

泰戈尔指出在印度的历史上也有许多人对孟加拉语文学进行创新。他表示，尽管孟加拉语在当时被许多人认为是贫乏和低贱的，但那些真正具有精

---

① 刘安武等主编:《泰戈尔全集》(第 23 卷) 散文，河北教育出版社 2000 年版，第 176 页。

神力量的人还是从西方伟大的文学作品中汲取营养，并使用孟加拉语进行创作和翻译。罗姆莫罕·罗易就是其中的杰出代表，他用孟加拉语翻译和评注《吠陀经》，为孟加拉语文学的发展做出了重要贡献。默图苏登则在诗歌创作方面展现了无限的勇气和创造力。他受到欧洲史诗的启发，用孟加拉语创作出具有现代感的诗歌，为孟加拉诗歌的发展开辟了新的道路。默图苏登的诗歌充满了音乐性和情感，展现了孟加拉语言的魅力和力量。泰戈尔还以《孟加拉之镜》的问世为例说明了新孟加拉文学以新的生命力扩展到各个地方，甚至那些精通英语的人也不得不以惊奇的眼光接受它。通过这些成功的案例，泰戈尔倡导民族文学的发展需要在尊重和传承民族文化的基础上，积极吸收外来文化的精华，与世界文学交流互鉴，以实现文化的交流与融合。他认为，文化的发展是一个开放的过程，需要不断地吸收新的思想和元素，以保持其活力和创新性。同样，文化交流是促进文学创新的重要途径，通过学习借鉴其他国家和民族的文学成果，可以丰富和发展本民族的文学。

总之，泰戈尔对孟加拉文学的观点是开放的、进步的。他既重视传统文化的传承，又倡导文学创新的发展。他认为，只有坚持文化自信，勇于创新，才能使孟加拉文学焕发出新的生命力，为世界文学的繁荣做出贡献。这种观点对于我们今天在全球化背景下推动文化发展和文学创新仍具有重要的启示意义。

2. 泰戈尔在传承传统文化上的贡献

泰戈尔热爱印度文化，其文学作品也植根于印度文化。他在文学创作中巧妙地将印度文化的精髓与自己独特的艺术风格相结合，创作出了一系列深受读者喜爱的文学作品。在泰戈尔的笔下，印度文化不再是抽象的概念，而是通过一个个鲜活的故事、生动的人物和富有情感的语言，变得触手可及。在这些作品中，泰戈尔巧妙地将印度的民族信仰、哲学思想、艺术风格和社会生活融入文学创作，使读者能够感受到印度文化的温度和力量。

《吉檀迦利》是泰戈尔的一部颇具代表性的抒情诗集，诗集融入了丰富的印度传统文化元素。也正是凭借该作品，泰戈尔获得了1913年的诺贝尔文学奖。《吉檀迦利》以孟加拉文撰写而成，于1910年首次出版，后由泰戈尔本人翻译成英文并于1912年出版。“吉檀迦利”在孟加拉语中意为“献歌”。在这部诗集中，泰戈尔展示了对印度传统文化中精神的追求。在《吉檀迦利》中，泰戈尔运用了丰富的印度传统的哲学思想，特别是吠檀多哲学中的“梵我如一”概念，展现了个体灵魂与宇宙灵魂的和谐统一。在文学形式上，泰戈尔借鉴印度古典文学的形式，用印度诗歌的韵律和节奏，展现印度音乐和诗歌的传统美学。同时，作品中的许多意象和比喻，如自然景观、季节变换、花卉盛开等，都体现了印度文化中对自然和谐与生命力的赞美。

此外，泰戈尔对印度传统文化的传承还反映在和谐共生的价值追求上。印度传统文化中强调的宇宙万物相互联系和依存的观念，在泰戈尔的作品中得到了体现和弘扬。他认为，人与自然、人与社会、人与宇宙之间存在着不可分割的联系，这种思想促使他在教育、社会改革和文化活动中倡导一种包容、协作和共生的精神。在《飞鸟集》中，泰戈尔强调了人与自然和谐共存的理念。泰戈尔视自然为人类灵魂的慰藉。诗集中展示的翱翔的飞鸟、轻颤的绿叶、闪烁的繁星无不展示了自然的灵性，让人在体会自然界的平衡与秩序之余，也提醒人类应以谦卑的态度与自然和谐相处，尊重每一种生命形式，共同构建一个更加美好的世界。

3. 泰戈尔在创新印度文学上的贡献

泰戈尔并不是一个循规蹈矩的文学家。他在吸收印度文学传统精髓的同时也以开放的视野引入外国的文学形式和理念，勇敢地对印度文学进行改革。这在《孟加拉文学的发展》中有所表示。

他在文学的语言、形式、内容和理念上大胆探索，为印度文学的发展注入了活力。泰戈尔的文学改革极大地丰富了印度文学的内涵，提升了其艺术性和思想性，也为印度文学的现代化和国际化开辟了新的道路。

泰戈尔出生于一个文化氛围浓厚的印度贵族家庭。他自幼在印度接受了良好的教育，并在少年时期远赴英国学习，东西方的教育背景赋予了他广阔的文学视野。虽然泰戈尔精通英语，但他的早期作品还是以孟加拉语为主，这也使他的作品在印度本土深入人心。然而，泰戈尔并未止步于此。在他创作生涯的后期，他也着手将自己的作品译成英语，甚至直接用英语创作，这一跨越语言界限的尝试极大地扩展了印度文学的国际影响力。泰戈尔深知，将孟加拉语诗歌的韵律和情感精确地转化为英语格律诗是一项极具挑战的任务。为了克服这一难题，他选择了更为自由的散文诗形式，这种形式既能捕捉原作的精髓，又能以一种更贴近英语读者阅读习惯的方式呈现。泰戈尔的翻译工作并非简单的语言转换，而是一次深入的再创作。他字斟句酌、调整词汇，巧妙地运用拟人、象征等文学手法，使得翻译后的作品既保留了原作的美学特质，又增添了新的艺术魅力。通过这种方式，泰戈尔成功地将他的诗歌介绍给了全世界，使之成为人类共同的文化遗产。

泰戈尔的双语创作和翻译实践不仅丰富了印度文学的表达形式，也为世界文学的多元交流和相互理解做出了重要贡献。他的作品成为连接不同文化和语言的桥梁，证明了文学的力量能够跨越语言的障碍、触动不同背景读者的心灵。泰戈尔的这一文学追求，至今仍然激励着全球的作家和翻译家，探索文学的无限可能。

泰戈尔的文学创作不仅深深根植于印度的传统文化中，而且还广泛吸收了世界各国文化中的养分，丰富和创新了印度文学。在诗歌创作上，泰戈尔尝试摒弃印度诗歌创作上使用的传统韵律结构，主张以散文体诗代替格律诗。在他看来，用格律写的作品并不一定是诗，诗歌也不一定采用韵律的结构。[①]对诗歌而言，其真正的魅力在于其能够自由表达内心的情感和思想。韵律诗严格的形式会束缚语言的表达，从而影响情感的传达。散文体诗更能贴近日常生活的语言，更能捕捉那些细微而真实的感受。泰戈尔的这一观点在他的许多诗歌创作中得到了充分体现。通过这种方式，泰戈尔的诗歌拓宽了表达的边界，使得诗歌能够更加灵活和广泛地探索人性的深度和生活的多样性。正如他在《诗和韵律》中所言："真正的诗，采用诗的形式是诗，采用散文的形式也是诗。"[②]

在戏剧创作上，泰戈尔巧妙地融合了东西方戏剧艺术的精华，对本民族戏剧进行了深刻的本土化改编和创新。在早期的戏剧创作中，泰戈尔创造性地借鉴西方的戏剧形式与戏剧风格，在情节上又注入印度的神话、传说和历史故事，创作了一批优秀戏剧。泰戈尔的戏剧《国王与王后》和《牺牲》就是这一时期的代表作品。两部戏剧不仅吸纳了西方多幕剧的戏剧形式，还将西方的浪漫主义元素融入其中。在戏剧理念上，泰戈尔主张戏剧作为一种艺术形式，不仅仅是对现实生活的简单模仿，更应具有诗性和抒情性。因此，泰戈尔不赞同西方戏剧过于依赖写实的风格，批评刻板的写实将限制戏剧的诗性与抒情性。在戏剧创作中，他注重戏剧的内在"情味"，即情感的表达和审美体验，从而激发观众的情感和想象力。此外，为增加戏剧的审美体验，他还创新性地打破了传统戏剧的三幕结构，采用更为自由的形式来组织剧情，使戏剧的叙事更加灵活，更能够贴近现实生活的流动性和复杂性。他创作的季节剧和舞剧便是这样的一类，他将诗、歌、舞融为一体，为舞台艺术带来了新的表现形式。此外，泰戈尔在戏剧中引入"平行剧场"的概念，将诗、乐、舞融为一体，改变了以话语语言为中心的舞台形式，为观众提供了一种

① [印度]泰戈尔:《泰戈尔笔下的文学》，白开元编译，中央编译出版社2016年版，第146页。

② [印度]泰戈尔:《泰戈尔笔下的文学》，白开元编译，中央编译出版社2016年版，第147页。

全新的观剧体验。

泰戈尔的文学创新，使印度文学在世界文学的舞台上焕发出新的活力和光彩，对后世的文学创作和文学发展产生了深远的影响。通过努力泰戈尔成功地将印度文学推向了更广阔的世界，使其成为全人类共同的精神财富。

第二节 泰戈尔对中国文学的影响

泰戈尔与我国现当代文学的发展有着不解之缘。泰戈尔于 1913 年荣膺诺贝尔文学奖。之后，泰戈尔的思想及作品也相继被介绍到国内。作为第一位获得诺贝尔文学奖的东方作家，泰戈尔不仅为东方世界带来了前所未有的国际认可和荣誉，也为中国的学者和广大读者提供了一种全新的文化自信。泰戈尔的成就打破了西方文学的垄断，证明了东方文学同样能够获得世界范围内的尊重和赞赏。我国对泰戈尔思想的介绍可追溯到 1913 年钱智修在《东方杂志》上发表的文章“台莪尔氏之人生观”。这篇文章应算是国内介绍泰戈尔思想最早的文章。随后，陈独秀、刘半农、韵梅等学者将泰戈尔的作品译介到国内。进入 20 世纪 20 年代，国内对泰戈尔作品的译介和研究逐渐多了起来，据统计，这一时期翻译泰戈尔作品的学者就有近百人。① 在 1924 年泰戈尔第一次访华前，一些国内的报纸刊物甚至推出“泰戈尔专号”刊登泰戈尔的作品及研究文章，对泰戈尔的作品及思想进行广泛的宣传，为泰戈尔的访华做足了舆论准备。

泰戈尔分别于 1924 年和 1929 年两次访问我国，成为中印文化交流史上具有里程碑意义的事件。访华期间，泰戈尔游览了我国大中城市的诸多名胜

① 艾丹:《泰戈尔与五四时期思想文化论争》，人民出版社 2010 年版，第 52 页。

古迹，其足迹遍及我国多个城市。泰戈尔的访华行程充满了丰富的文化交流活动，在此期间与梁启超、徐志摩、林徽因等中国文化名人进行了深入的交流与对话。这些交流不仅加深了泰戈尔对我国社会和文化的了解，也促进了中印两国文化之间的相互理解和尊重。他的文学作品在我国引起了广泛的关注，激发了中国作家的创作灵感，促进了我国文学的现代化发展，甚至一度在国内掀起了“泰戈尔热”。此外，泰戈尔的访问还促进了中印两国在教育、艺术和哲学等领域的合作与交流。尽管我国学者对泰戈尔访华的评价褒贬不一，但他的中国之行加深了我国人民对泰戈尔的认识，为世界文化交流做出了积极的贡献。泰戈尔对我国文学有着深远的影响。百年来，我国对泰戈尔作品的翻译和译介也日益丰富和深入，一直没有间断。许多大学和研究机构还设立了专门的泰戈尔研究中心，致力于深入探讨他的文学遗产和思想体系。泰戈尔也成为中印文化的使者，他的生平和作品，至今仍然激励着中印两国在文化领域的交流与合作，促进了两国文化的共同繁荣和发展。

泰戈尔的思想和文学风格对中国文学产生了深远的影响。自从泰戈尔的作品被翻译并介绍到中国，他便在中国拥有了一大批忠实的读者。这些读者不仅被泰戈尔作品中独特的印度文化魅力吸引，更被他所倡导的精神自由感动。长期以来，西方所宣扬的民主自由一直是中国人追求的目标。但在第一次世界大战之后，西方所标榜的民主与自由的幻象逐渐破灭，人们在失望中寻求新的精神寄托。泰戈尔所提倡的精神理念为人们提供了一种新的视角，帮助他们重新找到了心灵的慰藉，也激发了他们对精神自由的向往和追求。他的作品以其深邃的哲理、丰富的想象力和独特的艺术风格，在中国文学界引起了广泛的共鸣。泰戈尔的诗歌、小说和戏剧作品，以其对人类情感和精神世界的深刻洞察，为中国读者带来了新的思考和启示。

在中国文学的发展过程中，泰戈尔的影响表现在多个层面。首先，他的文学作品为中国作家提供了新的创作灵感和艺术表现手法。泰戈尔的文学作品以清新自然、诗意盎然和哲理深邃的语言风格而著称。这种独特的语言风格，不仅为他的诗歌和散文赋予了一种独特的韵味，也为中国文学带来了新的启示和灵感。泰戈尔的语言艺术，简洁而不失深意，自然而不落俗套，使得他的文学作品能够跨越文化和语言的界限，触动不同读者的心灵。他的诗歌中，每一句都像是从心底流淌出来的清泉，清澈见底，却又深不见底，富含着对生活、对自然、对宇宙的深刻思考和感悟。泰戈尔的文学作品，特别是诗歌，常常以一种近乎音乐的节奏和韵律，将读者带入一个充满想象力和创造力的艺术世界。他的语言不仅仅是为了表达思想，更是为了激发情感，唤起共鸣，让读者在阅读的过程中，能够感受到诗人内心的情感波动和对生命意义的探索。

泰戈尔的这种语言风格启发了中国的一批诗人和作家。他们开始尝试摒弃过分修饰和复杂的句子结构，转而使用更加简洁、直接的表达方式，使语言表达更加贴近生活。在文学形式上，泰戈尔的散文体诗歌以其自由流畅的形式，打破了传统诗歌的严格格律束缚，为新文化运动中的文学革新提供了新的表达方式。泰戈尔的文学语言和形式特点，与中国新文化运动中提倡的文学语言现代化、口语化的理念相契合，也在一定程度上推动了中国文学语言的革新和发展。在文学风格上，泰戈尔的文学融合了印度传统与西方现代文学技巧，这种跨文化的融合为中国作家在艺术表现上提供了新途径，鼓励他们在创作中融合不同文化元素，以创作出具有多元文化特色的文学作品。泰戈尔的作品作为跨文化交流的桥梁，不仅让中国读者了解到了印度的文化和思想，也为中国作家提供了与世界文学对话的机会，这种跨文化的视角促使中国作家在创作中更加注重作品的普遍性和国际性。

此外，在叙事手法上，泰戈尔对非线性叙事、象征和隐喻的使用，为中国作家在叙事结构和表现手法上提供了新的启示，促使他们尝试打破传统的线性叙事模式，采用更加复杂和多层次的叙事技巧。

泰戈尔的思想和诗歌不仅为中国作家提供了丰富的灵感源泉，也积极推动了中国文学的发展方向。他的作品中流露出的对生命、爱情和宇宙的深情赞美，情感真挚而深邃，为中国作家提供了广阔的情感表达和思想探索的空间。泰戈尔小说和戏剧中蕴含的人文主义精神、对自由与平等的追求，以及对人类命运的深切关怀，为中国作家带来了思想上的启迪。其诗歌中包含对大自然的赞美、对博爱的追求及反封建、反殖民的革命主义精神，更是满足了中国现代时期文化革命运动的需求，为中国现代诗学的发展注入了活力。这些思想启迪让中国的青年作家在关注中国文学作品、关注个人命运的同时，也更加聚焦于人类共同面临的问题和挑战。泰戈尔的思想对中国一批作家产生了深远的影响，冰心便是其中的一位。她被誉为“中国最善学泰戈尔”的女作家。她的诗歌风格清新明快，带有淡淡的忧愁，与泰戈尔的散文诗有着异曲同工之妙。在冰心的作品中，我们可以洞察到泰戈尔的泛神论、爱的哲学等思想。在精神追求和价值塑造方面，冰心的诗歌创作也深受泰戈尔的启发。她常以母爱、童真和大自然的崇拜与赞颂为主题，这与泰戈尔的文学主题不谋而合。冰心曾坦言，在创作《繁星》和《春水》时，她受到了泰戈尔《飞鸟集》的启发。除冰心外，泰戈尔还影响了郭沫若、徐志摩、王统照等一批中国作家，他们的创作都不同程度地受到了泰戈尔思想的熏陶和启发。

泰戈尔的影响不仅限于文学创作，更深刻地触动了中国作家对人性、社会和宇宙的深层次思考。郭沫若即很大程度上受到了泰戈尔泛神论思想的深刻启发。泰戈尔的泛神论思想，主张宇宙万物皆有神性，这种思想为郭沫若提供了一种全新的世界观和自然观，使他在诗歌创作中能够更加自由地表达个性和情感。在郭沫若的诗歌创作中，泛神论的影响表现在对自然界的深刻感悟和对生命本质的探索上。他赋予了自然界的山川、河流、花草等元素以神性，通过与自然的对话，表达了对生命、爱情和人生的深刻理解。这种对自然的崇拜和对生命的敬畏，正是泛神论思想的体现。同时，郭沫若的诗歌中也流露出对封建礼教的批判和对个性解放的坚持。他的诗歌中充满了对旧社会的不满和对新生活的向往，反映了他对社会变革的强烈愿望。通过诗歌，郭沫若表达了对封建束缚的反抗和对个性自由的追求，这种精神与泰戈尔的泛神论思想不谋而合。此外，泰戈尔的诗歌风格还影响了郭沫若对诗歌形式的探索。郭沫若在诗歌创作中也尝试打破传统的格律束缚，追求更加自由、灵活的表达方式。徐志摩深受泰戈尔清新明快、缥缈空灵的诗风的启发，其作品中流露出的对美好生活的向往和对真挚情感的追求，与泰戈尔的诗歌精神相得益彰。王统照深受泰戈尔“爱的哲学”的影响。他将爱与美视为政治人生的理想，其小说和诗歌中贯穿的“人类之爱”“母爱”“童心之爱”正是泰戈尔思想的具体体现。这些作品中流露出的平和恬淡的情调，以及对生活中苦难和烦恼的深刻揭露，都与泰戈尔的人文主义精神和对人类命运的关怀不谋而合。

泰戈尔的文学和思想如同一股清泉，滋润着我国文学的土地，激发了我国作家的创作灵感，丰富了我国文学的内涵和形式。泰戈尔的访华，更是将他的思想和文化影响力直接带到了中国。泰戈尔的两次访华让他与中国的知识界进行了深入的交流。他的访华不仅促进了中印文化的交流，也为中国文学界带来了新的启示和思考。泰戈尔的文学，超越了时间和空间的限制，影响了一代又一代的中国读者，成为中国现代文学不可或缺的一部分。

第三节　泰戈尔对西方文学的影响

长久以来，西方世界以其发达的物质文明和领先的科技成就在全球舞台上占据着领先地位。在西方的传统观念里，印度常被视为一个原料供应国、一个处于西方殖民影响之下的国家。西方社会往往将印度刻画为一个与贫穷、落后和缺乏启蒙紧密相连的形象，这种刻板印象长期以来影响了人们对印度的认知和评价。泰戈尔作为首位荣获诺贝尔文学奖的东方文学巨匠，携带着他那独树一帜的文学风格和饱含民族色彩的文化特质，吸引了西方世界的广泛关注，激发了西方世界对印度及其丰富文化的兴趣。他对精神世界的深刻洞察和关注，仿佛一道穿透阴霾的光束，照亮了西方社会那些荒芜、渴望滋养的精神领域，引领着全球的目光投向这片充满深邃文化传统和神秘魅力的大陆。泰戈尔的文学成就和思想深度，不仅为印度赢得了国际尊重，也为世界文化交流开启了新的篇章。

泰戈尔的获奖不只改变了西方对印度文学的看法，更使印度及其丰富的文化遗产获得了国际社会的广泛关注和重新评价，在一定程度上矫正了西方对整个东方世界的文化偏见。这一刻，泰戈尔不仅以个人荣誉成为焦点，他还让西方世界意识到，即便是在科技和物质发展上看似落后的地区，也能孕育出深刻、丰富、具有普遍价值的精神文明。泰戈尔的文学成就成为东西方文化交流的桥梁，在促进东西方文化相互理解和尊重上起到了巨大的推动作用。

西方社会自豪地宣扬其民主和自由的理念，这些理念曾被视为普世价值的象征。然而，第一次世界大战的爆发及其带来的破坏和灾难，无情地揭示了这些光环背后的虚伪和矛盾。战争的残酷现实使全球民众开始质疑西方所自诩的民主与自由，认识到这些理念并非无所不能，也并非总能带来预期的和平与正义。这场战争暴露了西方价值观的局限性，促使人们找寻一种新的价值理念。战后的西方社会陷入了一场严重的信仰危机。许多西方人迷失了方向，他们的生活仿佛失去了灵魂的指引，变得机械而空洞。正是在这样的背景下，泰戈尔的文学作品如同一股清流，其对精神世界的深刻关注和探索，为西方社会带来了新的启示。泰戈尔的文学作品强调内在精神的充实，提醒西方世界在物质文明高速发展的同时，也不应忽视精神文化的培养和心灵的滋养。

泰戈尔的《吉檀迦利》以其对内在精神世界的深刻关注，为西方世界提供了一种反思物质文明与精神文化之间平衡的新视角。这部作品通过诗歌的形式，展现了泰戈尔对人与宇宙、个体与神性之间关系的沉思，以及对超越物质追求的精神性探索。《吉檀迦利》中的诗篇，如同一曲曲灵魂的赞歌，它们不仅仅是对神的颂扬，更是对人类内在精神世界的挖掘和颂赞。泰戈尔运用丰富的想象力和深邃的哲学思考，将读者引入一个既神秘又亲近的精神领域，让人们感受到精神生活的丰富性和必要性。在这部作品中，泰戈尔提倡一种内在的平和与自我实现，鼓励人们在快节奏、高压力的现代生活中找到宁静的避风港。泰戈尔也试图通过诗歌传递一种信念，即真正的满足和幸福源于人的精神的充实和心灵的和谐，而非外在物质的积累。泰戈尔的这种关注内在精神的观点，对西方文学产生了深远的影响。它不仅激发了西方作家对精神主题的探讨，也促使他们重新审视和平衡文学创作中物质与精神的关系。

泰戈尔的文学创作和思想在西方文学界产生了广泛的影响，尤其是在现代主义运动中占有一席之地。爱尔兰诗人和剧作家威廉•巴特勒•叶芝（W. B. Yeats）对泰戈尔的作品评价极高。叶芝在阅读了泰戈尔的《吉檀迦利》后，被泰戈尔诗中所展现的深邃情感和独特美感深深打动。在叶芝的眼中，泰戈尔的每行诗句都像是从灵魂深处流淌出来的清泉，纯净而富有生命力，让人在阅读中感受到一种超越时空的共鸣。为支持英文版《吉檀迦利》的出版，叶芝还亲自为其撰写序言，称赞泰戈尔的诗歌充满了优美的旋律、柔和的色彩和新颖的韵律，这些评价对西方读者接受泰戈尔的作品起到了积极的推动作用。叶芝评价泰戈尔的诗歌时说道："这些诗的感情显示了我毕生梦寐以求的世界。"泰戈尔的诗歌对叶芝本人的创作也产生了启发。在接触泰戈尔的作品后，叶芝在自己的诗歌创作中融入了更多对自然和哲学的深刻思考。叶芝在思想上与泰戈尔产生了共鸣，他对泰戈尔作品中的神秘主义和哲学深度表示赞赏。这种共鸣使得叶芝能够更深刻地理解泰戈尔的诗歌，并将其推荐给更多寻求精神滋养的读者。

泰戈尔也影响了艾略特（T. S. Eliot）的文学创作。在现代主义文学运动的浪潮中，艾略特不仅借鉴了泰戈尔的诗歌形式与技巧，更对泰戈尔关于现代社会与人类精神的深邃反思表示了极大的认同与赞赏。在他的代表作《荒原》中，艾略特采用了形式自由的散文体来创作，打破了传统格律诗形式上的束缚，使《荒原》在结构上更加多变，赋予了诗歌更大的灵活性和表现力。诗中运用丰富的象征和隐喻修辞，生动地展示出现代社会的荒芜景象与人们内心的绝望。此外，他的诗作还得到了诸如埃兹拉·庞德（Ezra Pound）、弗吉尼亚·伍尔夫（Virginia Woolf）、詹姆斯·乔伊斯（James Joyce）等文学巨匠的高度评价和赞赏，在西方文学的发展历程中扮演了重要的角色。

泰戈尔的作品以其深邃的内涵、独特的韵律和对人类精神世界的深刻洞察，为西方文学注入了新的活力和灵感。他的诗歌不仅丰富了西方文学的表现形式，更促进了不同文化背景下的文学创作者之间的相互理解和对话，架起了东西方文学交流的桥梁。在泰戈尔诗歌的影响下，西方作家们开始探索更加多元和开放的创作手法，尝试将东方的哲学思想和审美情趣融入自己的作品中。这种跨文化的文学实践拓宽了西方文学的视野，为世界文学的多样性和包容性做出了贡献。

泰戈尔，这位印度的文学巨匠，以其深邃的思想和卓越的艺术成就，对印度传统文化的传承与发展做出了不可磨灭的贡献。他的作品深深植根于印度丰富的文化土壤，汲取了印度哲学和民间传说的精华，同时又以开放的胸怀吸纳了西方文学的创新精神和中国文学的深邃智慧。泰戈尔的文学作品对于促进不同文化之间的相互理解和交流，推动世界文学的创新和发展做出了巨大贡献。

第五章　泰戈尔共同体思想及对当代的启示

第一节　泰戈尔共同体思想的现实意义

泰戈尔，这位文学巨匠，以其深邃的洞察力和博大的情怀，将全人类的共同命运和福祉置于心间。他以一种开放的心态、包容的精神、互助的行为、博爱的胸怀、团结的力量和共同发展的理念，向世界昭示了人类对于和谐共存的不懈追求和崇高价值。共同体思想作为泰戈尔哲学体系中的重要组成部分，充分体现了他对人类和谐共存关系的价值追求。这种思想揭示了个体与世界之间微妙而复杂的联系，反映了泰戈尔对人类未来的深远洞见。尽管他的共同体理念带有浓厚的理想主义色彩，但其前瞻性和实践性却为全人类的解放和进步提供了丰富的方法和路径。

泰戈尔的思想超越了时代，关注个体的发展，同时强调个体与社会、自然、文化乃至整个宇宙之间的和谐共生。他的共同体思想表现为一种全面而多维度的意识，涵盖生命、文化、教育、政治等多个领域，具体包括生命共同体意识、文化共同体意识、教育共同体意识和政治共同体意识四方面的内容，体现了泰戈尔对人与宇宙、人与自然、人与社会、细胞与生命之间关系的深刻反思和积极构建。此外，泰戈尔的共同体思想不仅关注知识的学习过程、教育改革的方向，更着眼于实现社会公平、促进不同民族和文化之间的相互理解和尊重。在泰戈尔的共同体思想中，他还提倡通过教育、文化和政治等途径培养并建构人们的共同体意识，使世界更加和谐。他相信，通过不断的自我提升和社会参与，每个人都能为构建一个更加和谐、公正的社会贡献自己的力量。

泰戈尔的共同体思想为个人的成长提供了方向，为社会的和谐发展提供了动力。泰戈尔的文学作品深入探讨了人类的本质、人与宇宙的微妙联系以及人的灵魂深处，引发了人民对人存在方式及价值的思考。同时，他也将人的存在与生存的秩序、道德规范和行为准则联系在一起，为构建和谐社会、和睦共处的秩序提供了方法和途径。在他看来，人在世间的存在并不是孤立的，人与世间万物紧密相连。他强调，只有当人们意识到自己与世界的密切联系时，才能实现精神的升华，才能获得永恒的喜乐。他重视精神，呼吁人们理性地看待物质繁荣。在他看来，人类对物质繁荣的一味追求会滋生无止境的欲望，从而招致罪恶，使我们与神保持距离，阻碍我们的自我实现。因此，他提出了物质繁荣不能推动社会发展和文明进步的论断。他将社会的发展和文明的进步寄希望于精神上的共鸣和理解。其中“爱”就是泰戈尔所认为的这样一种普遍存在于宇宙秩序中的精神。这种被泰戈尔称作“爱”的精神根植于世界秩序之中，表现为和谐和统一。为了展示爱与人类秩序的关系，泰戈尔借鉴印度先知们宣扬的“万物从喜而生，依喜而养鱼，向喜而前进，最终归入喜”①的观点，提出“宇宙从爱生，依爱而维护，向爱运动，最终归入爱”②的观点。对于泰戈尔而言，“爱”是“喜”的另一种形式。在这个万物紧密联系的世界中，万物应当彼此相“爱”。作为世界一员的人也应当爱万物，

① ［印度］罗宾德拉纳特·泰戈尔：《人生的亲证》，宫静译，商务印书馆1996年版，第59页。

② ［印度］罗宾德拉纳特·泰戈尔：《人生的亲证》，宫静译，商务印书馆1996年版，第65页。

同样也要与他人相亲相爱。这样人才能与周围的环境实现和谐。[①]为此，泰戈尔提出：“因为爱是我们周围一切事物的最终目的。爱不仅是感情，也是真理，是植根于万物中的喜，是从梵中放射出的纯洁意识的白光。”[②]

泰戈尔的这句话揭示了爱的本质和爱在宇宙万物中的核心地位。在他看来，爱是一切事物的最终目的，渗透在自然界的每一个角落。为了说明爱对于人的价值，泰戈尔引入“梵”的概念进行阐述。作为印度哲学中的一个重要概念，“梵”代表着宇宙的终极真理和普遍存在。而泰戈尔将爱比作从梵中放射出的白光，这意味着爱被赋予同“梵”一样纯净而神圣的力量。它不仅能够照亮人类的心灵，也能引导人们走向真理和和谐。在泰戈尔看来，爱不仅是人与人之间的情感联系，更是宇宙万物存在和发展的基础。这种爱能够激发人们内心的善良和美好，促使人们去追求更高的精神境界，实现自我与他人的和谐共处。泰戈尔所提倡的爱，能够促进不同文化、不同民族、不同国家之间的相互理解和尊重，帮助我们认识到每个人的命运都与他人、与社会、与世界紧密相连。

泰戈尔关于爱的思想为我们构建和谐社会和实现命运共同体提供了深刻的启示。他所强调的爱是一种情感的连接、一种真理的力量，它能够穿透个体与个体之间的界限，连接起整个社会乃至全人类。在构建和谐社会的过程中，爱是基础，是黏合剂，它能够促进人与人之间的相互理解、尊重和支持。泰戈尔所提倡的爱，植根于对万物的尊重和对宇宙真理的领悟，这种爱能够激发人们内心的善良和美好，推动人们超越个人利益，关注集体福祉。在实现命运共同体的过程中，这种以爱为基础的相互理解和支持是至关重要的。它能够帮助我们认识到，每个人的命运都与他人、与社会、与世界紧密相连，

---

① ［印度］罗宾德拉纳特·泰戈尔：《人生的亲证》，宫静译，商务印书馆 1996 年版，第 63 页。

② ［印度］罗宾德拉纳特·泰戈尔：《人生的亲证》，宫静译，商务印书馆 1996 年版，第 61 页。

我们共同面对的挑战和机遇需要我们共同应对。

泰戈尔对爱的阐述让我们认识到社会的建设不能仅重视物质发展，还要重视精神层面的建构。作为一种普遍的力量，爱能够促进社会的团结和协作，帮助我们在面对全球化带来的挑战时，以更加开放和包容的态度，携手合作，共同创造一个更加美好的未来。此外，泰戈尔的思想也提醒我们，在追求个人发展的同时，不应忽视对他人和社会的责任。每个人都应该成为爱的传播者和实践者，通过自己的行动去影响和带动他人，共同营造一个充满爱、理解和尊重的社会环境。这样的社会，才能够真正实现和谐，才能够让每个人都能在其中找到自己的位置，实现自我价值，共同为构建共同体而努力。

泰戈尔将爱视为构筑共同体的基石。在他的笔下，无论是诗歌、散文、小说，还是戏剧，每一种文学形式都成为传递爱与善意的媒介。他的文字如同一股温柔而强大的力量，引导我们认识到每个人都是全球大家庭中的一员，我们的命运紧密相连。通过他的文学作品，我们被鼓励去培养一种全球视野，一种能够看到超越国界、文化和种族差异的视野，一种能够促进全人类团结与协作的视野。他的作品以其独特的魅力，唤醒我们内心深处的善良与同情，激励我们超越自我和狭隘的团体利益，为了全人类的共同福祉而携手前行。

第二节　泰戈尔共同体思想对当代的启示

泰戈尔的共同体思想不仅为我们提供了构建和谐社会的理论基础，更在我们的日常生活、文化学习和文化交流中扮演着不可或缺的角色。

1. 泰戈尔共同体思想对价值塑造的启示

（1）热爱生命

在泰戈尔的作品中，多次提到了“生命”的概念。泰戈尔不仅单独撰写文章阐述其对“生命”的理解，还在诸多文学作品中表达了他对生命的颂扬。在泰戈尔的哲学中，生命被视为一种神圣的表达，个体不仅是宇宙整体的一部分，也是梵的体现。泰戈尔认为，尊重生命意味着认识到每个个体内在的神性，以及其与宇宙终极真理的连接。在他看来，尽管人是作为个体存在于世间，但是人与世界（整体）是密切关联的。任何个人都不是孤立存在的，任何个人也不能与世界脱离关系。因此，作为个体应当积极生活，为建构生命共同体贡献自己的力量。

在《整体与个体》这篇文章中，泰戈尔阐述了“整体”和“个体”的关系，希望通过阐述两者的关系，帮助人们厘清人与宇宙的关系。在这篇文章中，泰戈尔也将“整体”与“梵”“个体”与“梵”进行了联系。泰戈尔指出，每个个体都是宇宙整体的一部分，是梵在世间的具体体现。个体的存在和经历，虽然看似独立，实际上与宇宙的整体性和梵的无限性紧密相连。个体的生命体验是与梵的对话，是对梵的理解和体验。同时，生命被视为一个循环过程，个体在生命的旅程中不断向梵回归。在这个过程中，个体通过不断的学习和体验，逐渐认识到自己与梵的统一性，最终实现与梵的合一。因此，个体生命的价值又在于不断地完善，即通过不断完善达到“梵我合一”的境界。

泰戈尔对生命的理解为我们提供了一种深刻的视角，让我们认识到珍视生命的重要性和意义。在他的作品中，生命被赋予了神性，被描绘为一种不断展开的奇迹，其中每个个体都是这个奇迹中不可或缺的一部分。我们应当珍视生命，同时感受生命带来的美，去体验和表达生命的无限可能。泰戈尔认为，尊重生命就是尊重每个个体的独特性和价值。这不仅意味着珍视自己的生命，也意味着尊重他人的生命，以及所有生物和自然环境。他提倡我们应该以一种谦卑的态度去理解和接纳生命的多样性，因为每一种生命形态都是宇宙智慧的体现。然而，通过阅读泰戈尔的作品也会让我们体会到生命的意义不仅在于生存，更在于我们如何生活。我们应该追求精神的成长和自我超越，通过创造性的工作、艺术表达、社会服务和智慧的追求来充实我们的生命体验。同时，我们也应该通过情感的培养和精神实践来提升我们的生命质量，使我们的生活更加和谐、充满爱和光明。此外，泰戈尔也将个体的生命寓于全人类的集体命运之中。他的生命观还提醒我们，生命是一个相互连接的网络。我们的每一个行动和选择都会对周围的生命产生影响。因此，我们应该以一种负责任的态度去对待生命，努力创造一个更加公正、可持续和充满同情心的世界。

总之，泰戈尔对生命的认识引导我们热爱生命、热爱生活。泰戈尔的生命理解为我们提供了一种全面的、深刻的生命观。它不仅让我们认识到生命的神圣性和个体的价值，也激励我们去珍视、尊重和颂扬生命的每一个瞬间。通过泰戈尔的教导，我们可以学会如何在忙碌和充满挑战的现代生活中找到平静和智慧，如何在与他人和自然的互动中培养爱和同情，以及如何在追求个人成长的同时，也为世界的和谐与繁荣做出贡献。

（2）尊重自然

在泰戈尔的文学世界里，人与自然的关系超越了简单的存在论，成为一种深邃的精神联合。他以诗人的敏感和哲人的洞察，捕捉到了自然界中的每一丝颤动、每一缕气息，将它们转化为有血有肉的存在，与人类共同经历着生命的起伏和变迁。在他的笔下，自然不再是沉默的旁观者，而是充满情感的参与者。树木、花草、山川、河流，每一处自然景观都被赋予了独特的个性和深邃的灵魂。它们以自己的方式诉说着生命的故事，与人类一同感受着喜悦与悲伤，共享着希望与梦想。在泰戈尔的《飞鸟集》《吉檀迦利》等作品中，自然之美被描绘成一种超凡脱俗的存在，它不仅洗涤着人们的视觉，更触动着人们的心灵。这种美，是对梵的颂歌，是对宇宙创造力的赞美。自然界的每一片叶子、每一朵花，都映照着梵的光辉，都蕴含着宇宙的奥秘。

在泰戈尔笔下，自然不仅是生命的摇篮，也被认为是人类精神和文化发展的源泉，一个孕育和滋养人类文明的神圣场所。泰戈尔深知，印度的文化和精神生活自古以来就与森林、河流、山脉紧密相连，这些自然元素塑造了印度人的生活方式、民族信仰和哲学思想。在泰戈尔的眼中，自然不仅是物理世界的一部分，还是人类智慧和创造力的源泉。印度的森林深处回响着古代智者的冥想和启示，河流的流动携带着世代相传的神话和故事，山脉的巍峨见证了印度艺术和建筑的辉煌。自然与文化在这里交织，形成了一种独特的和谐，这种和谐是印度文明持久魅力的关键。

泰戈尔认为，自然赋予了印度文明一种与世界其他文明不同的特质：一种对生命多样性的深刻尊重，一种对宇宙秩序的内在理解，以及一种追求与自然和谐共存的生活哲学。这些特质贯穿于印度的艺术、音乐、舞蹈、文学和教育实践中，使印度文化呈现出一种独特的生命力和多样性。

泰戈尔对自然的态度和认识引导人们以一种崇敬的心态去体验和尊重自然。他认为，人类应当认识到自己是自然的一部分，与自然界中的万物共同构成了一个生命共同体。在这个共同体中，人类的每一个行为都会对自然界产生影响，而自然界的健康状况也直接关系到人类的福祉。

泰戈尔的这些思想为我们提供了一种深刻的启示：在面对环境危机和生态失衡的今天，我们更需要重新审视与自然的关系。我们应该学会倾听自然的声音，感受它的韵律，理解它的重要性。通过保护环境、节约资源和促进可持续发展，我们不仅能够维护自然的美与神圣，也能够促进人类社会的和谐与进步。

泰戈尔的共同体思想，将人与自然的关系提升到了一个新的高度。他提醒我们，人类的发展不应该是单向的征服和消耗，而应该是与自然和谐共生的过程。在这个过程中，我们不断地学习、成长，与自然共同创造一个更加繁荣、健康和充满活力的世界。通过泰戈尔的视角，我们学会了以一种更加谦卑和敬畏的态度去对待自然，去发现和体验生命中的每一份美好和奇迹。

（3）待人接物

泰戈尔的思想不仅在哲学和文学领域中闪耀着智慧的光芒，同样在我们的日常生活和人际交往中发挥着深远的影响。

泰戈尔的共同体思想深刻地揭示了人与人之间的内在联系，为我们提供了一种生活哲学，指导我们在相互依存的世界中如何行动和相处。在泰戈尔的哲学中，每个人都是社会大家庭的一员，我们每个人的幸福都与他人的幸福息息相关。因此，我们的行动要对自己负责，也要对周围的人和社会负责。

泰戈尔的理念呼吁我们在日常生活中实践同情心和谅解，要关注身边的人及生活在社会边缘的弱势群体。他提倡我们应该用博爱的心态去包容和理解不同的文化、信仰和观点。通过增进彼此的理解与尊重，加快构建一个更加和谐的社会。此外，泰戈尔的思想也提醒我们，共同体的建设不仅仅是社会层面的任务，更是个人层面的责任。我们每个人都应该成为共同体建设的积极参与者，通过自己的行动和选择，为社会的和谐与进步做出贡献。无论是通过志愿服务、社区参与，还是通过教育和文化交流，我们都可以为建设一个更加包容和理解的社会而努力。

泰戈尔在作品中不断呼吁人们重视精神世界。在他的著作《民族主义》中，他深刻批判了现代社会中人们因物质追求而迷失自我的现象，警示我们不要被物质的繁华迷惑，而忽视了精神的富足和深邃。在《飞鸟集》和《吉檀迦利》等经典作品中，泰戈尔以诗意盎然的笔触歌颂了精神自由的崇高和美好。他将精神自由描绘为一种超越物质束缚的力量，一种能够激发人类内在潜能和创造力的源泉。在他看来，精神自由是人类最宝贵的财富，它比任何物质财富都更加珍贵和持久。泰戈尔崇尚精神，致力于追求一种物质与精神的和谐平衡。他深刻地认识到，虽然物质条件为人类提供了生存和发展的基础，但精神的滋养则是实现人的全面发展和内在平和的关键。在他看来，物质追求不应成为人生的全部，过度的物质欲望会导致灵魂的贫瘠和道德的退化。他提倡在物质文明的高速发展中，人们应保持清醒的头脑和高尚的情操，不被物质的繁华迷失，鼓励人们追求更高层次的精神满足。

在他的思想中，物质与精神不是对立的两端，而是可以相互促进、相互融合的两个方面。物质的丰富可以为精神的发展提供条件和支持，而精神的充实又能够提升物质生活的品质和意义。泰戈尔鼓励人们在追求物质生活的同时，也要培养丰富的精神生活。通过阅读、思考、创作、交流和对自然的感悟，人们不断充实自己的内心世界。通过冥想、自我反省和对生命意义的探索，能够更好地理解自己，更深刻地体验生活，更积极地面对困难。

泰戈尔的这种平衡观念为我们在现代社会中提供了重要的启示。他提示我们，在物质世界的诱惑和挑战中，我们不应忽视精神世界的重要性。通过培养对美、对善、对真的追求，我们可以在物质与精神之间找到平衡，实现个人和社会的和谐发展。泰戈尔的思想激励我们在物质与精神的双重追求中，不断探索、不断成长，最终达到一个更加完整、更加和谐的自我。

泰戈尔的这些教导为我们在现代社会中寻求物质与精神平衡提供了宝贵的指导。他的思想激励我们在追求个人发展的同时，也要关注社会的共同福祉，通过促进社会的公平正义和可持续发展，来实现一个更加和谐、更加富有创造力的世界。

总之，泰戈尔的思想为我们提供了一种生活的艺术、一种精神的指引。它教导我们如何在物质与精神之间找到平衡，如何在快节奏的生活中保持内心的平和，如何在个人追求与社会责任之间找到协调。通过泰戈尔的智慧，我们可以学会如何在与人为善的同时，注重精神世界的滋养，实现个人与社会的和谐共生。

2. 泰戈尔共同体思想对文化学习的启示

泰戈尔的共同体思想强调了文化多样性的重要性。在他看来，每种文化都有其独特的价值和贡献，因此我们应当尊重不同民族的文化。就文化学习而言，我们应该以开放的心态去了解和学习不同的文化，认识到每一种文化都有其存在的合理性，从而培养出一种全球视野和文化包容性。

泰戈尔的文化学习经历充分体现了他的共同体思想，值得我们在文化学习中借鉴。他的文化思想一方面根植于本民族的文化土壤中，另一方面又从世界各地的文化中汲取养分，展现出独特的跨文化视野。泰戈尔出生于印度的殖民地时期，此时的印度已经沦为英国的殖民地。这一时期，西方的文化如潮水般涌入印度这个古老的国度，并与印度本土的传统文化发生了碰撞与融合。正是这一独特的历史背景，为泰戈尔提供了接触到多元文化的环境。泰戈尔的家人非常重视传统印度文化教育。为了更好地学习传统文化，家人在泰戈尔的幼年时期请专人负责教授泰戈尔孟加拉语、梵语。在家庭氛围的影响下，泰戈尔对印度的文化产生了巨大兴趣，他开始深入研读印度的古典文学，不仅包括蕴含印度古代哲学精髓的巨著《奥义书》，还包括印度民族史诗《摩诃婆罗多》与《罗摩衍那》。此外，他还涉猎了印度传统文学的诸多经典及丰富多彩的民俗故事。这些文化的学习浸润了泰戈尔的心灵，也激发了泰戈尔的想象力与创造力，让他在这些经典之作的滋养下，不断汲取灵感与智慧，领略印度文化中的深奥哲学和深邃智慧。小小的泰戈尔被印度文化中的“包容”“和谐”“平等”“博爱”等精神吸引，为他后期共同体思想的形成播下了智慧的种子。

此外，在殖民地时期的印度，多元文化的交融现象日益显著。西方文化的渗透和西方典籍的涌入，为泰戈尔提供了一个接触多样文化的广阔平台。他不仅有机会学习英语，更得以阅读莎士比亚等西方文学巨匠的作品，从而领略到不同文化的独特魅力和深邃思想。这段经历极大地拓宽了他的视野，丰富了他的思想底蕴。在这一时期，泰戈尔的文学天赋开始展露无遗。他投身于诗歌和戏剧的创作，这些早期的文化熏陶和学术训练，为他日后成为一位思想深邃的文学巨匠打下了坚实的基础。泰戈尔的世界观、人生观和艺术观在这一时期悄然生根发芽，逐步塑造出了独特的泰戈尔风格。

然而，泰戈尔的学术探索并未局限于印度本土的学习。17 岁时，泰戈尔被家人送往英国深造。在这段留学生涯中，他有机会接触到更多的西方的文化和文学典籍，甚至有机会游历欧洲并亲身体验西方的文化氛围。这一时期，泰戈尔广泛地涉猎西方的哲学、科学和艺术领域。这段跨文化的学术探险，极大地开阔了他的知识视野，激发了他对不同文化价值和世界观的深入思考与探索。西方的学习经历也如同一扇打开的窗户，让泰戈尔得以呼吸到多元文化的空气。他开始以更加开放和包容的心态去理解和欣赏不同文化的独特之处，逐渐形成了自己独到的全球视野。这种心态也让他在文学创作上融入了多元文化的视角。他的作品常常以一种独特的方式，将东方的神秘主义与西方的现实主义巧妙结合，创造出一种跨越文化界限的艺术美感。在他的诗歌、小说和戏剧中，读者可以感受到不同文化背景下人物的心理活动和情感纠葛，以及他们在面对生活挑战时的不同反应和选择。

在面对印度和西方两种截然不同的文化时，泰戈尔始终保持着一种理性而审慎的态度。他强调尽管西方的物质文明取得了显著的繁荣，但印度的文化同样拥有其独特的优势。泰戈尔认为，印度文化强调精神生活的重要性，倡导通过精神的提升来引导人们超越物质追求，从而避免在物质世界中迷失方向。泰戈尔的这种观点，反映了他对两种文化价值的深刻理解和思考。面对多元文化，他不是简单地将西方文化视为优越，也不是盲目地推崇印度传统文化。相反，他试图在两种文化之间找到一种和谐共存的方式，以促进人类精神和物质的全面发展。通过他的文学和哲学作品，泰戈尔传达了一种包容和尊重不同文化的理念，倡导用一种发展的眼光来看待不同的文化，激励人们在多元文化的交融中坚定自身的文化自信。同时，他鼓励人们尊重传统，积极吸收外来文化的精华，促进文化的创新与发展。泰戈尔的这种文化观丰富了文学艺术的内涵，也为促进全球文化的交流与理解提供了宝贵的启示和范例。

泰戈尔对多元文化的思考为我们当今的文化学习提供了深刻的启示。在全球化的今天，我们身处多元文化之中。泰戈尔的经验告诉我们，不应将任何一种文化视为绝对优越，也不应盲目排斥外来文化。相反，我们应该学会在不同文化之间寻找共通点，尊重各自的特色与价值。

泰戈尔并未因西方文化的繁荣而失去自我定位。他深刻理解并珍视本民族的文化精髓，同时以一种发展的眼光和理性的态度审视本民族文化。在泰戈尔看来，对外来文化的学习既可以拓宽自己的文化视野，又能够为本民族文化的发展注入新的活力和灵感。因此他倡导的是一种双向的文化学习过程。一方面，深入挖掘和理解本民族文化的内涵和价值；另一方面，积极吸收和借鉴外来文化的优秀成果。泰戈尔相信，只有通过这种开放而深入的文化对话，才能实现文化的互补和共同进步，让本民族文化在全球化的背景下焕发新的生命力。泰戈尔的这种文化态度，为我们提供了一种平衡和包容的文化学习方式。它鼓励我们在尊重传统的同时，也要不断探索和创新，以开放的心态接纳多元文化的影响，促进文化的交流与融合。这种文化学习的理念，不仅适用于泰戈尔本人的时代，也同样适用于我们今天面对全球化挑战的文化实践。

3. 泰戈尔共同体思想对文化交流的启示

全球化加速了信息的传播和人们的跨国流动，使得来自不同文化背景的人们有了前所未有的相互接触和深入了解的机会。文化交流在促进不同文化相互理解和尊重中扮演了重要角色，更在推动全球社会向和谐与包容方向的发展中起到了关键作用。泰戈尔以自己的实际行动促进不同文化之间的理解和融合，对我们当今的文化交流具有重要启示。

泰戈尔在文化交流领域的贡献尤为卓越。泰戈尔通过用英文撰写文学作品、翻译文学作品，成功地将印度文化的精髓传递到了世界各地，激发了人们对东方智慧的探索与欣赏。他的文学创作和翻译工作丰富了世界文化的多样性，促进了不同文化之间的对话和理解。无疑，泰戈尔的这些努力在全球范围内引发了人们对印度文化的广泛关注，推动了印度文化在全球的广泛传播。在提升印度文化的国际地位、推进其全球传播的征途上，泰戈尔的贡献是不可磨灭的。

在泰戈尔看来，语言不仅是文化的载体，也是民族身份和自尊的象征。因此，泰戈尔早年使用孟加拉语创作，他呼吁人们重视本民族的语言，为殖民地时期的孟加拉语争取了更广泛的认可和尊重。同时，泰戈尔也意识到语言不同会造成民族间的误解。因此，要想实现不同文化之间的相互理解和尊重，仅仅固守本民族的语言是不够的，还需要学习和掌握其他语言。泰戈尔曾在访华的一次演讲中表示："因为人类的语言不同，才生出世界上种种的误会，使我们彼此不能了解、诚心相接……"[①]为了消解由于语言造成的误解，泰戈尔也尝试用英文进行创作，甚至自己做翻译将自己的作品译成英文，将印度文化更准确地展示给世界，让更多民族的人了解真实的印度。泰戈尔的翻译实践颇具成效，这一点从他荣获诺贝尔奖的诗集《吉檀迦利》中便可窥见一斑。随着《吉檀迦利》英文版的出版，泰戈尔在西方世界赢得了较高的赞誉及广泛的认可。

---

① 孙宜学编：《不欢而散的文化聚会：泰戈尔来华讲演及论证》，安徽教育出版社 2007 年版，第 9 页。

泰戈尔在翻译过程中并非仅仅对文本进行机械的直译，而是深入考量了西方读者的接受习惯和文化背景。在英文作品《吉檀迦利》和《飞鸟集》中，泰戈尔采用归化的翻译策略，将不容易被西方读者理解和接受的文化词汇转换为适应西方读者文化背景的文化词汇，使译文符合西方语读者的认知，更容易被西方读者接受。

精通孟加拉语的翻译家白开元先生多年来致力于泰戈尔文学研究和翻译。在《英译泰戈尔诗歌的艺术特色》这篇文章中，他对泰戈尔的孟加拉语原作与英文译作进行了细致的对比与分析。他将泰戈尔的翻译理念总结为："泰戈尔把他的作品译成英文时,充分考虑了西方读者的审美需求。"[①] 泰戈尔的这种翻译理念不仅体现了他对文化差异的敏感和尊重，也展现了他作为一位文学大师和文化交流使者的卓越智慧。

泰戈尔的作品中涉及丰富的印度传统文化元素，然而由于印度和英语国家的宗教不同，对于一些文化词汇的表述也存在很大差异，这为其作品的翻译带来了巨大挑战。然而泰戈尔并没有纠结文化词汇的翻译，他在忠实于原作精神的基础上，充分考虑到西方读者的审美偏好与文化背景，使翻译的作品更能触动读者的心灵。在他的诗歌创作中，泰戈尔所表达的神性概念往往指向"梵天"这一至高无上的存在。但是泰戈尔并没有按字面翻译成"brahma"，而是考虑到西方人的文化信仰，他将诗歌中的"神"译作"God"。尽管从文化传递的角度来看，这样的翻译的准确性有失偏颇，但是却令西方的读者接受度更高，拉近了与西方读者的距离。

在翻译的过程中，泰戈尔也充分考虑到西方读者的审美情趣。泰戈尔在翻译自己的诗歌《献祭集》时，巧妙地将"蟒"（nagh）译为"龙"（dragon），这一转换深刻体现了他对跨文化交流的敏感性和深刻理解。他深知，在西方

① 孙宜学主编:《从泰戈尔到莫言:百年东方与西方》，上海三联书店 2015 年版，第 531 页。

文化中，“蟒”往往与恐惧和厌恶的情绪联系在一起，而“龙”则承载着更为丰富和多层次的象征意义，从神秘的力量到尊贵的地位，不一而足。泰戈尔的这种翻译选择，不仅仅是语言层面的转换，更是一种文化层面的桥接。他通过将“蟒”译为“龙”，使得西方读者能够在自己熟悉的文化框架内，重新认识和理解这一形象，从而降低了文化隔阂带来的障碍，增强了作品的可接受性和吸引力。同时，泰戈尔的这一翻译策略也体现了他对原作精神的忠实和尊重。他没有简单地迎合西方读者的口味，而是在保持原作文化内涵的基础上，进行了恰当的调整和转化，使得翻译后的作品既保留了印度文学的原汁原味，又能够与西方读者产生共鸣。泰戈尔的这种翻译艺术，不仅丰富了文学作品的内涵，也为跨文化交流提供了有益的启示。这样的例子还有很多。泰戈尔对异质文化的处理态度及方法直接关系到作品在西方的接受程度，可以看出泰戈尔在推进文化交流中的良苦用心。

泰戈尔的翻译实践为我们在文化交流中提供了宝贵的思路。在当今这个文化交流日益频繁的时代，对语言和文化的深入学习显得愈加重要。我们在文化学习时，不应当局限在如何学好本民族的文化和语言，还要以开放、包容的态度学习和了解外民族的语言和文化，并肩负起文化传播的使命，思考如何将本民族的文化有效地传播到国外，让其更全面地了解中国、理解中国文化。泰戈尔通过英语创作和翻译自己的作品，展现了他超越国界的国际视野。他的翻译工作不仅限于语言的转换，更深入理解原文背后的文化和精神内涵，以及目标语言读者的接受习惯和文化背景。此外，对于译者来说，灵活驾驭不同语言之间的转换是一项极具挑战性的任务。这要求译者在翻译实践中明确翻译的目标和意图，还需要他们精心选择和运用合适的翻译策略。译者必须在忠实原文的同时，考虑到目标语言的文化特性和读者的预期，以确保翻译作品既能传达原文的精髓，又能与目标语言的读者产生共鸣。这种平衡艺术的掌握，要求译者具备深厚的语言功底、敏锐的文化洞察力以及创造性的思维能力，从而使翻译成为一种跨越语言和文化障碍的精妙艺术。

泰戈尔的文化学习经历和他在文化交流上的卓越做法至今仍然具有深远的意义和启示。泰戈尔的实践告诉我们，文化交流不仅是语言的传递，更是心灵和思想的交流，是构建一个更加开放、包容、多元的世界的必由之路。在文化交流日益频繁的当代，我们应当借鉴泰戈尔的成功做法，学习泰戈尔跨文化的视野和心怀人类共同命运的开阔胸怀，发扬他对文化传播的责任感和使命感。

在“一带一路”倡议和文化“走出去”战略的推动下，我们迫切需要培养更多像泰戈尔这样肩负文化交流使命的文化使者，把我们国家的优秀文化介绍给世界，让世界更好地认识中国，更深入地理解中国文化精髓，推动全球文化的多样性和和谐发展。我们将借鉴泰戈尔在文化译介方面的成功做法，从中汲取宝贵经验，以期在文化交流的道路上取得更大的成就。

结　语

泰戈尔这位印度文学巨匠以其深邃的哲学思考及独特的艺术风格见长，在印度乃至全世界的文学领域都留下了不可磨灭的印记。泰戈尔的文学和实际行动都体现了他作为一名着眼于世界人民共同福祉作家的崇高境界。从共同体的视角深入挖掘泰戈尔的文学作品，我们能更深刻地理解泰戈尔的思想精髓，洞察到印度文化中对共同体思想的深刻思考以及对人类普世价值的不懈探索。

在泰戈尔的作品中，个体与集体、传统与现代、东方与西方之间的关系被赋予了新的内涵。他倡导的不仅是文化上的交流与融合，更是心灵上的沟通与共鸣。泰戈尔认为，只有当人们在精神层面上实现共鸣时，才能真正实现不同文化和社会的和谐共存。泰戈尔深知真正的和平与发展不是孤立的、排他的，而是相互依存、共同进步的。他通过自己的文学创作和公共演讲，呼吁人们放下偏见和敌意，以更加开放的心态去理解和尊重不同的文化和价值观。他相信，只有通过相互理解和合作，人类社会才能实现真正的和谐与进步。泰戈尔思想中的核心理念与共同体思想中提倡的超越狭隘的民族主义和个人主义，追求全人类的共同福祉和长远利益的理念不谋而合。他对人类团结、文化交融和精神追求的强调，为当今世界面临的全球化挑战和人类发展问题提供了宝贵的思考和指导。通过泰戈尔的视角，我们能够更加深刻地认识到不同文明之间的交流与合作是构建一个更加和谐、公正的国际社会的关键。

泰戈尔以其文学作品和演讲为媒介，深刻唤醒了人们对爱、团结与和谐等普世价值的理解和追求。他不仅在艺术创作中传递这些理念，更在社会改革与解放运动中身体力行，向那些生活在压迫之下的人们传递自由和民主的理念，激发他们对自由、平等、公正的坚定信念。同时，泰戈尔也向那些压迫者和侵略者伸出了和平与爱的橄榄枝，试图唤醒他们内心深处的人性与理性。他努力促使这些人认识到民族主义背后的侵略本质，并反思其行为对共同体的破坏。

此外，泰戈尔还诉诸改革的力量，推动社会的平等与和谐。他深知教育革新和政治改革对于建构民众统一认知、达成共识的重要性。他通过在政治和教育中推动改革，积极变革社会中的不公平、不平等因素，为社会注入了新的活力，促进了民众对平等、自由、公正理念的认同。同时，泰戈尔也是文化交流和文化译介的积极倡导者。他努力推动不同民族间的相互理解，通过文化的交流与传播，帮助人们真正地了解和尊重不同的文化传统，从而增进不同文化间的理解和交流。

他以深邃的洞察力，洞悉全球范围内民族主义情绪的高涨现象。但他没有被情绪左右，而是以冷静和理性的态度，深入剖析了民族主义背后的狭隘思想。泰戈尔鼓励人们突破那些可能束缚思想和视野的民族主义局限，提倡以一种更加开阔和明智的视角来审视民族主义及其相关问题。他的观点不仅挑战了当时盛行的民族主义思潮，也为人们提供了一种超越传统民族界限，促进全球理解与合作的新思路。

泰戈尔对命运共同体的理解是深刻而全面的，他认为这样的社会应当建立在人与人之间的和谐相处、不同文化之间的相互繁荣以及所有生命之间的基本尊重之上。泰戈尔的共同体思想深深根植于对精神价值的推崇。对他来说，命运共同体不仅是一个高远的理想，更是他一生追求并积极实践的路径。面对现实世界的重重挑战和困难，泰戈尔从未放弃过对这一理想的追求，他始终不懈地努力，希望能够将这一愿景变为现实。他的行动和思想为那些生活在战争和困境中的人们带去了希望和慰藉，向每一个个体和整个社会发出了呼吁，鼓励大家共同努力，为实现这一美好愿景贡献力量。泰戈尔的共同体理念强调思想意识的提升和价值观的转变，他认为这是实现命运共同体的基础。他倡导的是一种深刻的人文主义精神，呼吁人们超越狭隘的民族主义和个人主义，共同构建一个和谐、公正、可持续发展的世界。他的思想和行动为我们提供了一种超越偏见、促进包容和谐社会的宝贵视角，鼓励我们在全球化的大潮中，以更加广阔的心胸接纳多元文化，共同构建一个和平共处的世界。泰戈尔的这些思想和实践至今仍然具有深远的启发意义。

面对全球性的挑战，如气候变化、贫困、不平等和冲突，我们需要更加团结和协作，共同寻找解决方案。泰戈尔的思想为我们提供了一种超越分歧、促进合作的视角，鼓励我们以更加开放和包容的心态，共同面对未来的挑战。

参考文献

[1] Chakravarty, Bikash. Tagore's Swadeshi Samaj Debates on Nationalism, India Perspectives. 2010(2).

[2] Das, Chandra Mohan. The philosophy of Rabindranath Tagore: historical political, religious and educational views[M]. New Delhi: Deep & Deep Publications, 1996.

[3] Indra Nath Choudhuri. The Other and the Self; Tagore's concept of Universalism[A]. Sanjukta Dasgupta Chinmoy Guha, Tagore-At Home in the World[C]. New Delhi: SAGE India, 2013.

[4] Kant Immanue, Political Writings[M]. Ed. H .Reis. Trans. H. Nisbet. Cambridge: Cambridge University Press, 2001.

[5] Pathak, Shikha. The Philosophical Strands in Rabindranath Tagore's Poetry[D]. Jaunpur: Purvanchal University, 2001.

[6] Pramanik, Ramchandra. Rabindranath Tagore: An Advocate Of Humanism[J]. International Journal of Innovative Research & Development. 2013(2).

[7] Pridmore, John. The Poet's School and the Parrot's Cage: the Educational Spirituality of Rabindranath Tagore[J]. International Journal of Children's

Spirituality. 2009 (4).

[8] Quayum, Mohammad Abdul. Tagore and nationalism[J]. Daily Star, 2013(1).

[9] Rabindranath Tagore. Sadhana: The Realization of Life[M]. New York: The Macmillan Company, 1915.

[10] Rani, Anjo. Humanism of Rabindra Nath Tagore[J]. Int.J.Eng.Lang.Lit & Trans. Studies. 2015(1).

[11] Thakare, Santosh. The Educational Philosophy of Rabindranath Tagore and Dr. Radhakrishnan [J]. International Journal of History and Philosophical Research. 2016(1).

[12] Sherwood Eddy. India Awakening[M]. New York: Missionary Education Movement, 1911.

[13] Shukla, Reshu. Female characters in the plays of tagore[D]. Chhatrapati Sahuji Maharaj University, 2007.

[14] A.L. 巴沙姆主编 . 印度文化史 [M]. 北京：商务印书馆 ,1997.

[15] [古希腊] 柏拉图 . 理想国 [M]. 郭斌和，张竹明等译 . 北京：商务印书馆 ,1986.

[16] 陈宇光 . 论滕尼斯对 " 共同体 " 与 " 社会 " 的阐释 [J]. 南通工学院学报 (社会科学版),2004(04).

[17] 戴前伦 . 泰戈尔梵爱和谐思想对我国早期新诗生态的影响 [M]. 北京：中国社会科学出版社 ,2015.

[18] 董彪，柴勇主编 . 构建人类命运共同体与人的发展 [M]. 燕山大学出版社 ,2023.

[19] 段晴 . 印度人的自然观初探 [J]. 南亚研究 ,1998(01).

[20] 董爱琴 . 试论泰戈尔的教育思想和实践 [J]. 绍兴师专学报 (哲学社会科学版), 1995(02).

[21] 董友忱 . 泰戈尔作品翻译研究综述 [J]. 东南亚南亚研究 ,2015(03).

[22] [德] 斐迪南•滕尼斯 . 共同体与社会 [M]. 张巍卓译 . 北京：商务印书馆 ,2019.

[23] [德] 斐迪南•滕尼斯 . 共同体与社会：纯粹社会学的基本概念 [M]. 林荣远译 . 北京：北京大学出版社 ,2010.

[24] 郭晨风 . 泰戈尔政治思想评介——纪念泰戈尔诞辰 130 周年 [J]. 南亚研究季

刊,1992(01).

[25] 郭沫若.郭沫若全集・文学编 卷十五[M].北京:人民文学出版社,1990.

[26] 郭庆藩:《庄子集释 新编诸子集成》(第一辑)[M].北京:中华书局,1961.

[27] 高杨著.人类命运共同体视阈下的经济全球化研究[M].北京:民族出版社,2022.

[28] [德]汉斯・冯・阿尼姆.早期斯多葛学派残篇[M].莱比锡:泰布纳尔出版社,1903.

[29] 何乃英.泰戈尔与郭沫若、冰心[J].暨南学报(哲学社会科学版),1998(01).

[30] 何乃英著.泰戈尔[M].天津:新蕾出版社,2000.01.

[31] 何乃英.泰戈尔和他的作品[M].武汉:华中科技大学出版社,2018.

[32] 侯静,李正栓.泰戈尔《飞鸟集》汉译策略与艺术研究——以郑振铎和冯唐译本为例[J].西安外国语大学学报,2018(01).

[33] 侯静等.人类命运共同体视角下泰戈尔思想研究[J].北华航天工业学院学报,2023(05).

[34] 艾丹.泰戈尔与五四时期思想文化论争[M].北京:人民出版社,2010.

[35] [印度]克里希那・克里巴拉尼.泰戈尔传[M].倪培耕译.北京:人民文学出版社,2011.

[36] [印度]克里希纳・克里帕拉尼.泰戈尔的一生[M].毛世昌、丁广州译.北京:商务印书馆.2012.

[37] 厉永平.浅论早期基督教世界主义[J].松辽学刊(社会科学版),1993(01).

[38] (印)利特亚普利亚・戈什著;陈容宽译.泰戈尔 生命如远渡重洋[M].北京:团结出版社,2023.

[39] 李文斌.泰戈尔美学思想研究[D].武汉:华中师范大学,2007.

[40] 黎跃进.复兴与借鉴:印度近代启蒙文学[J].宁波大学学报(人文科学版),1997(04).

[41] 林承节.殖民统治时期的印度史[M].北京:北京大学出版社,2004.

[42] 刘安武,倪培耕,白开元主编;黄志坤,白开元,董友忱译.泰戈尔全集(第1卷)诗歌[M].石家庄:河北教育出版社,2000.

[43] 刘安武等主编.泰戈尔全集(第2卷)诗歌[M].石家庄:河北教育出版社,2000.

[44] 刘安武，倪培耕，白开元主编；黄志坤，白开元译．泰戈尔全集（第3卷）诗歌[M]. 石家庄：河北教育出版社，2000.

[45] 刘安武，倪培耕，白开元主编；黄志坤，白开元，谢冰心译．泰戈尔全集（第4卷）诗歌[M]. 石家庄：河北教育出版社，2000.

[46] 刘安武，倪培耕，白开元主编；白开元，董友忱译．泰戈尔全集（第5卷）诗歌[M]. 石家庄：河北教育出版社，2000.

[47] 刘安武，倪培耕，白开元主编；白开元，黄志坤译．泰戈尔全集（第6卷）诗歌[M]. 石家庄：河北教育出版社，2000.

[48] 刘安武，倪培耕，白开元主编；白开元译．泰戈尔全集（第7卷）诗歌[M]. 石家庄：河北教育出版社，2000.

[49] 刘安武，倪培耕，白开元主编；白开元译．泰戈尔全集（第8卷）诗歌[M]. 石家庄：河北教育出版社，2000.

[50] 刘安武等主编．泰戈尔全集（第9卷）短篇小说[M]. 石家庄：河北教育出版社，2000.

[51] 刘安武等主编．泰戈尔全集（第10卷）短篇小说[M]. 石家庄：河北教育出版社，2000.

[52] 刘安武等主编．泰戈尔全集（第14卷）长篇小说[M]. 石家庄：河北教育出版社，2000.

[53] 刘安武等主编；唐仁虎译．泰戈尔全集（第13卷）长篇小说[M]. 石家庄：河北教育出版社，2000.

[54] 刘安武等主编．泰戈尔全集（第15卷）中篇小说[M]. 石家庄：河北教育出版社，2000.

[55] 刘安武等主编．泰戈尔全集（第16卷）戏剧[M]. 石家庄：河北教育出版社，2000.

[56] 刘安武等主编．泰戈尔全集（第17卷）戏剧[M]. 石家庄：河北教育出版社，2000.

[57] 刘安武等主编．泰戈尔全集（第18卷）戏剧[M]. 石家庄：河北教育出版社，2000.

[58] 刘安武等主编．泰戈尔全集（第19卷）散文[M]. 石家庄：河北教育出版社，2000.

[59] 刘安武等主编．泰戈尔全集（第20卷）散文[M]. 石家庄：河北教育出版社，2000.

[60] 刘安武等主编．泰戈尔全集（第21卷）散文[M]. 石家庄：河北教育出版社，2000.

[61] 刘安武等主编 . 泰戈尔全集 (第 22 卷) 散文 [M]. 石家庄 : 河北教育出版社 ,2000.

[62] 刘安武等主编 . 泰戈尔全集 (第 23 卷) 散文 [M]. 石家庄 : 河北教育出版社 ,2000.

[63] 刘安武等主编 . 泰戈尔全集 (第 24 卷) 散文 [M]. 石家庄 : 河北教育出版社 ,2000.

[64] 刘自觉 . 人性化 : 泰戈尔教育思想主题初探 [J]. 山西大学师范学院学报 ,2001(03).

[65] 刘建 . 泰戈尔的宗教思想 [J]. 南亚研究 ,2001(01)

[66] [法] 卢梭 . 社会契约论 [M]. 李平沤译 . 北京 : 商务印书馆 ,2011.

[67] [印度] 罗宾德拉纳特 • 泰戈尔 . 人生的亲证 [M]. 宫静译 . 北京 : 商务印书馆 , 1996.

[68] 罗宾德拉纳特 • 泰戈尔 . 泰戈尔全集 : 第 19 卷 [M]. 石家庄 : 河北教育出版社 , 1991.

[69] [印] 罗宾德拉纳特 • 泰戈尔著 . 泰戈尔经典配画诗选 [M]. 北京 : 商务印书馆 , 2011.

[70] 马东峰 , 李源澄 . 古典哲学时代 诸子概论 [M]. 2020.

[71] [古希腊] 马可 • 奥勒留 . 沉思录 [M]. 何怀宏译 . 商务印书馆 ,1989.

[72] 马克思 , 恩格斯 . 马克思恩格斯文集 : 第 8 卷 [M]. 北京 : 人民出版社 ,2009.

[73] 马克思 , 恩格斯 . 马克思恩格斯文集 : 第 1 卷 [M]. 北京 : 人民出版社 ,2009.

[74] [印] 帕沙 • 查特吉 . 政治社会的世系 : 后殖民民主研究 [M]. 王行坤 , 王原译 . 西安 : 西北大学出版社 ,2017.

[75] 秦悦主编 . 泰戈尔 : 我前世是中国人 [M]. 上海 : 上海辞书出版社 ,2014.

[76] 邵发军 . 马克思的共同体思想研究 [M]. 北京 : 知识产权出版社 ,2014.

[77] 宋炳辉 . 民族意识与世界意识的纠缠——从泰戈尔在中国的接受看 20 世纪文学思潮的一个侧面 [J]. 复旦学报 (社会科学版),2008(01).

[78] 孙宜学 , 罗铮 . 泰戈尔的世界化与中国文化“走出去”: 启迪和借鉴 [J]. 中华文化海外传播研究 ,2020(1).

[79] 孙宜学主编 . 泰戈尔在中国 (第 2 辑)[M]. 上海 : 上海三联书店 ,2016.

[80] 孙宜学编 . 泰戈尔在中国 (第 3 辑)[M]. 上海 : 同济大学出版社 ,2022.

[81] [印度] 泰戈尔 . 孟加拉掠影 [M]. 刘建译 . 上海 : 上海译文出版社 ,1985.

[82] [印度] 泰戈尔 . 泰戈尔论文学 [M]. 上海 : 上海译文出版社 ,1988.

[83] [印度]泰戈尔. 泰戈尔全集(第13卷)[M]. 刘安武主编. 石家庄:河北教育出版社,2000.

[84] [印度]泰戈尔. 民族主义[M]. 谭仁侠译. 北京:商务印书馆,2019.

[85] [印度]泰戈尔. 白开元,殷洪元,耿克璞,韩缘山,谈耀康译. 泰戈尔全集(第21卷)散文[M]. 石家庄:河北教育出版社,2000.

[86] [印度]泰戈尔. 余之革命精神——对北京青年的第一次公开讲演[A].// 孙宜学,不欢而散的文化聚会——泰戈尔来华讲演及论争[C]. 合肥:安徽教育出版社,2007.

[87] [印度]泰戈尔. 泰戈尔经典散文集[M]. 白开元译,北京:新世界出版社,2010.

[88] [印度]泰戈尔. 泰戈尔谈教育[M]. 白开元译. 北京:商务印书馆,2013.

[89] [印度]泰戈尔. 泰戈尔演讲选集[M]. 白开元译. 北京:商务印书馆,2013.

[90] [印度]泰戈尔. 泰戈尔对中国说[M]. 徐志摩等译. 南京:译林出版社,2013.

[91] [印度]泰戈尔. 泰戈尔笔下的教育[M]. 白开元译. 北京:中央编译出版社,2015.

[92] [印度]泰戈尔著;郑振铎译. 泰戈尔诗选[M]. 成都:四川人民出版社,2020.

[93] [印度]泰戈尔. 人生的宗教[M]. 曾育慧译. 长沙:湖南人民出版社,2017.

[94] 王振华. 论罗宾德拉纳特•泰戈尔的和谐教育思想[D]. 西安:陕西师范大学,2012.

[95] 王公龙等. 构建人类命运共同体思想研究[M]. 北京:人民出版社,2019.

[96] 王红生. 论印度的民主[M]. 北京:社会科学文献出版社,2011.

[97] 王力. 现代性视域下马克思共同体思想研究[D]. 长春:吉林大学,2021.

[98] [英]渥德尔. 印度佛教史[M]. 王世安译. 北京:商务印书馆,2000.

[99] 吴文辉著. 泰戈尔[M]. 成都:四川人民出版社,1999.

[100] 习近平. 在“一带一路”国际合作高峰论坛欢迎宴会上的祝酒辞[N]. 人民日报. 2017(2).

[101] 习近平. 决胜全面建成小康社会 夺取新时代中国特色社会主义伟大胜利——在中国共产党第十九次全国代表大会上的报告[M]. 北京:人民出版社,2017.

[102] 习近平外交思想研究中心著. 推动构建人类命运共同体[M]. 北京:五洲传播出版社,2024.

[103] [古希腊]亚里士多德．政治学[M]. 颜一，秦典华译．北京：中国人民大学出版社，2003.

[104] 颜治强．泰戈尔翻译百年祭[J]. 中国翻译，2012(06).

[105] 杨非，金康成编著．泰戈尔[M]. 海口：海南出版社，1997.

[106] 越阳编著．泰戈尔[M]. 成都：四川少年儿童出版社，1997.

[107] 杨伟明．泰戈尔诗歌作品的孟加拉语诗律研究[J]. 中外文化与文论，2023(01).

[108] 尹大贻．基督教哲学[M]. 成都：四川人民出版社，1988.

[109] 虞乐仲．印度精神的召唤　作为政治理想主义者的泰戈尔研究[M]. 成都：西南交通大学出版社，2017.

[110] 张弛．印度政治文化传统研究[M]. 北京：中国政法大学出版社，2014.

[111] 张岱年：《张岱年全集》（第 7 卷）[M]. 石家庄：河北人民出版社，1996.

[112] 张国军著．人类命运共同体视角下亚太经济一体化研究[M]. 北京：光明日报出版社，2021.

[113] 张建新，肖佳灵编．人类命运共同体 理论与实践[M]. 上海：上海人民出版社，2020.

[114] 张进，谢桂山，许宏．大同思想与人类命运共同体建设[M]. 济南：山东大学出版社，2020.

[115] 张晓梅．从多元系统论看泰戈尔英诗汉译[D]. 武汉：华中师范大学，2008.

[116] 张羽．泰戈尔与中国现代文学[D]. 长春：东北师范大学，2002.

[117] 张战．构建人类命运共同体思想研究[M]. 北京：时事出版社，2019.

[118] 赵晨著．泰戈尔[M]. 济南：山东人民出版社，1981.

[119] 郑振铎编．泰戈尔传[M]. 北京：中央编译出版社，2023.

[120] 周骅．自由主义民族主义——泰戈尔民族主义思想探析[J]. 湘潭大学社会科学学报(研究生论丛)，2003(S1).

[121] 朱明忠．恒河沐浴——印度教概览[M]. 成都：四川民族出版社，1994.

[122] 朱明忠．泰戈尔的哲学思想[J]. 南亚研究，2001(02).

[123] 朱明忠，尚会鹏．印度教：宗教与社会[M]. 世界知识书局，2003.